審判の森

ダンテ『饗宴』執筆への日々

高沢英子

未知谷
Publisher Michitani

目次

パドヴァ
パルマ
ボローニャ
リミニ
ルッカ
フィレンツェ
ピサ
トスカーナ
アレッツォ
アドリア海
コルシカ
ローマ
ナポリ
サルデーニャ
シチリア
チュニジア

審判の森

ダンテ『饗宴』執筆への日々

この作品は史実をもとにしたフィクションです。

第一章　リミニ

　空は真っ青に澄み渡っている。一三〇四年六月なかば、アドリア海に面し、マレッキア川が注ぎ込むイタリア中部、ロマーニャ地方の小さな漁港リミニは活気に溢れていた。

　漁を終えた小舟が何艘も河口付近に停泊し、男たちが忙しく立ち働き、叫び声や罵り声が、快い歌声のようにリズミカルに響く。磯の香りと強烈な生魚の臭いが、朝の空気を充たしていた。水鳥が群がり寄って姦《かしま》しく鳴き交わし、女や子供達の喚声も鋭く飛び交い、岸辺はどこもかしこも陽気に輝いていた。

　町を貫いてローマへと通じるアウグストゥス街道にはティベリウス帝の名を冠した、頑丈な石造りの橋があり、マレッキア河の流れが、真昼の光を浴びてきらめきながら、ゆったりと海のほうに動いている。川べりの草むらでは雲雀が忙しく鳴いては飛び立っていた。

今しも橋に差しかかった旅の一行が、橋の上で足を留めた。服装からそれと知れる小さき兄弟会の修道僧と、一見してこの地方の人間ではないらしい旅の男である。このあたりの田舎者らしいみすぼらしい身なりの従者が、僅かばかりの荷を背に載せた騾馬を引いて従っている。

旅の男は年の頃四十歳位。丈は高くないが、がっちりと引き締まった体を、この地方ではめったに見られない上質のフランドル織のトーガに包んで、じっとあたりの風景を見つめていた。同色のオリーブ色の頭巾で顔を覆っているが、日焼けした褐色の額の下の落ち窪んだ眼は、鋭い光を放って見開かれていた。

街道の東には、カエサルの凱旋門が、代赭色の石肌をあかあかと陽に染めて建っている。夏草の生い茂る門の下では、幾人もの乞食たちが屯《たむろ》していた。光輝く冑を連ね、ルビコンを押し渡ったカエサルの兵たちがこの地を馳せ抜けたのも遠い昔だ。

町の西南には、城壁を巡らした陰気な館がいくつもの塔を備えて聳えている。立ち並んでいる民家が低いので、それは際立って威嚇的な風景だ。これこそ、このあたりに君臨するリミニの僭主マラテスタ家の城であった。修道僧が、ずんぐりした館と粗削りな石を積んだ塔を指さして重い口を開いた。

「アリギエーリ様。あれがマラテスタ公の城でございます。あそこを過ぎれば、われらの僧院はもうさほど遠くはございません」

その声には、今やっとここまで来て、どこかほっとした響きが感じられた。彼が案内してきたこの見知らぬ客人のやつれこけた頬、固く結んだしゃくれた唇、長めの尖った鼻など、全体に皮肉で気難しい人柄をうかがわせ、おまけにその身ごなしには黙っていても――実は道中ほとんど黙りがちだったのだが――人を威圧するような雰囲気が漂っており、そのくせ微かな物音にもぎくり、とするような張り詰めたところがあったので、修道院長の指示で、この人物を旅宿に迎えに出向いたトンマーゾ修道士は、ずっと理由の定かでない緊張を強いられてきたのである。

「山の日暮れは早く、ぐずぐずしていますとわれらが着きますころには暮れてしまいましょうゆえ、あの城の裏にある抜け道を利用してまいりたいのですが、登りはきつく、土地の者はあまり利用いたしませんが」

「どうか、宜しいように」

アリギエーリと呼ばれた旅の男は、重々しい声で短く答えた。言葉の訛りからトスカーナ人と察せられる。全体の印象から山の人とは思えないが、体力には自信がある口ぶりだ。

城の主、マラテスタ家のことは、旅の男も当然知っている様子である。古い家系であるが、最近強豪モンターニャを倒してさらに覇権をひろげた。先代シジスモンドは、智謀、武力人並み優れ、奸智に長けた邪悪な人柄で、滅法戦に強い、として夙《つと》に近隣諸国に知れ渡っている。男はそれきり再び沈黙した。

（何者であろう。この人は？）

修道士は、昨日以来、ずっと彼を悩ませている疑問を振り払うように、祈りの言葉を口に、十字を切って歩き出した。昨日、院長は、トンマーゾ修道士に客人を迎えに行くよう指示をあたえ、祝福を施して送り出したものの、当の客人の身分については固く口を閉ざしたままだったのである。

旅人は地理にも意外に明るく、この近辺の事情にも通じているらしい。一瞬の眼の閃きに、なみなみならぬ鋭さがあり、頭の切れる人物であることは察知できた。

リミニの僭主マラテスタ家の現在の当主は、ジョバンニ・マラテスタ。別名ジャンチオット（跛者）と呼ばれている。悪名高い僭主マラテスタ家一族の際立った性格として、陰険で邪推深く、冷酷なジャンチオットは、領民にはもとより、近隣の領主たちにもひそかに恐れられていた。ひとたび憤怒すると好んで残酷な刑を用いるといわれ、城館の裏山の中腹にある砦の地下牢は、その名を聞くだけで、人々を震え上がらせた。ここに入れられたら最後、これまで誰一人帰ってきたものはいないという。

おまけに、一二八三年、彼の身辺に起こった血なまぐさい事件以来、領民たちは、日頃から、この世紀の騒ぎや転変の目まぐるしさには慣れていたものの、ジャンチオットの名を口にするときは、陰惨で暗い光暈をその姿にまとわりつかせずにはいられず、びくびくしながら、噂の種にしてきたのだった。

橋を渡り終え、町の広場に来たところで一行は街道を逸れた。マラテスタの城に通じる道は、一旦町の広場へつながり、やがて網の目のように幾つもの小路に分かれ、迂回しながら放射状に城へと通じている。富裕な商人の屋敷町と、石や金銀の細工師の工房や、鉄の武具職人の仕事場が並んでいる地区だが、行く手には、城館というより、醜怪な塔をいくつも備えた無骨な城砦風の建物が、まばらに木の茂る山裾の崖道を背に建っていた。屋根に紋章を染め抜いた旗が翻り、今しがた通りすぎた広場を満たしていた鄙びたざわめきも、このあたりには届かなかった。

城の警備は厳しかった。規模は小さいものの、堀をめぐらし、跳ね橋や、見張り搭などを備えた門前で、一行は、武装した険しい目の警備の兵士たちに取り囲まれた。狭い堀をひかえて、殺風景な灰色の見上げるような高さの石壁が続いている。城内はひっそりして、人の気配すら感じられないが、跳ね橋の傍に石弓や、武具などが物々しく並べられ、不穏な印象である。

修道士が通行証を見せ、通行料を支払っている間、旅人は引き下ろした頭巾の下から、かねて見知りの紋章を彫りつけ、鉄の鋲をいくつも打ちつけた堅固な城門の人を威圧する様と、優美さの全く欠けた殺伐とした城館の様子を、素早く眼の中に収めた。

「どうぞ。修道士殿とお連れのご客人」

警備の中の頭らしいのが、言葉こそ丁重だが粗野な態度で、通行証を返しながら、トンマーゾ修道士から受け取った金を仕舞込み、顎をしゃくるようにして云った。

「気をつけられよ。聖なるご兄弟たちよ。毒蛇に噛みつかれぬよう、獣に引き裂かれぬよう、ひたすら祈りつついかれよ」

荒々しい陰気な笑い声が彼らの間からどっと沸く。

旅人は彼らをじろりと見たが、口は閉ざしたままだ。修道士は、気にも留めぬ落ち着いた様子で、さっさとその場を離れた。

堀に沿って、陰気な豆窓に見下ろされるようにして城の裏手に回ると、ようやく人馬の通れる崖道が、まっすぐ山に向かって伸びている。

トンマーゾ修道士は、勾配のやや急な登り道を、慣れた様子でさっさと歩み入っていった。イタリア松の林が続き、松林を通り抜けると、道はさらに急な登りにさしかかった。磯の香りを含んだ冷たい風が吹きめぐり、海が近いことを思わせる。修道士は沈黙したままひたすら道を急ぐ。

どのくらい時が経過したであろうか。午後の陽光が木の間ごしにちらちら動いて、行く手に光と影を作る。丈の低い灌木が多くなり、しめり気を帯びた赤茶けた土の匂いがきつくなった。頭上で、鳥が鋭く鳴いて飛び交っている。修道士は、時々手にした杖で、枝に絡まって道を塞ぐ蔓草を払いながら、あちらこちらに眼を配り、黙々と先に立って登っていく。その足どりはかなり速く、ついていくのがやっとだ。従者が騾馬を追いながらあえいでいる。

このとき、突然、数頭の馬の足音が入り乱れて聞こえてきた、と思うと騎馬の一隊が同じ道を下ってくるのが見えた。トンマーゾ修道士は、若い騎士の先導で続いてくるでっぷり太った先頭の男が乗る馬の面覆いにかけた紋章を素早く透かし見て、ものもいわず、旅人と、馬を牽いた従者を松林の中に引き入れ、急ぎ十字を切って囁いた。

「マラテスタ公のご一行であります」

供まわりは僅かで、騎士に続いた太った男は、片目を黒い布で蔽っている。マラテスタ家の次男マラテスティーノ・マラテスタである、と、旅人は咄嗟にさとっていた。庶腹だが、弟パオロの不慮の死によって、兄のジャンチオットに欠かせぬ補佐役におさまった、と聞いている。

旅人は木に寄りかかって、目を閉じた。かっ、かっ、かっ、かっ、馬の蹄の音がだんだん近づいてくる。

一瞬、走馬灯のように、さまざまな情景が旅人の脳裏を駆け抜けた。旅人は、修道士がひそかに推測していたように、元フィレンツェ市民だった。しかも、二年前まで、フィレンツェ自由都市共和国の政権を握っていたグエルフィ党（ローマ教皇を後ろ盾とする政党）のビヤンコ（白派）の要人で、共和国の最高指導者である六人の統領の一人として最高指導者の地位にあり、かつ文名高い詩人であったかれは、云われる前から、すでに今山を降りてくる人物こそ、二年前の秋、強引なクーデターの援護者としてフィレンツェ入りを果たした、フランスの王弟シャルル・ド・ヴァロアの傭兵として加わっていた男であろうと確信していた。

しかも、故国フィレンツェで、政権を掌握していたかれら白派に敵対してきた野党のネーリ（黒派）が、隣国フランスの王弟シャルルをうしろ盾としてクーデタを起こし、都市に乱入して荒らしまわったそのとき、かれは都市にいなかったのである。

かれは当時、同じグエルフィ党でありながら、これらネーリ（黒派）と呼ばれる土地持ち貴族たちから成る一派が、商人貴族からなる白派に敵意を抱き、虎視眈々と復権を図り、ともすれば町の秩序撹乱をはかるのに手を焼き、教皇の法廷に訴えることにした白派政府の代表に選ばれ、ローマに出かけて留守だったのである。

一三〇一年の秋のことである。しかしその間に十一月の初め、教皇代理として、かねてからフィレンツェの富と発展に野望を燃やしていたフランスの王弟シャルル・ド・ヴァロワが、軍隊を引きつれて都市に入り、一旦町に入るや、その直前に追放地からフィレンツェ市に戻されたばかりの名門貴族のならず者、フィレンツェ黒派のリーダー、コルソ・ドナーティにクーデターをおこさせる、という展開となる。こうして、かれの故国フィレンツェはヨーロッパ全体の政争に巻き込まれてしまった。

コルソは経済発展めざましい自由都市フィレンツェのなかでますます力をつけてきた商人たちに片隅に追いやられ、不満を募らせていた都市周辺の土地もち貴族たちの頭領で、智謀に長け、あらかじめ時の教皇ボニファティウス八世に取り入り、画策していたのである。

そしてクーデターの後押しをしたフランス王弟シャルルの傭兵隊長として扈従《こしょう》し、フィレンツェ入りしたマラテスタ家のマラテスティーノも、このとき、暴虐の片棒を担いで、都市を荒らしまわり、かつ、甘い汁を存分に吸ったに違いない。

いまその男は、満足げに何やら口ずさみながら、悠々と馬を進めてくる。自らの領地内である。つい先刻、複数の人影がちらと身を避けたのはわかっていたが、このあたりによく出没する山の上の「小さき花の兄弟会」の修道士たちであろう、と気にも留めていなかった。

まさかその中に、かつてのフィレンツェ最高の要人であり、彼らにとって、もっとも手ごわい敵であったはずの人物が混じり、こそこそ裏街道を通っているとは、いかに頭の働くマラテスティーノでも知る由がなかったろう。

旅人は、被り物を引き下げ、じっとたたずんでいる。あの麗しい都市フィレンツェが、このような他国者の、粗野な男どもに踏みにじられた、と思うと、胸を掻き毟られるような思いだが、どうすることもできない。

クーデターは成功し、コルソ・ドナーティ率いる黒派のメンバーと、フランスのシャルル・ド・ヴァロワやその部下たちの動きは実に敏速だったという。あっという間に都市になだれ込んだ彼らは、素早い動きで、思いつく限りの悪事を働いた。目指すは、宿敵白派を徹底的に打倒することだ。武力では、黒派のほうが勝っていた。おたおたしている白派のメンバーを尻目に暴れまわり、町を破壊と殺戮の巷に変えるのに、さほど時間はかからなかった。かれらは町のいたるところを焼き払い、恨み重なる白派の要人たちを追い払い、瞬く間に、都市を黒派の天下とすることに成功したのである。

黒派がフィレンツェ入りした翌年の一月十一日には、約六百人にも及ぶ白派メンバーが、命からがらすべてを棄てて、町から逃亡して行った。白派の惨めな敗北だった。

政権を掌握するや、黒派は、宿敵白派の要人たちを、片端から裁判にかけた。使者としてローマにいた旅人も、身に覚えのない「公金横領と詐欺罪」の名目で有罪判決を受けた。そればかりか、さらに出頭に応じなかったという理由で、三月には、「死刑判決」の追い打ちを受けた。処刑の方法は「焚刑」という残虐な宣告だ。出頭できないことを承知の上での、欠席裁判だった。

留守宅は目茶目茶に破壊されたと聞く。かれの妻は幼子たちを連れ、実家のドナーティ家に身を寄せ、無事だった。妻の実家はコルソとは同じ家系の一族だったので、被害がその程度で済んだのかもしれない。

ともあれ、無事に逃げおおせた白派要人たちは、同じトスカーナの都市国家のアレッツォに支援者を頼り、身を避けた。報せを受けた彼も急遽ローマを離れた。もちろんフィレンツェには帰ることはできない。とりあえずアレッツォに命からがら逃れてきていた白派の仲間と合流し、身を潜めて、勢力挽回の対策を練りつつ、その後の二年を過ごした。

しかし、それも今となってはすべて徒労だった、という失望だけが残っている。

仲間と巻き返しを図ったが、黒派の巧妙な策謀による手強い勢力を覆すには至らず、様々な試みは全て水泡に帰した。やがて、挫折感に焦り、当初の理想と目標を捨てて、手段を選ばず権力奪回を図ろうとする仲間たちと、詩人はことごとにぶつかるようになったのだった。互いに失望し、とうとうひとり一党派でゆくと、無謀とも思える決意で、党派を離脱する決意を固め、単身従者も連れず、アレッツォの仮住まいを後にしたのだ。ほかにどんな手段を見つけることが出来ただろう。当座自分を待ちうけている窮迫は覚悟の上であった。春先の雨が芽ぶいたばかりの若葉を濡らし、トスカーナの野はいつもに変わらず美しかった

あれからはや一ヵ月あまり、各地をさすらいながら、目標を達成するための方策を探り求め、模索し続けている。

さて、マラテスタの一行はますます近づいて来た。マラテスティーノは何事も気づかぬ様子で、上機嫌に歌などを口ずさみながら通っていく。かなり酔っている様子だ。

旅人は心を締めつける暗く重い想念をつとめて振り払おうとするかのように、荒い息をしながら目を伏せ、唇を動かしている。

主よ。願わくば我から離れざれ、暴虐の徒への怒りを鎮め、理性の力を保たしめたまえ。主よ。

従者はただおろおろして、頻繁に十字を切るトンマーゾ修道士にならって十字を切り、知っている限りの聖人の名を唱え続けている。

マラテスティーノに続いて、茶色のトーガをまとい、頭巾で深く顔を包んだ男がゆっくり馬を進めてきた。背中が異様にかがみ、どうやらかなり老人らしく、姿全体に若さが感じられない。だが、これこそ、マラテスティーノの異母兄にして、この地の僭主マラテスタ嫡出のジョバンニ、別名ジャン

チオットであると推察された。

「ジョバンニ・マラテスタ公でございます」

果たして、旅人の問いかけるようなまなざしに答え、修道士がうなずきながら小声で囁いた。

旅人はもちまえの人を射通すような眼光で、一行を凝視した。そして、ぞっと身の毛もよだつような、ジョバンニの面ざしをしっかりと心に焼きつけた。既に病に取りつかれているらしい。青黒くむくんだ皮膚の下に、日夜彼を苛んでいる不幸な想念がとぐろを巻いているかのように、眼の縁にどす黒い隈取ができている。

鉛色の唇を締まりなく結び、噂に聞いている年齢よりはるかに老けていた。痩せしなびて小さくなっているにもかかわらず、どこか、悪魔につかみかかられているような陰惨さが滲み出ている孤独な姿は、不思議に巨大に見えた。旅人はじっと彼を見据えていた。

従者に雇った男は、わなわな震えている。トンマーゾ修道士さえ、冷水を浴びたように蒼白になって顔を背けた。

騎馬の一隊は、あっという間に通りすぎたが、それは一行にとって、長い息詰まるような時間だった。

一行は、再び歩き出した。中腹までの道は比較的緩やかだった。旅人は今朝、館を出るとき携えてきたパンと少量のナツメを食べ、時折携えている葡萄酒で喉を潤しつつ、軽々と歩を運ぶ修道士に続いて、草や茨の間を通じている乾いて白茶けた石ころ道を、一歩一歩注意深く踏みしめて上っていった。

いつしか松は疎らになり、灌木の茂みに変わった。梢の間から漏れる陽ざしは強かった。湿った苔の匂いは、風が運ぶ甘い薫りに変わり、既にかなり登ってきたことを思わせる。

時々、気遣わしげに、足を止めて振り返る修道士に遅れぬよう、足もとを見つめ、一歩一歩、足を踏みしめていく。

頭上高く、真っ青な空の下を、鳶が輪をかいて舞っている。鋭い鳴き声と、悠然たる飛翔、自然は、なべての生き物の営みをその大きな懐に包み込みながら、揺らぐことなく在り続けるのだ、と旅人は感慨を噛み締める。

やがてトンマーゾ修道士は、なだらかな道から、急峻な崖道を選んでたどり始めた。時々杖を鳴らしながら静かに祈りを唱える。彼の物腰は落ち着いていて、優雅とさえいえた。名のある家の子弟なのかもしれない。若いが、必要なことしか口にせず、細やかな心遣いのできる修練を積んでいる。

旅人は、これから向かう修道院について考える。自分を受け入れて、暫しの宿りを約束してくれた山の上の修道院については、詳しいことは何一つ知らなかったが、この教団の敬虔な歩みについては夙に承知している。フィレンツェでも、教団に属する修道士たちの活動は盛んで、彼らを導いた善き師父《パードレ》フランチェスコの類い稀な聖性は広く知れ渡っており、彼もその教義については深い関心を抱いてきた。そしてフランチェスコが、清貧を生涯の伴侶として守り通したひたむきな信仰には、讃仰のきもちは抱いているものの、イエス・キリストへの絶対的な帰依と自己放棄を願うあまり、知性でさえも妨げになるとして斥け、みことばのほかは、信仰について書かれたものにより恃むことはせず、ひたすらへりくだり、精霊のみちびきに従って恩寵を祈り求めるべきだと説いた教えには、完全に追随できない、と考えていた。幼いころから彼をひたすら駆り立ててきた内心の燃えるような求知の情念は抑えがたいものがあったので、これもまた、神からの賜物で、自分に課せられた召命ではないか、と信じていたからである。

学問研究に対するこうした意見の食い違いをめぐっては、教団内部でも、議論が絶えず噴き出して、フランチェスコが天に召される前から既に、厳格派と穏健派との間で不幸な分裂が始まっていて、近年その裂け目はますます深くなっていた。

しかしいづれにせよ、昨夜流謫の宿に届けられた手紙の文面から察して、自分のような追放者のあてなき流謫の身に理解と同情を注ぎ、迎え入れるよう要請してくれた高貴な女性が果たして存在するのかどうかをいぶかりつつも、ゆきとどいた配慮で手厚く迎え入れることを申し出てくれた院長の人柄と、彼らが日夜祈りの場として身を捧げている修道院に、さいわいな予感を抱いていた。

乏しさに耐えられる体力はまだ十分ある。下賤な豺狼の仲間でいる苦痛に比べ、寝食の貧しさなど、なにほどのことがあろう。いまはこうして清貧を求め祈る托鉢集団に、むしろ進んで身を投じ、魂を鍛え直すのだ。群れを離れ一人静かに耐えることこそ、今のわが運命であると、こころに云い聞かせていたのである。

登りがきつくなり、屢々、砂混じりの道で足が滑りそうになる。立ち止まって息をととのえる。草むらに潜む蛇たちが、眠りを醒まされて、微かに身じろぎし、身構えている気配が感じられる。ここにくるまでも、さして害はなさそうな、太って青黒いかれらが岩を這う姿は度々見た。

ふいに耳元でしゅうしゅうと絹の布をこするような音がした。はっと振り返ると、すぐ目の前、頭上近く、松の枝に身を絡ませた斑模様の褐色の蛇が、二つに分かれた舌をちろちろさせてかれを狙っていた。

思わず立ち止まるのと、トンマーゾ修道士が駈け戻るのとは同時だった。彼は旅人の手をとると、ものも言わずその場から引きのけて、

「できるだけ静かに早くお進みください。なるべく道の端に近づかぬよう」

と囁く。旅人は言われるままに、あとをもみず、足を速めた。修道士は杖を激しく鳴らして蛇を追い払った。

「この季節には、ある種の毒蛇が人を襲うのです。どうかお気をつけてください」

トンマーゾ修道士は、再び先に立って、登り続ける。騾馬が足を滑らせ、汗をしたたらせて鈍重な声で鳴いた。

木立ちは低くなり、視界が開けた。トンマーゾが足を止めて振り返った。かれもほっと息をついた。藍色に霞む大気の中で、今しがた辿ってきた野や林が眼下に見え、マラテスタの塔と、館の屋根が遠く展望でき、鋼のようにきらきら光る美しい海が見えた。

さらに振り返ると、遠く霞みながら見え隠れしている連峰。あの山並の向こうに、懐かしい母なる地、美しいトスカーナの大地が広がっているはずだ。

熱いものが再び胸にこみ上げる。かの地でかれを待ち受けているのは「捕らえ次第火刑に処す」と

いう冷酷な通達である。長々と連ねられた罪状書きは「被告たちは、蒔いた種を刈り取ったにすぎない」という、愚かしい、偽善で塗り固めた文章で、締め括られていた。嘘と詭弁で固められたこの美しくないラテン語の判決文は、彼は、思い出したくなくとも一語一語、脳裏に刻みついていた。

（主よ、このような暴虐と不正にいつまで耐えねばならないのでしょうか）

黙々とこれまでの経緯に思い耽って道を辿っていた彼を振り返ったトンマーゾ修道士が、不意に立ち止まって早口に云った。

「もう程なく着きます。卿よ、ここまで来ますれば……」

トンマーゾ修道士の表情に初めて笑顔がうかぶ。

かれらは岩と岩の間にできた狭い窪地に立ち止まった。いつしか内へ内へと一人の思いに気を取られていた旅人は、我に返った風で、トンマーゾ修道士が指し示した岩に腰を下ろし、あらためてあたりを眺め渡した。

鼻をつく苔の匂いが、しみじみ遠く来たことを思わせた。清い小さな流れが、すぐ側の大きな岩伝いにしたたり落ちている。小鳥たちが、重なりあった低い松の梢と梢の間を飛びかい、悦ばしげに囀り、鋭い鳴き声を残したかと思うとばたばた舞い上がっていく。

ひんやりした清冽な風に、汗ばんだ肌がなぶられるのが快かった。鬱屈した心も自然に解けほどけ、生の喜びが、ふつふつと沸き上がってくる。

はや西に傾きはじめた陽が、黒ずんだ岩肌をあかあかと照らし出し、山の片側は切り立った崖になっている。一羽の鷲が、山の頂きにそそり立っている城塞風建物の、灰色かかった石の円塔すれすれに舞っているのが見える。が、やがてそれも夕暮れの空の中を、見る見る遠ざかり黒い点となって、視界から消えた。夕陽は厚い雲の中に入り、雲の縁を金色に縁取って、幾束かの黒金の箭《や》となって光芒を放ち、あたりの空を紫紅色に染めた。

突然すぐ間近で、灌木を揺さぶるような大きな物音がした。彼ははっと身構えたが、振り返ると、見事な角を持った牡鹿が、一頭じっとこちらを眺めている。あ、と思うまもなく、ひらりと跳躍して、岩陰の茂みに姿を消した。再び静寂が戻ってきた。その静けさ、空気の穏やかさ、かぐわしさ、さながら宇宙全体が微笑しているかのようだ。悠久の天地の神々しいまでの調和。

旅人は一瞬、二年前まで、かの都にあって、紡いだ数々の夢も、その後の苦難も、色褪せて感じられるほど、恍惚として我を忘れていた。はるか眼下にはロマーニャの野が霞んで広がっている。黄昏の光の中で、すべてがさながら神を讃美する妙なる歌の調べのように打ち震えている。

だが日輪は、やがて見る見る岩陰に没していき、空は紫紅色から、濃いブルーに変わって、大気も冷え冷えとし、旅人の胸は再び現実に引き戻された。あたかも希望を失った人の顔が徐々に蒼ざめていくかのよう、と旅人も色蒼ざめてくちびるを噛み締めた。

祈りを済ませたトンマーゾ修道士は、しばし空を仰いで佇んでいたが、やがて旅人を静かに促した。

再び歩き始めた旅人の胸に、あらためて強い輝きを放って、かの都での青春の思い出がよみがえった。それは心を捉えて放さないたおやかな、今は亡き女性の面影を常に伴っている。彼はその瞳のこの世ならぬ夢のような青い光を、いまは清らかな喜びをもって思い浮かべることができた。

おお、微笑に身を包む甘美な愛よ——
今は亡きいとしき人——

第二章　僧院

山道に慣れた足取りで先を急ぐ修道士トンマーゾに続いて一行は足を速めた。石ころ混じりの乾いたごろごろ道で、片側は谷に向かって切り立った崖である。足を踏み滑らさぬよう用心しながら歩を運ぶ。

「着きましたぞ。卿よ」

トンマーゾの声にはっと顔を上げると、先刻頂きに見え隠れしていた僧院の全貌が、突如かれのまえに姿を現した。

それは谷の台地を利用して、思いの外の大きさで凝然と聳《そび》えていた。僧院の前には一本の楠が、豊かに枝を茂らせている。ねぐらに帰ってきた夥しい小鳥たちが賑やかに鳴き交わし、枝々は、まるで風が葉をざわめかせるように、音立てて揺れ動いていた。喜びを全身で現しているかのような鳥たちの姿を、旅人は疲れも忘れて見入った。

「聖フランチェスコもここに立ち寄られたことがあると伝えられております」

「やはり神のみ恵みを、小鳥たちに説教をされたのでしょうかな」

「おお、それはいづこにても見られたのでございます」

控えめな性質に見受けられたトンマーゾの、意外なほどの弾んだ応答だった。

僧院の板の門扉が大きく開かれ、茶の僧衣に身を包んだ小柄な白髪の老修道士が、もうひとりの修道士と待ち受けていた。この僧院の院長と副院長であるという。院長は両手を広げて客を出迎えると、胸の前で大きく十字を切った。

「ご無事のご到着、主のお恵みに感謝いたします。兄弟なる卿よ。われら一同心より歓迎いたします。フラテ・トンマーゾ、ご苦労であった。さ、さ、中へどうぞ」

皺に畳まれた小さな眼、笑うと優しさのふきこぼれるような院長とは対照的に、かたわらの痩せて背が高く、木彫りの面のようないかつい顔をした副院長の落ち窪んだ目には、どこか、ひとをよせつけぬような厳しい光があった。

大きな木の扉が軋みながら一行の背後で閉められた。

およそ五百年前は、城塞に使われ、のちにベネディクト修道院として使われていたこともあるという僧坊は、幾度か建て増されたらしく、堂々とした聖堂や塔を備え、意外に大きな規模である。

院長は歩きながら
「卿よ。事情は私も、副院長も承知いたしております、どうか心おき無くご逗留下さい」

副院長がことばを継ぎ、

「乏しきものを分かち合って暮らす兄弟教団ゆえ、十分なおもてなしはできませぬが、あなたさまの部屋は用意いたしました。御逗留はいずれ長くはありますまいが、しかしいつまでいらっしゃいましょうともお心のままに。お案じになることはありません。我らにできますことは、何なりとお申し付け下さい」

というと、旅人の謝礼のことばをさえぎるようにふたりは、

「お話はまたのちほど、とりあえずお部屋に案内させましょう。夕食は晩課のあと、一同ともにとることに。それまではご休息を」

と、軽く会釈し、あとをトンマーゾに託して立ち去った。旅人はふたりの後ろ姿を見送り、大きく息を吸い込むと、あらためて辺りを見回した。

聖堂に続いて、僧房といくつかの建物が回廊でつながれ、中庭を取り巻くようにして延びている。建物の裏手は菜園らしく、回廊の片隅にある半ば開いた裏木戸から艶やかな緑が波うってひろがっているのが垣間見えた。

聖堂と建物の間の狭い石段を幾段も登り、旅人がトンマーゾ修道士に案内されたのは、断崖に沿って並ぶ、石造りの部屋のひとつだった。板扉を開くと、灰色にくろずんだしっくい壁の小室が目の前に開かれた。明り取りの小窓がひとつ、質素な木の祈禱台と、木枠に藁で編んだベットのかたわらにがっしりした武骨な椅子が置かれていた。

霧を含んだ山の空気のせいか、長らく閉め切られていた部屋うちは、独特の黴《かび》臭い湿っぽい匂いが

する。低い天井にはしみが浮き出していた。冬は暖炉にもなるらしい壁の窪みは、長らく火を焚いたこともないらしく、灰が白く固まっている。ベットの頭上に木造りの十字架につけられたキリスト像が架けられているほかは、部屋に何の飾り気もなかった。

騾馬を門の中に繋いだ従者が重そうに包みを運んできた。一握りの貨幣を与えて去らせていると、トンマーゾが手桶に入れた水と、小さな盥《たらい》を運んできた。今はその顔も薄闇に包まれて、定かに見分けられない。ひざまずくと、それが客人をもてなすしきたりと見え、腰につけた手拭いで旅人の足を丁寧に拭い清めた。

「慣れぬ山道、おくたびれでありましょう。どうか手足を伸ばし、ご休息ください。のちほど御用を務めるフラテをよこさせましょう。何かご不自由があれば、遠慮なくお申し付け下さい」

旅人の謝辞に軽く頷くと大きな鍵を手渡し、トンマーゾはにっこり一礼して静かに部屋を出て行った。

錆びついた小窓のかんぬきを引き、力いっぱい押し開ける。木の扉はきしみ音を立てながら開き、部屋内に、ほのかに黄昏の光が射し込んだ。窓の外は断崖だが、思ったより緩やかな傾斜で、谷に落ち込んでいる。背の低い松や灌木が、岩にしがみつくようにして生えている。谷底は霧に包まれていた。

彼は旅のマントを脱ぎ捨て、汗ばんだ顔と体を拭き清め、久方ぶりに生き返ったような気分になった。

塒《ねぐら》に急ぐ小鳥たちの声が弾むように響いていたが、僧房はしんと静かだった。ほどなく、まだ少年のあどけなさを残した若い助修士が、壷に入れた飲み水を運んできた。長い道程だったので、澄んだ冷たい水で喉を潤すと、精気が甦る思いである。

疲れた体を藁のベットに横たえる。つんと饐《す》えた匂いが鼻をつくが、彼は久しぶりのやすらぎに全身が溶けひろがるような感覚に身を委ね、やがてとろとろとまどろんだ。

どれほど時がたったものか、ドアを遠慮がちに叩く音に、はっと目を覚ました。部屋はすでに真の闇で、開けたままの窓から冷気が流れ込んでいた。燭台を手にした先ほどの助修士が、食事の刻限が来たことを告げ、先に立って案内した。

食堂には大勢の僧たちが集まっていた。ところどころに置かれた僅かな蠟燭の灯りのもとで、一人一人の顔は見定めがたい。

院長の隣に、席が作られていた。院長は、礼を述べようとする客を制し
「しばらくはゆっくり休まれますのがよろしかろう。万事神の御手にあることゆえ」

と囁くように言い、乏しい供応を悦ばしげに勧めた。いつもの祈りと讃歌のあと、修道院長は、祈りの兄弟として俗界の客人を迎えたことを修道士たちに告げ、祝福の祈りを捧げた。彼の名は明かされなかった。

彼はそっと辺りを見回す。重い椅子を引きずる音と、僧衣の擦れる音のほかは、沈黙があたりを支配しているが、暖かい雰囲気は感じられた。部屋うちにみなぎっている簡素、静謐。闇の中で黄色い蠟燭の光のもとに、照らし出される貧しさそのものの一切。すり切れた靴、身じろぎのたびに音立てるごわごわした粗布の僧衣。飾り気の一切ない木の床と、土壁と低い天井。人の膚の発散する暖かみと微かな臭気。時間が止まっているような異次元の世界に包み込まれて、何もかもがまるで夢を見て

いるような光景だ。

質素な食事が運ばれた。旅人は、はじめて空腹を覚えた。固いパン、塩気の少ないキャベツ入りスープ。れんず豆と形のいびつな蕪が、ざらざらした皿の上に不器用に盛りつけられている。フィレンツェ人の舌には慣れない食事にも、慣れて久しい。精一杯の歓迎の供応。酸っぱい葡萄酒が快く喉を通り過ぎてゆく。

極度に灯りを切り詰めた部屋は仄暗く、修道士たちがどれほどいるのか、よく分からない。月の光もここまでは届かない。

食事を終えた僧たちは、ひそやかに食器をとり片付け、祈りを呟きながら、一人また二人と食堂を去っていく。

院長は立ち上がると、旅人に
「晩課の前に少しお話を」

と囁いた。

「後ほど部屋のほうにお越しいただけるでしょうか」

「喜んで」

老院長はにこやかにうなずくと重い木靴を引きずるようにして立ち去った。副院長がそれに続いた。いつの間にか食堂はがらんとして戸口から冷たい風が吹きぬける。

回廊に出ると、暗い夜空に新月が鎌のようにかかっていた。戸外は真の闇である。

部屋に戻り、しばらく休んでいると、先ほどの助修士が迎えに来た。

院長の部屋は、聖堂の隣に設けられていた。天井は高いが、飾り気の全くない小部屋で、副院長と共に使っているらしい。

「生憎馬が手に入らず、徒歩でのご案内となりました。こちらまでの登りは、都のお方には厳しかったことでありましょう」

「いやいや、既に都を離れて久しくさすらい、旅にも慣れております。道を知ったトンマーゾ師の先導で、恵まれた行路でありました。暫しの休息で疲れも取れました」

彼は丁重に礼を述べた。確かにほっとしていた。こうして山の修道院の静謐のなかに身をおくと、暫し俗世で味わった苦悩の数々が、別世界のように遠く感じられる。

しかし、ここにはまた一種別の緊迫感が充ちていることも、敏感に感じ取っていた。俗世を拒絶する意思と、至上の神への憧憬を内に秘めて暮らす日々ではあるが、ややもすれば鬱屈したエネルギーが、現実を超えた夢を紡ぎ出す。平安を求め、日夜きびしく身を律している修道僧たちのかもし出す空気のなかにすら、何かしら落ち着かず動いているものが感じられるのはそのせいだろうか。悪魔はどこにでも跳梁するものだ。

院長が椅子をすすめながら、さりげなく尋ねた。

「お客人、フィレンツェを去られてからいかほどになりますか」

「そろそろ二年になります。神父様」

「かの町は、わが教団とも関係が深い。私も何度か、小さき群れの兄弟たちとともに訪れ、滞在したことがあります。卿よ、プロヴァンスの修道士ピエール・ジャン・オリュは、かのすばらしいサンタ・クローチェ教会の学院でしばらく教えることも許されました」

「神父様は、オリュ師を、もしかして直接ご存じで」

旅人は懐かしさに駆られた風で、はっとして問いかけた。院長は感慨深げにうなづき、

「わが小さき教団のすぐれた兄弟の一人、ピエール・オリュは、私にとって親しき友。よき信仰の兄弟でありました」

旅人の胸うちに一瞬純粋な喜びが走ったが、やがて心は物憂いかげりに満たされた。

「私もオリュ師の教えを受けたものの一人です。まこと、霊において、知性においてすぐれたお方でした」

「ほう。といわれますと、あなた様もピエール・オリュがしばしば言っていた、至福に値いする、愛する子等のお一人であったわけですな」

「いや。私は年齢が既にたけており、生徒というわけではなく、師の声望を慕って集まった群れの一人。あの方の説かれる教義について、しばしば学びの徒たちが、有益な論争を展開する場に赴いて、耳を傾けたに過ぎません。ご承知のように、かのウベルチーノ・ダ・カザーレも彼の高弟の一人」

「ああ、フィレンツェのサンタ・クローチェ教会！　すぐれた人材を育てた偉大なる聖堂学院。清貧と謙譲の師ウベルチーノ！」

それまで黙っていたルキーノ副院長が、目を輝かせると十字を切って不意に口をはさんだ。しかしそのサンタ・クローチェ教会と付属の修道院こそ、この教団にとって論争と分裂の本拠ともなった場所だった。ウベルチーノは、フランチェスコの作った教団の清規を守り通すことに固執した厳格派の

指導者として、やや行過ぎた過酷さを具えていた。サンタ・クローチェ教会にはつい先頃まで、地下に異端審問の牢獄があったことを、トスカーナではだれ一人知らぬものはない。

院長はしばらく黙っていた。それから、ほっと吐息をつくと、

「さよう。しかし、それもこれも、もう一昔前のことです。愛するピエール・オリュも先年天に召されました。望み通り、いと聖なるパードレの側近く、主のもとでやすらいでいることでしょう」

「オリュ師の志を継いだウベルチーノ師は、今ラ・ベルナ山において師の教えに基づいた著作を執筆中でございます」

ルキーノ副院長がまた口を挟んだ。

「ほう。かのボナベントゥラ師も滞在された地で?」

既に聞き知っていたものの、旅人はそれをもう少し詳しく知りたいと思ったが、院長は、ルキーノ神父を無視し、フィレンツェが懐かしくてたまらない、といった風に、客とのより私的な話を選んで続けた。

「ああ、この世のものとも思えぬ美しいサンタ・マリア・ノベッラ！　活気に満ちた広場。アペニンの谷あいよりはろばろと流れるアルノ川、今も、ありありと町の盛況が浮かんでまいります。しかし、噂によりますれば、あれからフィレンツェは変わってしまったことでしょうな」

「さよう。すっかり」

短く答えると、旅人はそのまま絶句した。それ以上話すのは苦痛だった。院長も客の顔色を見て、口を閉ざした。暫しの沈黙の後、旅人は話題を変えた。

「こちらの修道院は、聖フランチェスコの魂に心を清められた、敬虔な修道士の方々の集まりでありましょう。さすが、生涯賭けて平和を説かれた聖者の教団ですから、山には聖性がみなぎっておるように感じられました。争いの坩堝《るつぼ》のごとき騒々しい俗界からまいった者には、別世界のようです。ここでは人の営みのなんと空しいことかを、ひしひしと感じずにはいられません」

「さよう。いたずらに欲に走り、勤め励むこと、学ぶことすら、時として、無用の争いを引き起こし、信仰の大いなるつまづきともなることを、パードレは生得知っておいでてございました。人の魂は無限の高みを志向せずにいられぬものでありますが、幼子の如く、ひたすらイエスの御名を慕い崇め、世の平和を祈り求めることとだけが、我らに許された勤めと導かれ、ここでは主のみことばをのみ、たのみとし、難しいことは考えぬよう諭しております。何事も主の御心のまま、イエスによく帰依された愛するパードレの教を守り、愛する清貧を抱きしめて、日々の糧を托鉢によって贖《あがな》い、世の平和のみを願い、小さきものたちで、ひたすら祈りと観想に日を過ごしておる次第でございます」

「しかしながら、師父フランチェスコの信じられた神の愛、祈り求められた平安と喜びは、このイタリヤの地にいつになったら訪れるものやら、フィレンツェにおいても、町の平和をめざした我らの試みはあえなく潰えました。すべてが乱れ、人の心もいまだ正気とは思えません」

「いろいろご苦労をなさったことお察しいたします。世の騒ぎは、ここには間接的にしか届きませず、また聞かずに済ませられたら、と願うわけですが、神よ、許したまえ。暴虐はいつかは滅びなければなりません」

院長はさすが老練で、穏やかな調子を崩さなかったが、ルキーノ副院長は、何事によらず聞き耳を立てているといった風で、鋭く追求してきた。

「今ご当地では黒派の市民や、市外から入り込んだ貴族のかたがたが、異端のカタリ派と結んでいる、という噂を卿は真実と思われますか。もし、真実とすれば由々しきことでありますが」

「はて、さようなことはしかとは存じませんが、横暴で過激な輩です。真の信仰心を持っているとは申し上げられません。我が町は、いまでは平和を憎む輩の餌食と成り果てております。わたくしは、いつの日か、わが都市が、義によって救われる、と固く信じておりますが」

「義によって救われる、と言われますか」

「さよう、神の正義によって、です。ご存じかと思いますが、由なき汚名を受けましたわたくしの名誉も、いつか回復される日の来ることを、ひたすら祈り求めて行く所存です。だが……」

はっとして、われにもあらず口ごもった。神の正義による救い、これを世俗の正義と固く結びつけようと志す自分が、もしかして頭の固そうなルキーノの目には異端と映っているのではあるまいか、不意に疑念が頭をよぎったのだ。

今は何も話すべきでは無い。ここは政治の場ではない。事情を詳しく知らぬはずの神父たちの前で、教皇をも捲き込んでいる追放にかかわる事件について公言するのは控えるべきだ。それに信仰のありかたに異見をさしはさむことは危険すぎた。

追放の身とはいえ、町に立ち入らない限り、追われているわけではない。黒派が下した判決は、いずれ必ず堂々と覆して見せる。あの都を、狼たちの手から奪還するまでは、なんとしても節を曲げるつもりは無い。しかしそのことは、この修道会とは関わりのないことだった。研ぎ澄まされた神経がわずかのことでささくれだち、ともすれば高ぶった口調を改められない。狼に追われる狐さながらに緊張し警戒しているのだ、と我ながら情けない。

副院長が、再び口を開いた。まださほどの年ではないが、こけた頬、落ち窪んだ眼からはときおり火花が飛ぶような光がきらめく。つつましやかな挙措と裏腹に、硬くて冷たい雰囲気を漂わせ、油断ならない気配である。

「トスカーナでは、ここ数年、殺戮が日常茶飯事に行われているとか。獅子と竜ではなくて、狼のいがみ合いともいえるとやら、悪魔の手に渡り、異端の巣と成り果てぬ前に、主にある教皇のご指導のもとに、平和で正常なコムーネとして出直されることを切に祈るものです」

その教皇が問題なのだ、と叫びたいのを彼は辛うじて思い止まった。わざわざ、客を招きいれて歓談したのは、世俗の情報を少しでも聞いておきたいだけではなく、彼らの存在をしばしば脅かす異端の匂いを少しでも嗅ぎ取りたいからかもしれない、と推測した。ついこの間まで、自分が身を置いていた、血と泥と憎しみのぶつかりあう世界とはかけ離れた静謐と平安の場ながら、やはりいつどのような危害に遭うかも知れない不安は拭いきれない。大勢の修道士を統率する立場としては、ある程度の状況把握は必要なのかもしれなかった。

ローマの教皇庁は権力の中枢にあって、歴代教皇はともすれば利権あさりに走る。現ボニファティウス八世もその例に漏れない。飽くことを知らぬ精力で、富を蓄積した諸都市のあいだで、あれこれ画策したあげく、先年それまで手を結んでいたフランス王と対立し、アナーニに追い詰められて憤死してしまった。フランス王は豊かなイタリヤに野望を燃やして、いまだに虎視眈々と都市の利権を狙っている。

イタリヤ全土が、麻のように乱れ、自衛の目的で誕生したそれぞれの都市コムーネは、利害の衝突からつねに互いにいがみあい、平時でも一触即発の空気が漂い、抑圧された貧しい民衆の不安と、苦悩の中から噴き出すように、異端の風が時として荒れ狂う。キリスト教会も、決して安閑としてはいられない世であった。

ここロマーニャ地方の領主たちは、旅人が都にいたときに属していたのと同じ教皇党（通称グエルフィ、政治的に教皇の立場を支持し、利用しようとする政党）に組しているが、同じ教皇党ではあっても、商人貴族の多いトスカーナ地方の小都市や、フィレンツェの党とは、目指す目的もグループの性格も大きく異なっていた。

繰り返すように旅人は、フィレンツェの教皇党（グエルフィ）に所属し、さらにその中の分派である白派要人として、統治権の中枢にいたが、政敵として返り咲いたコルソ・ドナーティの率いるグエルフィの中での黒派とはもともと対立していたうえ、このロマーニャ地方のどの都市の領主たちともつながりはなかったはずだった。

来る途中出会ったリミニの僭主マラテスタも、教皇党に帰属していて、敵対する皇帝派（ギベリーニ）を倒してこの地方一帯の僭主として君臨し、近隣に睨みを利かせ、当代きっての暴虐残忍な一族としてその名を轟かせているが、旅人を追放した同じグエルフィの黒派、コルソ・ドナーティの一派とは、とくに親密な連携関係はなかった。

「たしかに、平和はだれしも望む尊い恵みです。聖パードレは熱い思いで常に求められたものでございました。意見が異なるとき、一方が、もう一方を支配したいと望むのも、もとはといえば、平和への願望あってのことでありましょうが、不完全な神の被造物でありますゆえ、人は屡々それを歪めます。この時代は、まさしくそれが極度に歪んでいるように見える。世にとって、まさに不幸なことです。申すまでもなく、聖パードレが教えられた一番大切なことは、あらゆる邪まな欲念を捨て、ただ恩寵の光のなかで、御自ら血と肉の贖いをされた主イエスを愛し、『淑女清貧』を崇めつつ、敬虔なへりくだりのなかで祈りつづけることのみであります。それゆえ、こちらでは、ひたすら、主にならい、祈りに専念する群れとして日夜相集うて、心をつくし御言葉を守らんと、精進を重ねているわけでございます」

客は、深く頷き、そっと、もういちど、仄暗い部屋を見回した。瞬時沈黙したあと、客は言葉を和らげるようにつとめながら別の話題に転じた。

「こちらの小鳥の多いのに驚きました。夕暮れちかく、木という木から、沸き上がるように鳴きしきる喜ばしげな声に、身も踊るような思いで聞き入っておりますうちに、つい、うとうとと、まどろみました。鳥の囀りは、夢の中でも響いておりました」

語るうちに声も生き生き弾んでくるのが感じられる。院長はにこやかに笑みを含み、

「罪深い人間には、世は厳しく、主の教えを守りぬくには、忍耐が必要とされます。しかし、無心の小鳥たちはまことに愛らしく、羨ましいことさえございます」

と返したが、穏やかな表情とは裏腹に、その声には、深い嘆きが籠っているように聞こえる。長年、聴聞に身を捧げてきた院長は、相手の話が聴くに値すると思われる場合、根気よく耳を傾け、思わず

生来の話好きが顔を出すこともあるのだが、いまはそれ以上言葉を続けることをためらっているようだった。副院長の肚のうちは測りがたかった。

客は再び冷え始めた山の冷気に、思わず身震いをした。院長は、すかさず言葉を継ぎ、

「街の空気になじまれました方には山の風は冷たいかもしれません。朝夕は冷えますゆえ、ご用心ください。申し遅れましたが、ここはさる貴人が、天に召されるまえ、聖者フランチェスコに深く傾倒され、遺贈されました土地でございます。荒れ果てた古いベネディクト会の修道院の建物がございましたが、それをこのようにわれらの祈りの場として修復されたのでございます。あなたをお招きしたのも、その貴人の縁につながる方のご依頼でございまして、いつまでご逗留なさるとも、自由になさってください。フィレンツェのごたごたがどうあろうと、我らには関わりのないこと、とわきまえております。安心して居ていただきたい。副院長も、同じ考えです。承っているところによれば、詩人であられるとか、もし御所望でしたら、当院は文書もいささか所有しております。一切の所有を禁じられました兄弟会ではありますが、ベネディクト修道会からそっくり受け継いだものは捨てずに置いております。ボナベントゥラ師はもちろんフラテ・ウベルチーノの最近の著作も所蔵しております。ご希望なら、文書係の修道士をご紹介申し上げます。写字を心得ている僧もおります、未熟ながら。写字僧が必要ならば、申しつけてくだされば」

穏やかな口調で付け加えた。旅人は、軽く頭を垂れて礼を述べたが、流謫の旅の疲れと心労が意外に重くのしかかっているらしく、頭も朦朧として早く引き上げたかった。今は一刻も早く部屋に戻って休みたかったので、

「色々お話を伺いたいのは山々ですが、一、二、片づけねばならないこともありまして、これで失礼させていただきたい。ご厚情は感謝の極みです」

と丁重に詫びて立ち上がった。院長は、疲れているところを呼び立てた非礼を詫びながら送り出した。

旅人は、入り口で待ち受けていた助修士の少年から手燭を受け取ると、部屋に戻った。山はすでに真の闇に包まれていた。鳥たちの声もいつしかやみ、木の間を渡る風の音だけが僧院の周りを巡り、静寂をいっそう深いものにしていた。回廊の隅に一箇所だけ備えられた蠟燭が、風もないのに今にも消えそうに焔を揺らせている。室に戻ると、詩人は、ベッド脇の質素な台に手燭を置いた。

ぼんやりと照らし出された狭い部屋の木の椅子に腰を下ろす。

聖堂から、夜の深い静寂を破るように重々しい祈りの朗唱が流れてきた。続いて讃歌が沸き上がったかと思うと、どこかけだるいような長い祈りの呟きが、谺《こだま》のように、高く低くうねるように、谷を越え、あたりの空気を震わせて、いつ果てるともなくたゆたい、やがて風に散っていくのだった。開けたままの窓から、灯りに誘われて、一匹の黒い蛾がひらひら迷い込むように入ってくると、壁に貼り付いた。

手荒にするとはずれそうな板窓を、注意深く閉じあわせると、灯火を消さぬよう気を使いながら、彼は発つ前に宿に届いていた手紙を読み始めた。

彼が離党し、アレッツォを立ち去ったあと、フィレンツェに一旦戻った弟フランチェスコからの手紙だった。

それによると、フィレンツェの情勢は変わらず、むしろ、事態はますます混迷を深めているようだ。

アレッツォに逃れている白派の追放者たちの間では、単独で、彼らのもとを離れていった詩人は、蔑むべき利己主義者、また裏切り者として非難の的になっているらしい。当然のことだろう。しかし、悔いはない。約二年におよぶ政権奪回と、名誉回復のための活動のことは、いまはもう思い出したくもない。徒労感だけが残っている。

短い手紙に目を通してしまうと、立ち上がって、落ち着きなく狭い部屋うちを歩き回った。

僧坊は真の闇に包まれていたが、宿坊だけは特別の計らいで手燭が許されていた。ぼんやりと薄い明りをたよりに、彼は何通かの手紙をしたためた。

アレッツォの同志の幾人かへの釈明と忠告、弟には、近況とともに苦しい放浪と今回の登攀ですっかり擦り切れた靴のかわりに、新しい靴をできれば送ってほしい、頑丈なやつを、と。すべてはフランチェスコに頼らねばならない。妻のジェンマ宛はあとにした。叔父たちも亡き後、子供たちの安否が気遣われたが、今は彼らの幸運を祈るしかない。

書き終えると、明かりを吹き消して、固い藁の床に横になった。体は綿のように疲れているのに、目が冴えわたってなかなか眠れない。どこか遠いところで風が鳴り、小川のせせらぎのような音を聞いているような気がしている。

目を閉じると、闇の中で、またしても抗いがたい魔力が彼を圧倒する。怒りと憎しみが彼を引きずり込み、呑み込もうとする恐ろしい淵。故国の先行きへの憂慮、政治的挫折の落胆が虚無の深淵に彼をいざない、生きる力さえ呑みこもうとする。

主よ、み救いを！

棚の上に置かれてあるラテン語の聖書に手を伸ばす。よく父がやっていたように。その瞬間、ふっと自分の手が父によく似て見え、いっそう心が萎えた。彼は今初めて自分がもはや若くはないことを意識した。

稚拙な装飾を施した黄ばんだ聖書は幾たびも開かれたと見え、手垢にまみれ、ところどころすり切れている。開いた途端はらり、と枯葉がこぼれ落ちた。誰かが栞がわりに挟んでいたものらしい。

開いた箇所を読む

——復讐の神、エホバよ
光を放ってください。
地をさばく方よ。立ち上がってください。
高ぶる者に報復してください。
エホバよ。悪しき者どもはいつまで、
いつまで、勝ち誇るのでしょう——

思わず声をあげて朗誦する。

——おきてに従って悪をたくらむ破滅の法廷が
あなたを仲間に加えるでしょうか。

彼らは正しい者のいのちを求めて共に集まり
罪に定めて　人の血を流します。
しかしエホバはわが砦
わが神は、わが避けどころの岩――。

（詩篇94）

ああ、闘いつつ神に祈りの讃歌を捧げた古人の偉大さよ！　我もまた、いつの日か神へ頌歌を捧げることができるならば！　だが今は。思えばこの数年、自分は堕ちるところまで堕ちてしまった、かつての純粋な精神の集中力が、すでに失われているのではないか。

これから先、いったいどうすればよいか。麻のように乱れた国々を、一つにまとめることがなぜ出来ないのか。教皇と皇帝とが相争い、都市と都市とがいがみ合う。栄光に充ち満ちたローマ帝国は遠くに去り、高貴なる魂はもはや捜し求めるのも困難だ。望みはどこにあるのか！　この世で自分に出来ることはなにであろうか。詩作はこのところ遠ざかっている。すぐれた詩の友グイード・カバルカンティが、口癖のように云っていた言葉を、詩人は苦い思いで繰り返し思い返す。

〝賢者は政治とかかわらず〟エピクロスのこの言葉を、グイードは屢々引き合いに出し、雑事に巻き込まれて感性が粗雑になることをなにより危惧し、避けることにつとめた。自尊心高く、卑小な現実とのかかわりを忌避しようとする友の芸術至上主義は理解できないわけではなかったが、不正のはびこる世の混乱に関心を持つことを拒否し、昂然と目をそむけようとする傲慢さを、彼は容認できなかった。

「現実に直面しようとしない君の感性こそ老いさらばえ、疲弊している。孤高を装っているが、けれども実は享楽のみを追い求める利己心で鈍磨しているんだ」と、激論の末、袂を分かった。

しかし、やはり現実は生易しくなかった。それに立ち向かい、闘うことは、詩的創造の力をそぐ、というグイードの杞憂は、あながち利己的な逃避とばかりは云い切れなかった、と今にして思う。もしかして、自分もこのところ感覚が鈍磨してきているのではないだろうか。

第三章　争乱の日々

思い出されるのは、葡萄園の片隅にある古い農家での起き伏しに眺めた起伏の多い緑濃きトスカーナの丘の眺めだ。初めてそこに案内されたとき、春はまさに始まろうとしていた。ベランダから、眼前に、緩やかな起伏をもって広がる野の果てに、雪を残した山並みが青く煙っていた。オリーブ畑の茂みを縫うように一筋の道がフィレンツェに向かって伸びていた。シェーベの丘にあるサン・ゴデンツォ教会でひそかに開かれた仲間の度重なる会合には、欠かさず参加していた。

今、あらためて、壁に向かってひとり心に呟く。自分は、いったいこれ迄何をしてきたのか。するべきことは山のようにあるはずなのに、こうして、ただ身を潜めて手を拱《こまね》いている日々が、このあと、いつまで続くか分からない。

アリストテレスは人生の至福は活動と観想にあり、と説いた。こうして、日々黙々と祈り、ひたすら観想に没入し、高きにいます神をめざし、魂の神への道程を辿ることに望みを置く忍従の集団に迎えられ、ともに過ごす日々こそ、尊き主の啓示かもしれぬ。おおいなる喜びをもってそれを受けることこそ、わがつとめ、わが善きわざであるのかもしれない。

あれからもう二年になる。夏であった。アレッツォの拠点では、急進派を中心に準備が着々と進んでいた。軍隊が結成され、八月十七日、うだるような暑さのなか、ラッパの響きとともに、友好都市ピストイアのセラバーレ城を拠点に、戦が始まった。白牛に曳かせた戦車カルロッチョには獅子を引き裂くヘラクレスの旗をつけ、黒派軍に対峙した。数においても味方は明らかに優勢と見えた。

しかし白派軍は所詮、商人と都市貴族と、傭兵からなる寄せ集めの軍勢だった。金も人員も優勢だったにもかかわらず、先祖代々戦いに生きてきた封建領主の黒派貴族の敵ではなかった。黒派の指揮官は、強豪として知られたモロエッロ・マラスピーナで、猛烈な石弓の応酬の中でセラバーレ城はあっさり黒派軍の手に渡った。

遺骸が累々と血の海の中に横たわり、冑や胸あてや、槍の穂先が太陽にきらきら焼かれていた。夜陰にまぎれ、呻きと怒りの叫びの中を、味方は意気消沈して引き上げた。遠く赤々と炎が夜空を焦がし、黒派軍のどよめきが聞こえてきた。彼らは勝利に酔いしれていた。どっちつかずのまま逃走して行方をくらましたものも多く出て、白派側の兵士たちの士気は落ち、怒りと憎しみと焦燥はさらにあおられた。

再び対策が練られた。急進派もさすがに自分たちの策の拙速さを認め、強引すぎたと反省しているかに見えたが、いざ協議が始まると、結局感情が先に立ち、責任のなすり合いに脱線し、個人的な憎悪や私怨、嫉妬侮蔑、ありとあらゆる抑えようのない悪感情がぶつかりあって渦巻いた。ことばの応酬で逆上し、互いに口を極めて誹謗しあい、あとにひかず、暴力沙汰に及ぶ。互いに辛い気持ちでいるのは同じだ。なぜもっと協調できないのか、と怒りを覚えながらも、彼もフィレンツェ人である。決して冷静に観察していたわけではない。我慢できずに罵りあったことも一度や二度ではない。

秋はこうして空しく過ぎ、彼は間もなく訪れる冬をともかく避けて、時を稼ぐことを説いた。比較的温暖なトスカーナでも凍える朝もある。都育ちの兵たちの士気が鈍ることは目に見えている。それに対し、敵方の田舎貴族たちは寒さに強かった。彼らに対抗するには我々の軍隊だけではだめだ。この際、勇猛果敢で聞こえているロマーニャの軍隊を雇って戦わせたらどうか、統率力にすぐれた勇敢なフォルリのスカルペッタ将軍の率いる軍隊を利用できれば、強力な味方を得ることになる、と提案した。

詩人のこの案には慎重派ばかりでなく全員が賛同した。いきり立っていた連中も、冷静になってみると、自分たちの武力に自信はなかったから、渡りに船と一致団結を誓った。

「使者はもちろん、君自身がやってくれるだろう。アリギエーリ、そうと決まったら早いほうがいい」

首領のチェルキは持ち出した資金の中から、十分な費用を用意して、詩人をフォルリへ送り出した。しかしスカルペッタ将軍はすぐに首を縦に振ったわけではない。フィレンツェでのコルソ・ドナーティ一派の横暴さと馬鹿に出来ない戦力と、フランスのシャルルの率いる軍隊の手ごわさ、かてて加えて敵方に教皇の後ろ楯があることなど、すべて知り尽くしていたからである。

だが、詩人の熱い説得でようやく重い腰を上げた将軍の率いた軍隊は、結局かれらの期待に反して、またもやフィレンツェ黒派軍に散々叩きのめされたのである。

再び犠牲者が多く出た。白派にとって惨めな二度もの敗北。資金の無駄遣いだった、と連中は容赦なく慎重派や、使節となった詩人をなじった。

忌まわしい会議の夜々がいまもまざまざと蘇ってくる。

「黒派に買収されていたのではないか」

たちまち黒い疑惑が渦巻いて、多くの者が同調した。急進派は慎重論を唱えたことの非を鳴らした。

「時を稼ぐなどといって敵に有利に計らったにちがいない」

「あのまま一挙に攻めればよかったんだ。敵だってかなりの打撃は受けていたんだから、スカルペッタの助けなど要らなかったんだ」「金だ。金目当てにちがいない。最初から事が起こったときかれがローマにいつまでもいたのからして怪しい。ほんとに国を思う気持ちがあったのか」「女がいたのかもしれん」「たいした財産もなく、金にも困っていた。フィレンツェを追われたときも、借金だらけの文無し同然だったから」

興奮すると、見当違いも甚だしいことをがなりたてる始末だ。彼の性格の厳正さはよく知られているが、しかしそれでもかつて街で、神を恐れぬ詩人たちと浮かれ回っていた時期があったのも事実だ。根拠の希薄な噂に尾鰭《おひれ》がつき、冷たい目が彼を取り囲んだ。誰もが望郷の思いに胸を引き裂かれる思いだった。アレッツォにいつまで留まれるか、幹部の中にもいら立ちが目立つようになった。

凡庸さが優先すると、正義や理想に固執する言辞は、現実飛躍の論理とみなされて孤立する。彼はこうした仲間と行を共にしてきたことを悔やみ、臍《ほぞ》を噛む思いで苦り切り、その態度が仲間たちの反感をますます煽った。こうして仲間たちも次第に、詩人の頑として自説を曲げない傲然とした態度に耐えられなくなっていった。

「あの愛想の悪さ、みんなが笑っているときもかれの目だけは笑っていない。自分をいったい何様と思ってるんだ」

「口先ばかりの理想論を述べたてて、今どうすればいいのかよりも、正義だの、平和などと。目下のところは敵を叩きつぶすほうが先だ。哲学かぶれの詩人様め。なにができるっていうんだ」

「一日も早く黒派を打倒して利権を取り戻さないとこのままではフィレンツェは目茶目茶だ」

「相手が武力と暴力で奪ったものを取り返すには、こちらも手を振り上げるしかないではないか。それさえもわからぬ」

事を分けて理非を説こうとしても耳を貸さない連中に、すっかり弱気になったヴェエリ・デ・チェルキは手を焼いていた。こうした多数派が勢力をもつにつれ、支離滅裂の暴言はおろか、危険が目に見えている拙速論を抑えることすらできない。

もと百姓から毛梳き商人として身を興したチェルキは、粘り強く、商才もあり、なかなか目端は利くが、政治的指導力には欠けていた。事ここに至っては、的確な判断が下せない。当然詩人の後ろ盾には到底なれる器ではなかった。

恩知らずで、利己的で、ただただ俗悪だ、と仲間の肚の内が見透かされてくるにつれ、詩人はほとほと嫌気がさしてきた。

歯に衣着せない自分の辛らつな言葉が、彼らの神経を逆撫でしていることや、鋭い鷹のような眼で相手を射竦め、しゃくれた顎で妥協を知らぬ論旨を展開することに連中が耐えられなくなっていることは薄々感じていたが、納得がいかなかった。それがどうしたというのだ。彼には自分があくまでも正しいという信念を曲げるつもりは毫もなかった。話し合いは平行線を辿るばかりだった。

神の名において正義を振り回すが、その実、神のみ心に背くことばかり考えているではないか。かれの失望は深まるばかりだった。かかるバビロンの輩に主は答えられるわけがない、と憤懣やるかたない思いが募った。

しかしながらお前の肩をもっとも重く圧さえるものは、お前と共にこの谷を堕ちていく仲間たちであろう。

（『神曲　天国篇』第十五歌）

失敗の責任を問われ、だれも弁護するものもなく、孤立するにつれ、詩人が本来抱いていた政治理念は、いっそう強固となった。それは「神が人間社会に意志したまうものは、真実にして完全な正義である」という、終生彼が貫いた信念だ。それを曲げては平和な故国再建に希望は持てない、と信じていた。望郷の思いはだれよりも強かったが、姑息な手段に訴えてまで、帰りたいとは思わない、と新政府による再度の条件付帰国勧告を撥ね付けた。

そうこうしている間に、教皇ボニファティウス八世と、シャルルの兄、フランス王フィリップとの間に軋轢が起こっていた。そしてその年秋十月、ボニファティウスはアナーニの別荘に潜んでいるところをフランス兵に襲われ、村人に助け出されたものの、ついにそのショックから立ち直れなかった。多年にわたる放恣でストレスの多い生活で健康を損ねていたから、出来の悪い息子に怒鳴り散らしている最中に急死したということだった。

教皇庁は急遽ドメニコ会修道士のニコラス（のちのベネディクトゥス）を後任の教皇に選んだ。ニコラスはすぐれた学僧だった。人格も高潔だという評価を受けていたが、その就任は暫定的な取り決めで、よくも悪くもさほど政治的影響力を持っていないと考えられていた。

しかし、彼はともかくフィレンツェの状況は放っておけないと考え、何とか収拾しようと、和解調停に乗り出した。

まず和解を、という教皇庁の提案を、今回追放者たちは、意外に素直に、穏健派の主張に同調し、受け入れることにした。それは、一刻も早く帰国して、商売を建て直し、政権も取り戻したい、という気持ちが働いたからである。今がチャンスだと、白派の面々もさすがに緊張し、心をひとつにして応じることになった。

具体策について協議が重ねられた。今一度、やはり最も弁の立つ詩人にチャンスを与えよう、という仲間の委嘱を受けて、かれはまず、名君として知られたヴェローナにフィレンツェ白派の援護者として、立つことを求めるべく赴いた。相変わらず、論理の公正さと正義に固執してはいたが、その視力は仲間より遥か遠くを見通していたのである。

ヴェローナの領主は名君として知られたバルトロメオ・デッラ・スカーラだった。

しかしこのさなかにフィレンツェ経済の根幹を成していた毛織物業が、何者かの手によって起こされたカリマーラ倉庫群の大火事で、壊滅的な打撃を被ったのだ。

銀行家たちで形成されていたブルジョワジーが、黒派と裏で手を結んで、和解調停を頓挫させようと企んだとする噂が流れた。教皇庁は見事に裏をかかれたかたちとなった。和解に派遣された枢機卿はなす術もなくローマに帰ってしまった。

詩人も、交渉半ばで大急ぎでヴェローナから戻ったが、もう急進派をなだめる手立ては残っていなかった。

「黒派の陰謀だ」

「やつらの放火に違いない」

「やつらは和解など望んでいなかったんだ」

「そうとも。黒派は町をめちゃめちゃにして腹癒せをしたいだけなんだ」

「町の繁栄が商業のせいだってことですら癪に障るんだ」

「奴等に商売のことなんぞが分かってたまるか」

「何が家門だ。由緒ある名誉が何だ」

「カリマーラを焼かれては。もうおしまいだ」

千九百戸も焼け落ちたとあっては、血も凍るような失意に駆られ、涙に咽《むせ》ぶものや、絶望的になって、疑心暗鬼にかられる者、商業にその経済活動を依拠していた白派の仲間たちはパニックに陥り、ますます分裂状態を深める結果となった。

救いがたい挫折感が仲間を覆い、混乱はもはや収拾がつかなかった。敵に対する憎悪は深まったが、戦意は一時的にしろ完全に失っていた。

大貴族グイード・カバルカンティの一族も、もうこれでおしまいだろうと彼は暗然とした。友の家の富はあの地区にかかっていたからだ。

だれもが、もはやなすすべを見出せず、顔をあわせては、刺々しい言葉を交わす日が続いた。焦燥と怒りに身を焼いて空しく冬を迎えた。毎夜深更まで議論した。噴き出す怒りと憎悪、再び戦いが提案される。しかし結局白派の仲間たちが真剣にフィレンツェ共和国の和平と公正な自治など望んでいないということ、だれしもが利権と現世の快い暮らしにあこがれ栄達に渇いているだけだということがはっきり露呈されてきた。

最初からだれの心の奥底にも何とかしてもとの生活に戻りたいという思いしかなかったのだ。

「それでは正義に悖るではないか。我らの理想に反することになる」

事あるごとに異を唱えるかれに返ってくるのは冷たい無視と冷笑という有様となった。怒りと絶望に打ちのめされながら、かれは状況の打開に向けた情熱を次第に失ってゆく。かれの理想などだれも理解したいと思っていないということを次第に理解するにつれ、フィレンツェ白派市民たちの本来高貴なはずの知性は一体何を求めているのか、ということがかれの魂に大きな課題としてのしかかってきた。

「こんなことでどうする！」

叫んでみてもまるでこだまのように虚しい。崇高さも英雄的なところもなく、公正さすら求めようとしない。彼らの緻密ですぐれた頭脳を満たしているのは奸策に次ぐ奸策のみ。追い詰められた豺狼さながらではないか。その心にはもう愛も寛容も入る余地がない。主の民としての祈りは忘れ去られて久しい。彼らの目は虚ろで、やかましいばかりだ。ひたすら自分たちの利害にばかりさとく、小心なフィレンツェ人、その移り気と、虚栄心と、根拠の乏しい傲慢さと、阿呆さにうんざりしてきた。

一方でしたい放題の黒派の行動の脈絡のない横暴さ、すべて赦しがたい愚かさと堕落の極みだ。白派も黒派も、なんの変わりがあろうか。自己過信に膨れ上がり、勝手なときだけ、神よ、神よと唱えるが。主よ。いつまで彼らに耐えられるでしょうか。

かれは次第に耐え難くなり、魂は一人になることを切望し始めた。いっぽう仲間たちの眼には、正義にあくまでも固執するかれの態度が、非現実的で非寛容な空論をやたら振り回すだけ、と見えていたばかりか、

「自説を一歩も譲ろうとしない傲慢のきわみ」

「彼の眼は反論する者を射抜く」

非難が次第に高まっていた。鋭すぎる舌鋒、容易に妥協を示さぬ頑なな態度に反感が募っていた。かれは黙しがちになり、こうした会合に出るのも気が進まなくなり、救いようのない絶望感に悩まされ始めた。事態は進展せず、月日がどんどん過ぎてゆく。矢も盾もたまらず、これでよいのかという焦燥感に苛まれ、皆に背を向け、所信や方策をを書きつけたメモを作り、これと思う各地の権力者への書簡を準備したりし始めた。

極力抑えようと努めていたが、怒りに燃えて冷静でいられない態度が、仲間内でのかれの孤立をますます深めていた。日毎に溝は深まるばかりだった。仲間たちはかれの存在に疎ましい思いを募らせ

ると共に、さらに不愉快な中傷が飛び交い、こんな言葉まで囁かれ始めた。

「かれは神のみに赦された審判のわざをひそかに行って、それを書き付けている。その証拠に、夜中部屋から妖しい夢魔に魘されているかのような奇声が聞こえ、まるで亡霊と話しているような呟きが聞かれることがある」

かれのこのところの浅い眠りが、しばしば苦悩に破れることから、そのような憶測が囁かれたのであろう。打ち消したいと思っても、事実思い当たる節がないわけではない。

ついに、これまで行を共にした白派を、離れる決意をした。もはや白派でも黒派でもない。残された道はただ一つだ。おのれの信じる道を自分で切り開くことしかない。神に通じる道はただ一つ、わが心の中にある。やってみよう。そう考えたとき、彼の心は定まった。この乱れきった国に平和と安らぎを求める為に、出来ることを生涯かけて探し求めること。今後は一人一党で行くしかないと決断したのである。

党首のチェルキと幹部たちにそれを伝え、袂を別つことを宣告するとひとまずそれまでの宿を出ることにした。チェルキは驚いた風もなくそれを受け入れた。むしろ、ほっとしている様子を隠そうともしなかった。かつての統領仲間たちも、もはや彼を引き止めようとはしなかった。

チェルキはいくばくかの当座の資金を提供することを申し出たが、彼は断った。

「主が共におられるように」

同郷の間柄として、互いに心から抱擁を交わした時、我知らず感傷的になるのをかれは辛うじて抑えた。

おろおろして手を擦っているばかりの弟のフランチェスコを抱擁し、別れを告げたとき、不覚にも涙がこぼれた。フランチェスコの鼻も赤く染まっていた。今すぐ町を出ても行くあてもない。とりあえず、かねてからかれを支持してくれていたアレッツォ在住の詩人仲間の持ち家に身を移した。

悔いはなかった。戦いはこれからだ、という思いに身の締まる思いである。この年月の辛労が無駄であった、という耐え難い思いを努めて振り払い、肌身離さず持ち歩いているあまたの書物で心を養い、道を探り、練りあげた所信を吐露した書簡を幾通もしたためて日を過ごした。詩を作る意欲も少しずつ戻っていた。

一ヶ月はあっという間に過ぎた。春とはいえいまだ風の身に染む夜更け、いつものように灯火のもとで書きものをしていると、戸外がなにやら騒々しい。ロバが鈍い声で一声鳴くのが聞こえ、はっと身を固くして耳を澄ませたが、あとはしんとしている。

やがて門口のほうで人声がし、部屋の帳がさっと掲げられ、人影が浮かび上がった。冷たい風が吹き込み、立ち上がろうとして、よろめく。彼はいつも懐にしている短剣を握りしめ、ゆらゆら揺れる火影のなかに浮かび上がった小さな人影をまじまじと見つめた。

襤褸を纏い、どうやら乞食のような老人だ。顔覆いを取ると、欠けた歯を見せて、にっと笑った。皺に畳まれた柔和な顔の中で、落ち窪んで、瞼の赤く爛れた青い目がかれを見つめている。馴染みのある薬草の強い匂いが鼻を打った。

「叔父さん。ベッロ叔父さんじゃありませんか。どうしてここへ」

「神のお導きでな」

十字を切りながら、老人は膝を折って坐った。父の従弟、貧しいが、柔和で慎み深く信心深いこの老人は孤児同然でひきとられ、幼い頃から共に暮らし、かれを慈しんでくれた。やつれ果てていちだんと背をかがめている小さな姿を見つめ、熱いものが胸にこみ上げた。

「それにしても叔父さん。この夜更けに、どうしてここへ」

「フランチェスコに聞いた。死刑判決が下されてからというもの、安否を気遣っていたが、無事でおると知ってどれほど嬉しかったか。神がお前を見捨てることはあるまいと信じてはおったんだが。フィレンツェはもう滅びの日を待つばかりだ。審判が下されたのじゃ」

ベッロ叔父は、甥の差し出したワインを断って、懐から小さな小瓶を出して一口啜ると、

「おお、同じはらからがなんということだ。神よ、赦したまえ。コルソはもう血に飢えた復讐の鬼と成り果てた」

というと深い吐息をついた。

「叔父さんたちの店はどうなりましたか」

「もう何もかもおしまいだよ。ゲラルドは店が焼かれたあと、気落ちして食も喉を通らず、弱り果てて死んだ」

「ええっ！」

血の気が引くのが分かった。あのゲラルドが。父亡き後、何くれと彼の面倒を見てくれた伯父である。なんという無残な最期だ。彼は唇を噛み締めた。

「いつのことですか」

「三日前だ」

「隣のチェルキの館は」

「いまや瓦礫の山だよ。何一つ残さずぶち壊してしもうた。黒派じゃ、なんじゃというてラッパを鳴らしては触れ歩いておるが、町を目茶目茶にすることしかできん。政治が人の世を変えるなどと考えるも無駄じゃ。世は変わりはせぬ。ひととは愚かなものじゃ」

「けど叔父さん、〝不法を行うものどもは皆私から離れてゆけ〟とダビデも云っています。〝私の盾は神にあり。神は心の直ぐな人を救われる。神は正しい審判者、日々怒る神〟（詩篇7：10〜11）とも」

ベッロは吐息をついた。

「お前に足りないのは誰に対してもへりくだる魂じゃ。心砕かれたものはおまえばかりではない。いかなる時でもへりくだる魂を失うでない。〝わたしはいつまでも争わず、いつも怒っていない。わたしから出る霊とわたしが造ったたましいが衰え果てるから〟（イザヤ57：10）と神は云っておられる」

叔父はしばらく黙っていた。かれは話を変えた。

「それで叔父さん、あなたはこれからどこへ」

ベッロは、爛れた眼から流れ出る涙を拭って微笑んだ。

「わしは何もかも失うて、いっそさっぱりした気分でおる。実はこれから旅に出るつもりでの。まずは主の導くままに聖地ガルツィアへ向かうつもりだ」

「エスパーニャまで」

「ああ、ガルツィアにな。わしの一番慕っているあの恭順な聖者様、兄弟ヤコブの祠に参りたいと云うのが長年の願いじゃった。今こそ、その時が来たのだ。発つ前にお前に一目会っておこうと思うてな。ジェンマと子供たちは達者でおるようだ。あれが何を考えておるか私にはわからぬ。わしは黙って出てきた」

彼は詩人を見詰めるとまた微かに笑った。懐かしい笑顔だ。それから巾着から、取りわけて小袋に入れた薬の粉を取り出し、いちいち細かく説明して詩人の前に置いた。

「何かの役に立つと思うて持って来た。魂も体もすべて主のものじゃ。天に帰るときまで決して粗末に扱うでないぞ。お前にはきっとやるべきことがある」

二人は暫く黙って抱き合って泣いた。

夜の明けるのを待たず、叔父は去っていった。去るにあたって長い祈りを捧げた。そして最後にこう結んで終えた。

「ああ、神の子よ。わたしたちにいのちを授けたもうた主なる父よ。あなたを讃美します」

月はもう沈み、遠い丘のはずれの木立ちの上で暁の明星が強い光を放っていた。

叔父は戸口に繋いで寒さに震えていたロバに乗ると、急ぐ風もなくとぼとぼ立ち去っていき、やがてその姿は丘の向こうに消えた。風が唸りをあげ、ベッロの引っかけているマントを、こうもりのようにはためかせた。

詩人はその後姿をじっと見送りながら戸口に立っていた。叔父と会うのは、多分これが最後になるだろう。詩人は、この信仰深く慎ましい薬種商人のベッロ叔父を、誰よりも愛していた。

その日以来、かれの魂は、ますます一人になることを切望し始めた。ただ主のみを信じ、自由人として生きる事を選んだ叔父ベッロに、いまは羨望に近い気持を抱いている。

しかしながら、ベッロ叔父が別れ際に、訥々と語った言葉が、詩人の胸に鋭く突き刺さっていた。

「人を裁くでないぞ。デュランテ。決して。決して。裁きを与えられるお方はただひとり、主のみであることをゆめ忘れるではない。審判を下されるのはただ主のみ。ひとは塵に過ぎん。全てを主に委ねよ。さすればお前の星が、お前を善き国に導いてくれるだろう。我らの父祖の騎士カッチャグイダの輝かしい霊が、きっとお前を見守っておる」

数日後、かれは仮の宿を出た。

従者も連れず、独りひそかにアレッツォを去ったのである。冷たい雨が降っていた。芽吹いたばかりの若葉が濡れ、トスカーナの野はいつものように、目も覚めるばかりの美しさでひろがっていた。

向後しばらく、かれの消息は杳として分からない。ヴェローナからボローニャ、また、ヴェネチアにいたとも……。

六月、かれの姿はラヴェンナの町はずれにあった。アドリア海に面したラヴェンナの町は、代々のあるじが温厚篤実と評判の高いポレンタ家が統治し、現在の当主のグイード・ノヴェッロは教養高く、以前から詩文のやり取りや書状を通じて旅人とは親交があったので、頼みにしてきたのだ。しかし、ようやく辿りついたこの地でも、やはり近隣諸都市との複雑な確執の渦があり、グイード・ノヴェッロはことの調停のため不在だった。

留守居の執事は事情をよく分からぬまま、館で待たれるように、とは勧めようとしなかった。かれが身分を明かそうとしなかったので、トスカーナから来たという旅人を迂闊に館に招き入れることは控えたい素振りであった。旅人は、途方に暮れた。しばしこの地で主の帰郷を待つ以外手だてもなく路銀も底をついていた。とかくするうちに、ポレンタ家の執事は、見たところ人品卑しからぬ旅人の疲労困憊した様子に徐々に心を動かされ、警戒を解いたらしく落ち着き先を探すまで館の一室に逗留するよう申し出てくれたので、受けることにして旅装を解いたが、領主の不在が思いのほか長引くとのことで、数日後、館を辞去した旅人は、街道からはなれた海浜近く、イタリヤ松の林の蔭に立つこの土地では唯一の旅籠に、宿を取った。

なすすべもなく、毎日春の松林を逍遥し、浜辺に出て、海を眺めていた。晴れた日には、雲の固まりが遠い陸地のように盛り上がってみえた。あの向こうに広がる大地には何があるのか。世界は果てしなく広く、人はいずこより来たり、いずこに行くのか。松の幹に身をもたせ、波音が果てしなく紡ぎ出す時の円環に耳を澄ましていると、運命に翻弄されつつ過ごしてきた半生が次々と浮かび上がり、こうしてはいられない思いに駆られるがどうにもならない。海はゆったりと波を巻き返し、繰り返し繰り返し呟き続けているばかりだ。ときには海に流れ込むポー河の畔《ほとり》に佇む。静かな流れを見詰めていると、過ぎし日々への郷愁が胸を苦く浸す。上流の谷あいがかれの父祖の出自と、子供の頃から聞かされていたが、胸に浮かぶのは懐かしい町フィレンツェの賑わいと青春の燃えるような日々の思い出だ。

愛の苦悩と、歓びを歌おうと身をやつれさせ、一方では政治への野望と正義感にたぎり、詩人として、政治家として、家長として歩んできたこの年月、歴史的にさしたる事跡はなくとも、溢れるような活力に満ちた新興都市で自分は何をしようとしてきたか。懐かしい詩友、豊かな水をたたえて呟き続けるアルノの流れ、そしてかの忘れがたき淑女！
我知らず　唇にのぼる詩句を呟く。

マドンナよ、あなたのために歌おう
まったき愛の力ゆえ　我げに楽しき世を送る

（主よ、このような暴虐と不正をいつまで耐えねばならないのでしょうか）

強欲飽くことを知らぬ他国フランスの王弟シャルルと結託し、奸計を用い、町の不利益も構わず、非合法の暴力を振るって追い落とした政敵黒派に対する憤懣、利己的で貪欲なコルソとその一派に対する怒りが押さえようもなくたぎることもある。

嵐が吹き荒れた朝、浜辺に打ち上げられた貝殻や流木を波が洗っているのを見ることもある。広大な宇宙の何という謎に満ちたすばらしさだ。その謎は永劫に人には明かされることはないのであろうか。人の生の短さと、悠久の神の世界のはてしない深さと美よ。人はいずこより来たりいずこへ行くのか。

はだしで踏む砂の感触は、緊張と絶望に凝り固まった鬱々としたこころを解け広がらせた。あの海の果てには何があるのか。砂浜に横たわり空を眺める。造物主の愛と測り知られぬ偉大さに今更畏敬の念と讃嘆の想いを抱かずにいられない。

夜は宿で酸っぱいワインで喉を潤し、饐えたようなキャベツの酢漬けや、固いパンで食事を済ますと、牛小屋に隣り合った寝部屋の暗い灯火の下で、肌身離さず持ち歩いているウェルギリウスやオウィディウス、キケローを読みふけった。フィレンツェの商人たちはこんな宿には泊まらないから、知りびとに会うこともない。

少年のころの夢をよく見た。そこにはいつも街があった。アルノ川の囁きがあった。

幼友達の顔が浮かぶ。若くして世を去ったいたずら者のフォレーゼ・ドナーティ。彼は死んでいてよかった。生きていたら、あの血の気の多い、単純で情に脆い男のことだ。兄貴のコルソに加担して、なにをしでかしていたか知れたものではない。フォレーゼとは幼なじみというばかりでなく、詩人としても共に腕を磨きあった仲だった。

兄のコルソは当時から、友人にすればなかなか魅力的な男で、頭脳も鋭かった。しかしその心は邪念に充ち、奸智にたけた冷たい男でもあった。

だが、かれの心に、もっとも焼き付けられているのは、詩友グイード・カバルカンティのことだった。かつてはすぐれた詩の先達として、かれはグイードの知性と博識と、詩人としての優れた言語感覚、繊細華麗な感性を好ましく思い、フィレンツェ屈指の大商人貴族としての醒めた見識と、武人としての豪胆さも備えた人柄に憧れの気持を抱いていた。

だが、その耽美的な文人趣味や、虚無感、彼が心酔するエピクロス哲学に由来する倨傲な隠遁思想には、最初から同調できなかった。やがて彼らの詩作のよりどころだった《愛》の理念において、互いの観念はぶつかりあうようになる。

宇宙の麗しさは認めても、魂の不滅を信じようとはせず、無神論を主張して憚らぬグイードに、神の義による平和と愛を説いても嘲笑されるばかりだった。
グイードは、実はコルソ一派の黒派の横暴と野蛮、無教養を許しがたいこととして、同じ貴族として殺してやりたいほど憎んでいた癖に、いっぽうでは、志を抱いて政治の世界に足を向けようとする若い友の気持ちを、卑しい野望と栄光への憧れからに過ぎぬ、と顰蹙の気配で抑え込もうとした。若い詩人が政治に身をいれ始めたと知るや、グイードはそれに強く反対し、憂慮を苦い愚弄の詩句で包んだ詩で若い友に諫言した。

君の魂はいまや卑しく成り果てて、
愛の聖殿を去らんとす……

に始まる一連のソネットを送りつけてきたのである。
詩人はひるまなかった。そして同じく次のような詩を作り返答した。

君のいう愛の聖殿が何を意味するのか、
いま私にはわからないから去るしかない。
賢者エピクロスが何を説こうと、
神を汚す言葉に私は耳を傾けるつもりはない。
かの偉大なる哲人も「政治学」で述べたではないか

『部分は全体のために身を捧ぐべきである』と。
共和国の一部分である私も、より大いなる善のため小なる善としての自己を捧げよう
ヘラスでは国家に義を捧げるのを男の本分とした。
しかしこの地上で神の恩寵による無限愛のまえに
肉による愛の真理がいかに小さなものか。
友よ、唯一なる天主の摂理こそ正しいのだ。
主はいま私に平和のために身を捧げることを
義としていられる。
わが永遠の愛の淑女のためにも、
私はそれを貫く以外なにをなすつもりもない

グイードはそれにはもう返答せず、卓越した詩才を互いに認めあいながら、二人の間の溝はついに埋まらず、袂を分かってしまったのだった。

グイードの詩論のひたすら内向きの繊細華麗に対して、詩人は現実の生の深みを、その悲惨と醜さと崇高さの極みまで描き尽くしたい、と漠然とした予感に奮い立つ魂を抱き続けていた。そしてそれはなんとしてもゆずることの出来ないものだった。

厳密な絶対愛の詩的世界を構築しようとする意志は、政治世界で破れてからも変わることはない。魂の淑女、今は亡き乙女ベアトリーチェは、彼の胸に生き続けていた。

主なる神よ。切なる願いを聞きたまえ。祖国と同胞への愛のため、またわが魂の愛の成就の為、願わくば我が才を用いたまえ。

宿の亭主と女将はこの得体の知れない不気味な客に、気を揉んで、びくびくしていた。

「坊さんでもなけりゃ、巡礼でもなさそうだしねぇ。何者なんだろうあの人は。着てるものは多少擦り切れてるけど、あれはたいした上物だよ。フィレンツェあたりでしか手に入らない。ひょっとしたら高位の坊さまかも」

「といって教皇庁のお使いという柄でもなさそうだ」

「教皇様のお使いがうちあたりにお泊りになるもんかね。ばかばかしい。けど、重そうな荷物を持って、こそこそして誰にも触らせないんだよ」

「お前の言うとおり服装が立派なところを見ると、ただものではなさそうだが、このご時世だ。下手するとおいらたちも火あぶりだよ」

「よしとくれよ。確かにあの眼はただものじゃあないよ。けど、神かけて悪い人じゃなさそうだよ。お前さん。めったなことはするもんじゃあないよ」

「わかっているさ。けど、なんとか早いこと出て行ってもらいたいもんだ」

そんなある日、見知らぬ使いの男が一通の手紙を届けてきた。それはラヴェンナからさほど遠くないリミニの山の頂にあるフランチェスコ修道院の院長からの思いもかけない招待状だった。質素な羊皮紙に立派な筆跡で書かれた内容は、神の忠実なるしもべであるさる高貴な淑女のたってのご要請により、というまえがきで、閣下のご逗留を歓迎する、とあり、院長の印璽が記され、とりあえず明朝、迎えの僧を送るゆえ、ご同意くださるならばそのものと同道してお越しくだされば幸いと、かれを名指しての丁重な文面がしたためられていた。ただ、このことは固く内密におはからいくだされたく、との添え書きがある。手紙に企みがあるとは思えなかった。たまたまこの地に用があって通りかかる当院の修道士トンマーゾが同行して院まで案内する、とある。当人には詳しいことは話していないが、わがフランチェスコ会修道院の篤実な修道士である。どうか彼を信じてご同行願えれば幸いである、主イエスの御名において神のご加護を、と結んでいる。

ポレンタ家を訪ね、家令にそれとなく聞いて見ると、確かに以前からリミニの山の上にはかなりの規模のフランチェスコ修道院があり、ちょくちょくラヴェンナにも修道士が下りて来ることがあるという。かれは招きに応じることを決意して、ポレンタ家にそのことを告げ、急ぎ宿に帰ると、わずかの手回りの荷物をまとめた。かれは常にこうと決めたら素早かった。

迎えに来たフラテ・トンマーゾと名乗る修道士は年のころ三十歳ばかり、秀麗なおもざしをし、物腰の落ち着いた僧である。院長の信頼の厚さもうかがわれ、ひさびさに旅人はこころが休まるのを覚えた。荷を運ぶラバと従者も手配済みで、トンマーゾは休むまもなく、宿への支払いを済ませ、亭主には固く口止めをし、夜の明け切らぬうちに出発したのである。

第四章　妖夢の夜

夜半、かれはどこからともなく響いてくる鐘の音に目を覚ました。はや朝課を告げる鐘であろうか。かれはしばらく耳を澄ましていた。それは、立て続けに乾いた高い音を立てて、やがて、はたとやんだ。

するると、少し間をおいて、今度はもっと弱く長く尾をひく鐘の音が、微かに、遠くの山を渡ってくるのが聞こえた。それは、鳴りやんだあとも、いんいんと余韻を谷に残した。手燭の灯はすでに消え部屋うちは闇に包まれている。起き上がり、手探りで窓に近づいた。

窓のすきまからかすかに漏れる青白い光は月明かりだろうか。目が慣れてくるにつれ、ぼんやりもののあやめが分かってきた。

かれは小窓を注意深く開け、身を乗り出すようにして、切り立った崖下にひろがっている谷を見下ろした。冷気が身に沁みる。星が意外な近さで強い光を放って瞬き、漆黒の空高く鋭い刃のような月が掛かっている。谷は暗く、吐く息が夜気の中に白く広がってやがて消えた。しばらく目を凝らしていると、重なり合う木々の影が、塊をなして定かに見え始めた。谷を渡る風だろうか。海鳴りの響きのような音がする。霧が岩山をなめるようにゆっくりと這い上り、なにものかが闇をかきまぜているかのように、夜気が動く気配がし、かれのからだを押し包むようにのしかかってきた。

やがて断崖と平原の間に、無数の囁きが、ざわめきのように聞こえ始めた。しかもその音は、徐々にはっきりと人の呟きとなってかれの耳に迫ってきた。急いで窓を閉め、あとずさりをしながらベットに戻ろうとしたが、体が石のように重く、気を失って、いつしか、夢魔の織りなすあやしい異界に誘いこまれていった。

ふるさとの町を追われ、あてもなくさすらっている間、様々の物思いに乱れ、胸のうちに苦しい問いを繰り返す習癖がとみに嵩じてきている。夜半、眠れぬままに転々として、鶏の声を待ち侘びる時刻に、特にそれが甚だしかった。あるときは痛恨し、罵り、呪い、またあるときは、母の胸にやすらう幼児のように神に語りかけ、魂を捧げた淑女の微笑みを重ねあわせて取りなしを乞いつつ、長い夜を耐える。

陽の光を浴びれば忽ち露のように消え失せる猛々しい告発や、壮大な企て、幾夜このようなもので身をやつれさせ、火のような憤激の言葉をまるで狂ったように周りの石壁に打ち込んだことであろう。あるときは海に向かい、あるときは野に向かって、声なく叫んだが、かれは決して、狂うことはなかった。その魂は強靱だった。しかし、その強靱な魂を包んでいる感覚は、あまりにも鋭敏で繊細だった。そのため胸はしばしば張り裂けたのである。かくして、不毛の虚しい作業の果てに、疲れ果てて、深い眠りにおちるとき、たびたびかれの前に繰り広げられるのは、不思議な夢魔のなせるさまざまな幻の世界だった。それは、ときに目もあやなばかりに華やぎ、ときには、身の毛もよだつばかりに恐ろしかった。

いまかれは海を見下ろす切り立った断崖の道を、気もそぞろにとぼとぼと辿っているのだった。空は冥《くら》く、片側は鉛色の絶壁が果てしもなくうねうねと続いている。やがて絶壁のあわいに、人影らしきものが、互いに寄り添いながらゆらゆら動いているのが見えてきた。

はっとして、立ち止まる。目を凝らすと岩とみまがう暗い色合いのマントを重たげに着た一群の異形のものたちが、互いに身を寄せあいつつ絶壁に背をもたせて佇んでいる。ひとであってひとでない影のようなそのもののひとりが、不気味な声でかれに声をかけてきた。わずかに照らす月の光に透かして見るが、顔はほとんど見分けられない。

やがてそれは、尊大な様子で、しかしあくまでも暗いくぐもった声で、なにやら問いかけてくる様子だ。はっきり聴き取れないが、どうやらかれがどこから来たのか探りたいらしいが、口をきこうとしても声が出ない。焦りながら、町の名を伏せて、ふるさとを流れ下る河のありようを身振り手ぶりで伝えた。

するとその影は忽ち「なぜその河の名を隠すのか、あたかもまがまがしいものを口にするように」となじり、もうひとりが、その言葉の終わらぬうちに火を吐くように罵り始めた。恐怖に体をこわば

らせながら、立ちすくんでいると、

「ああ不幸なアルノ川よ！　流域のなんという浅ましさ。やつらは滅びることこそ、ふさわしい」と叫び、言葉を返す間も与えず、重そうに頭をもたげ、矢を射掛けるように抑揚のないくぐもった口調で喋りはじめ、徐々に激しさを加えるが、何を言っているかはとぎれとぎれにしかわからない。うなだれて聴いているかれの頬を涙が滴り落ちた。

「ああやめてください！」だがその影は昂然と「誰か聞いているものがいるとしても、話しやめるものか。絶対に」と言い放つ。

まがまがしい含み声が頭上に迫ってきて、激しくかれの耳朶を打つが、唇がこわばって声が出ず、逃げることもできない。かたわらの影たちはただ泣いている。

次第に体が凍り付く。なにゆえこのものはかくも苛立っているのか。語らずにいられない話とは何なのか。異形の影の感情のたかぶりにともない暗く重い声で雨霰《あめあられ》のように降りそそぎかける呪咀の言葉。涙にくれつつ思わず身を乗り出すが、途切れがちに聞こえるその言葉を聴き取ることはできない。影はやむことなく言いつのりつづける。

「徳を憎むこと蛇蝎のごと哀れなカセンティーノの谷の住民ども、地獄の魔女に飼いならされ、どんぐりを食うむさくるしい豚同然。アルノ川はそこから流れ下り、弱い癖にやたらとやかましい子犬、アレッツォから横に曲がり、小犬から狼になってたむろする、美々しくいやらしいお前の町を、ゆっくりめぐる」

いったい何ものなのだろう。こうもずけずけと云ってのけるこのひとのかたちに似た異形の影は。

「御霊《みたま》が、私の口を借りて啓示する」と告げたりするかと思えば、一転して乾いたまがしい呪詛の嘲り声で笑う。耳をふさぎたい思いともっと聞きたい願いがせめぎ合う。

頬に涙が滴った。あたらしい司令長官のフルチェリ・ダ・カルボリ*1のことだ、とはっと思いあたったからだ。この三月、あの男の手で白派の同志が多数捕らえられ、市中を引き回されて斬首されたばかりだ。

「見ろ、狼共はちりちりしておる。奴はまだぴくぴくと生きている狼の肉を売り、そのあと用のない老いぼれ牛みたいに屠り、多くのものの生命が奪われ、結局己の名誉も失ったわ。知らぬはずはあるまい」

おお、わが白派さえも狼呼ばわりするこの声のなんという暗さだろう。

「お前のふるさとの悲しい森から、血まみれになって出てきたあの男のお蔭で、ひどい荒らされようのフィレンツェは、千年たっても、元に戻るまい」

影の唇から、再び乾いた陰気な笑いが、がちがちいう音とともに漏れた。傍らの影はますます激しく泣いている。「それから……嘘吐きで詐欺師の狐どもがうようよしている地。云わずともわかるピサの民たちの地!」

「ロマーニャびとなのか」やっとの思いでかすれた声でつぶやくと、陰の顔が一段と青ざめた。

「かつてはな」

「と云われると」

「かつては、といえばかつてはだ」

影は怒り狂って叫んだ。がちがちと唇が鳴った。そしてその言葉の終わらぬうちに、さらに執拗に喋り始めた。その声は低く聴くだに禍々しい響きを持っていた。

「憶えておくがいい。私は、かの世では」

詩人はぞっとした。とすればこれはやはり亡者。背筋を冷たいものが走るがその場を去ることはできない。手足がまったく自由が利かないのだ。岩に貼りつくようにして身を竦ませている。声は途切れ途切れに殞々《いんいん》と響く。

「ああ生得、嫉み深い性をもち、他人の喜ぶのを見れば顔色鉛色に変じ、今なお永劫の冥界で、かく苦しむ。人に力をかすのは大嫌いなれど悪し様に喋ることは、えも云われぬ喜び、わが血はつねに妬みのゆえに燃えさかり」

ひとの心に忍びがちの性《さが》ゆえに、かほど永劫の苦しみを受けるとは、と怖れと哀れさに胸を詰まらせ蒼白な顔をしっかり見ようとしたが、薄明の中にもかかわらず、その顔は、半ば闇に包まれ、なぜか閉じたままの眼が、痙攣するようにヒクヒク動くたびに、がちがち音を立て、突き出した鉛色の唇だけが浅ましいほどの早さで動き、真っ赤な舌がちろちろするのが辛うじて見えるだけだ。

かれの焦りをよそにそのものはなおもえんえんと喋り続ける。

「ああ、毒ある雑木に充ちたロマーニャ。かつて愛と雅びの騎士道を謳歌し、数々の武勲に輝いた栄光の種、いまや跡形もなし。残るは邪悪な種ばかり。鋤を入れて根絶やそうにも、すでに手遅れ。残るは卑しい子孫ばかり。裏切り者と、卑劣な悪行の輩ばかりが、子孫を僭称し、似ても似つかぬ雑種となりさがってはびこる」

ふたたび遠くで海鳴りが轟いているのが聞こえ、異形の影は声をいちだんと暗くした。

「ああ、拗けた苛草が、今この山下を治めている。嫉妬のゆえに弟を殺したカインの裔、怒りに狂って、おのれが妻と、同じ腹に生まれた実の弟を血の沼に倒した」

「おお」

ぞっとして身を竦ませていると、

「彼もやがてこの谷底に落ちることだろう！　カインの裁きが待っている！」

と一声鋭く叫び、

「トスカーナ人よ。我らは泣きつつこの冥《くら》き険しき道を辿り続ける。汝は現世で、汝の道を急げ！」

はるか空の果ての闇の中で
「わが罪はおおいにして負うことあたわず、およそ我に遇うもの我を殺さん！」

という悲痛な叫びが、遠雷のように聞こえ、その恐ろしい言葉は、低く空に谺《こだま》し、声が終わるや、雷鳴が轟き一条の閃光が走った。身の毛がよだち、影たちの群れから遠ざかろうと足掻いたが、体中がこわ張り、動くことが出来ない。ギリシャ神話のアグラウロスのように石と化してしまったのか、と恐怖が全身に走る。

昼間その男、ジョバンニ・マラテスタに会ったばかりではないか。その姿はいまも目に焼きついて離れない。それにしても、なんとここは寒いのだろう。身に纏っているものをかき寄せ、逃れたい、逃れたいとあがきつつ、立ちつくしている身の回りに、轟くような海鳴りがひしひしと迫って聞こえ、気がつくと、頭上で、激しい嵐が吹きすさみ、ひゅうひゅうと気味の悪い音が耳のまわりで鳴っている。

恐る恐る空を見上げ、よく見ると、それはどうやら幾千幾万とも知れぬ人々の嘆きや、叫びや、すすり泣きが、あたかも紫紅色に暮れなずむ空を、群れ飛ぶ椋鳥たちの羽音のように渦巻き咆哮し、暗い空を充たしているのだった。

「ああ、かくなるところで」

詩人はもしかして自分はもはや救いのない闇の世界に足踏み入れたのではあるまいか、と身も竦み、とりかえしのつかぬ悔いに胸しめつけられ、すすり泣くが、声にならない。せめて、風にさらわれまいと、身に纏ったトーガをしっかりとひきつけた。

気が付くと空には星一つ見えない。何という果てしもない昏さだろう。おまけにぞっとするような冷たさ！　それは想像を絶する深みで、かれの五感をわななかせた。

闇に目を凝らし、空を再び見あげると、かたまりあって漂っている形あって無いものたちが、口々に呻き、泣き、叫んで風に舞っているのが見えてきた。

それはこれまで見たこともない風景である。表現しがたいほどまがまがしい不吉な予感。かれはまたしても背筋の凍るような恐怖に包まれて茫然と立ち尽くした。

やがてもう一方の側からも、哀しい声で、笛の音のように鋭く泣く群れたちが、疾風のように舞ってくると互いにぶつかりあい、その瞬間、断末魔のような叫喚をあげてもつれあった。かれらはともに不幸な死霊たちだということを、なぜか突き刺さるような思いで悟る。群れたちは胸を絞る声で慟哭し、黒い吹雪のごとく旋風に乗って舞い狂い、片時の休みも許されぬかのように、弄ばれて哀訴の悲鳴を上げている。やがてその声は恐ろしい一つの言葉となって空に反響した。

〝ああなぜ生まれてきたのだろう。我らには死の望みすらない！〟


ぎょっとして耳を覆いたくなるが、やむことなく繰り返されるこれらあわれな絶望者たちの叫びは、忽ちごうごうと轟きながら吹きつける風に消されてしまうのだ。

そのうちに、闇の中を、暗紫色の雲に乗り、二羽の鳩のように身を寄せあって、軽やかにさえ見えるほど舞っている二つの影が、すうっとかれのほうに漂い寄ってきた。目を凝らしていると、朧げながらだんだんと白い女の顔が浮かびあがり、さらに傍らに影のように寄り添う男のうなだれている姿が見えてきた。ぎょっとして逃れようとするが、相変わらず動けないまま、嫋々と嘆き語る声が風に乗って聞こえてくるにまかせる。

「かの世を血潮で染めてより、暗い地の底に、こうして永劫に閉じ込められて苦しんでいます」

声とともに、風の咆哮がやみ、魂たちが皆耳を澄ますかのように、あたりは静寂に包まれた。そして白い面影に寄り添っているもう一つの影のすすり泣きだけが、胸締めつけるように聞こえてきた。

やがてその白い影は、さらに近づいてきて囁くかのように、

「ポー河が海に注ぎ込んでいる海辺の町の生まれの身」

「我らを捉えた雅びの《愛》は、我らを死に導き、今に至るもわれらを離さず」

うつつのように耳元の優しくかぼそい声に耳を傾けていると、かたわらに寄り添っていた今一つの影が、すすり泣きとともに声を絞って呻くように囁くのが耳朶に響いた。

「おお呪われしガレオットの書よ！」

詩人はその二つの影が、さきほど聞いたばかりのジャンチオット・マラテスタの妻であったフランチェスカ[*2]と、義弟パオロの霊魂であることを、骨身に刺さる思いで悟った。

先刻の不気味な夢魔が呪咀のはてに語った恐ろしい物語。夫の刃にかかって非業の死を遂げた薄幸の女性と寄り添ってさめざめと泣いている同じ刃の犠牲となった哀れな義弟パオロの亡霊。

「おお、弟殺しの罪に呻く不幸なカインと弟アベル！　幾世経ても、なお繰り返される人の罪！」

哀れさに胸が詰まり、亡霊の流す涙がそのまま詩人の目尻を濡らし、頬を伝って冷たく流れた。

「ああ、いかにしてあなた方はこのような辛い愛の囚われ人となられたのか。その書はいまいずこに？」

不思議にすらすらと声が出る。詩人の言葉に二つの魂はいっそう激しくむせび泣き、かれの問いに答えることもできず、つむじ風に翻弄され、闇の中に赤黒い光芒を曳きながら空高く舞い上がり、やがて巻き込まれてかき消えた。詩人もまた、頬に涙をしたたらせたまま、再び意識を失った。

どれほどのときが経過したことだろう。眼が醒めて気がつくと、冷たい土の床に倒れ伏している。闇は、いっそうその密度を濃くしたようにのしかかり、かれは石のような体を少しずつほぐそうともがいたが、全身に重い脱力感があってほとんど自由がきかなかった。ようやくのことで藁のベットに這い上がると、冷えた体を温めようと粗い毛織のベッド覆いを手繰り寄せ、やがて徐々に体のこわばりがゆるむにつれ、再び眠りに落ちた。

目が覚めてもかれはなお呆然としていた。あの異形の影は何者だったのか。忌まわしい妬みに心ねじけた不幸な魂。思い返しているうちに、かれはふとかつて聞いた名を思い出した。名はたしかグイード・デル・ドゥーカ[*3]！　ここロマーニャの山間のブレッティノーロの貴族だった男である。

ああ、血統の高貴性がいかに儚《はかな》いものか。人の情の衰えていく現世に、心卑しく成り下がった輩が何を誇っても虚しい。血統など、家門などなんの役に立つ。新しい布を加えて行かねばいつか擦り切れる。徳が備わらねばなんの証にもならぬ。腐り果てた輩ども。詩人は心中ひそかに、ねじけてはいても、かつては高貴な魂を持っていたらしい亡者の言葉を朦朧とした頭で反芻した。

それにしてもマラテスタの、ジョバンニ・マラテスタ！　ジャンチオットといわれる男。愚かにも庶腹の弟マラテスティーノとその妻の素姓卑しき牝狐ジュリアの讒言に耳を貸し、という言葉は聞き捨てならない。何があの男を動かしてあのような罪を。

まだ明けきらぬ部屋うちで、かれは夢うつつのうちに夜明けを待った。

＊1　十四世紀初頭のフィレンツェの司令長官　神曲　煉獄篇十四歌に登場。

＊2　神曲　地獄篇五歌八八参照。

＊3　十三世紀イタリア・ロマーニャ地方ブレッティノーロのギベリーニ（皇帝）党の貴族。神曲　煉獄篇十四歌八一参照。

第五章　マリアの告解

曙の光が部屋に忍び入り、重い眠りから詩人が解き放たれたころ、谷にはいまだ霧が立ちこめていた。いつの間にかぴたりと閉ざされている窓のあわいから、冷んやりした風が流れ込んでくる。眼が醒めた瞬間のほっとした嬉しさが去ると、グイード・デル・ドゥーカの異形の影の不気味な声や、がちがち音立てるそのひきつれた瞼、さらに吹きすさぶつむじ風に翻弄されて泣き咽ぶ哀れなパオロとフランチェスカ妃の姿が、生々しくよみがえり、詩人は思わず身を震わせた。

何ゆえあのような亡霊が、わが夢の中に。ガレオットの書とは、かのアーサー王伝説のランスロットと王妃ギネヴィアの道ならぬ恋の物語ではないか。起き上がって窓を開け、谷を見渡す。

気のせいか、昨夕大きな感動をもって味わった山のすがすがしい空気も、眼下遙かに広がるロマーニャの野を渡る風の音も、孤愁の侘しさをいっそう掻き立てるような気がして気分は晴れなかった。

体全体がけだるく重い。

食事を告げる知らせの槌音が風に乗って聞こえ、詩人は重い頭を振り払うようにして、いつのまにか運びこまれてあった冷たい手桶の水で涙に汚れた顔を洗い、着物の埃を払い、身仕度を整えて、食堂に向かった。

食堂は朝餐の刻がすでに過ぎたとみえ、ひとかげもまばらだった。片隅で、今朝の供応を受けたらしい小柄な老いた尼僧が座り、院長と何やら話している。院長は詩人の姿を見ると、立ち上がって席に案内した。

「慣れぬ床で昨夜はよくお休みになられましたか。山の僧院の仮住まいが、あなた様のお心に、よき望みと平安を恵まれますよう、昨夜も祈りました。朝食をすまされましたら、菜園のあたりをご案内したいのですが。いかがでしょうか」

「有難うございます。またとなき平安を恵まれご厚意感謝に堪えません。菜園の散策とは願ってもない幸せ、喜んで」

答えたものの、言葉に力がこもらなかった。昨夜の夢がまだ胸の奥に重くのしかかっているのだった。

院長が中庭に通じている木の扉を開けた瞬間、彼は思わず感嘆の吐息を洩らして立ち止まった。

山の斜面に広がった菜園は思いのほかに広かった。修道士が、数人、黙々と土を掘り返している。大きな袋に菜を摘んでいる者もいる。その足もとで放し飼いの鶏がしきりに地面をついばんでいた。

台地に広がる菜園では、よく育った野菜が、陽光に眩しいほど葉をきらめかせ、斜面の下のほうではオリーヴの茂みや葡萄畑までも備えている。土と岩の湿ったにおいが鼻をつく。

昨夕ここに着いたとき、回廊越しにちらと見えた緑は、多分なかば開かれていた菜園の扉から見えたものだったらしい。ラベンダーやカモミール、ローズマリーなども白や紫の花をつつましやかにつけ、吹く風に乗って、かすかに馨しい芳香を運んできた。畑の隅では可憐な雛ゲシやダリアが思い思いの色で咲き乱れ、明るい彩りを添えていた。胸打たれる懐かしい眺めだ。眼を閉じると、眠気を誘うような虫の羽音と草いきれ。陽光の暖かさが身に沁みる。

院長は控えめな調子で云った。

「畑や土地を所有することは、かつては厳しく戒められましたが、教団の戒律がゆるめられ、寄進の申し出も受け、与えられたものを主の恵みとして、野の鳥たちと、神を讃える喜びを分かち合っております。乏しいものを分かちつつ祈り暮らす我らに、恵みの主は豊かに報いてくださる」

詩人は深々と息を吸い込んで、澄みきった空を見上げた。山の陽光はさほど眩しくない。これこそ天なる主の恵み、こういう人生をゆるされていることの豊かさと安らかさ、あたりに充ち満ちているかぐわしく清浄な空気、争いの坩堝と化した故国での日々を顧み、一瞬微かな憧れに胸が疼く。

終夜おぞましい夢魔にあやしい異界を牽きまわされたあげくの重い頭が、目覚めて現世に生還した喜びで軽くなり、胸広がる思いで味わった開放感とうらはらに、こころはふたたび苦悩にとざされる。敗北の無念さと惨めさを跳ね返し、再び白派政権を取り戻し、故国に平和と公正な政治を、と理想に燃えて心の休まる日とて無かった二年の歳月。しかも努力もむなしく挫折し、同志とも決別して今はただひとりの模索と流謫の身。だが、わが身はともかくこの国の混迷を解きほぐす手立てはいかにして？　各地の王侯や実力者をいかに動かすことができるだろうか。無意識のうちに顔が曇りがちになる。

かれらはしばらく黙々と歩いた。

ややあって詩人は我に返ったように云った。

「それにしましても、なんという静寂でありましょう。幼少の折から町中の暮らしに慣れ親しんで、絶え間なく騒々しい音に取り囲まれておりましたゆえか、あまりの静けさに底無しの闇に落ち込んだようで、実は昨夜はあまりよく眠れませんでした」

院長は、立ち止まると、皺に畳まれた澄んだ小さな目で、かれをまっすぐ見つめて微笑んだ。

「神と向き合って日々を送るものにとっては、静寂こそ、もっとも貴重な恵みであります。神の統べたまう自然は、人の耳には届かぬところで深いざわめきとともに、瞬時も休む事なく巡っています。わが教団のいとも清き師父は、われらも沈黙して、自然が父なる神と一体となる音に聴き入るようにと、身をもって教え給いました。静寂によって、神は自然に働きかけたもう営みを、私たちの心の奥深くにお届けくださり、私たちはそれを聴くことができると信じておりますゆえに、小さきものの群れには、この得難き静寂がなによりの恵みなのです」

まるで模範生のような返答に、かつてならもしかして苛立ちや倦怠を覚えたかもしれない。しかし、今朝の詩人は、ひたすら謙譲な態度で院長の横顔に目を当て、黙然と耳を傾けていた。自分を襲った夢魔の恐ろしさは心に秘めている。信仰の鎧で身を固めているこの院長に語ることではない。

かれらはゆっくり歩いた。菜園の中の道は狭く、二人はしばらく一列になって歩き続けた。院長の丸い背を朝の陽光が暖めている。老いて現在の境遇に安住している安らかさ。おそらく多くの修羅を経験した上で、ようやくかちとったものに違いないが。

修道士たちが次々目礼をし、院長はそれに丁重に答える。彼らの多くは青白く痩せてはいるが、陽のもとで、その顔は一様に明るく輝いてみえる。

二人はやがて、谷を隔てて、マラテスタの城塞のほぼ全貌が眼下に望まれる台地に出た。その城塞は遠くからも、巨大で粗削りで一種獣じみた威圧感を備え、見るものの心に迫る。暫くそれを黙って眺めていた院長は、何か思い屈する風に吐息をついた。詩人はふと院長の顔が、先ほどからの言葉と裏腹に、こころなしか沈んでいることに気づいた。何か心に屈するものがあるのか。かれはさりげなく問いかけた。

「あちらの砦にマラテスタ公は、度々逗留なさるのでしょうか」

「さて、しかとは存じませんが、ジョバンニ様は、最近は唯一の楽しみとされた狩りも滅多になさらず、館にお籠りがちとの噂、弟君が御案じなされて時たま連れ出されることもお有りとは聞きますが、実は不治の病に苦しめられ、神に召される日も近いとか」

院長の言葉は、詩人の心にずしりと重く響いた。顔が蒼ざめていくのが分かった。思い出すだに恐ろしい昨夜の幻夢のなかで、空に響いた呪いの言葉が、まざまざと甦ったからである。ためらいつつも打ち明けずにいられなくなった。

「実は昨日こちらにご案内いただいた折、たまたまマラテスタ公のご兄弟一行と、すれちがいました」

「ほう。それは」

「ご存知と思いますが、私はラヴェンナのポレンタ公とは、かねがね昵懇《じっこん》の間柄、かつて両家の間に起こった不幸な事件も親しく聞いたことがあります。ジョバンニ殿には、えもいわれぬ不吉な影がつき纏っているようにお見受けしました。弟君のマラテスチーノ殿は数年前フランスの傭兵隊長としてわが故国に進駐してこられたことがおありです。トンマーゾ修道士の機転で、鉢合わせは免れましたが」

詩人は一旦言葉を切り、瞬時ためらったあと、口にした。

「昨夜、わたくしは、奇しくもそれにかかわる不思議な夢を」

「それはまた」院長は詩人をじっと見た。その表情からは先ほどからの穏やかさが消え、おもむろに切り出した。

「神にお仕えする身として、この院を任せられてからというもの、俗世のことは耳にしても、努めて心に留めぬよう努めてまいりました。それゆえ最前から私のほうからなかなか言い出せずにおりましたが、実は来られたばかりのあなた様にたってのお願いがあるのでございます」

「なにごとでしょうか」

「今朝、食堂におりました老いた女に、お気づきになりませんでしたか」

「そういえば、ちらと見かけましたが、それが何か」

「彼女は谷の向こうの聖女キアラ様のお建てになった小さな尼僧院の老いた役僧でございます。実は亡くなられましたマラテスタ家の奥方フランチェスカ様にお仕えしておりました元女奴隷だった者でございます。生国はしかとは存じませんが、フランチェスカ様がマラテスタのジョバンニ公にお輿入れのおり、ポレンタ家より随行してまいった奴隷とか。ところがフランチェスカ奥様があのようなことで亡くなられたあと逃亡し、マラテスタ家ではことさら追うこともなく、打ち捨てておかれたようですが、やがてこの山中に隠れ住んでいたことが分かり、救われて修道尼となり、前歴を秘めたまま、厳しい苦行と修道に励み、今ではその堅い信仰ゆえに尼僧院長の信任も厚く、姿形も以前とはすっかり変わり果て、元の身分に気づくものは誰もございません。私と尼僧院長ほか若干のものだけが、事情を知っているのみでございます。こちらへはときどき使いとして訪れ、ミサを受けておりましたが、老いて勤めも厳しくなり、退隠し観想と祈りの生活に入りたいとの希望で、最終の学びと申してこのたび四、五日前からこちらに来ておりました」

詩人は、院長の横顔をひたと見つめた。

「現在は、マリアとのみ、呼ばれております。昔のことは一切語りたがりません。こちらで悔悛の秘跡を受けたときも、かの不幸な出来事に関することでは、かたくなに口を鎖し、罪深い身の赦しを乞い、主のお慈悲を奥方様に、と泣くばかりで、詳細は語ることはありません」

院長は、言葉を切ると、ためらいがちに切り出した。

「それが誰に聞いたものやら、あなた様に聴いて頂きたいことがある、と突如私どもに申し出てまいりました」

「なにゆえに？　私如きものに何を語りたいと」

詩人は驚きを隠せず、畳み掛けるように言った。

「はて、私もこれまでの経緯から、懺悔することあらば尼僧院長なりわたくしをなかだちに、主のみ前で、何もかもすべて話すがよい、と諫めたりすかしたりしてみましたが、どうしても、あなた様に、と言い張りますので、副院長とも相談の上、あなた様がお聞き届けくださいますならお願いしようと、実はすでにあちらで待たせております」

「しかし聖職者でもない世俗の信徒に過ぎず、罪深い私のような者にそんな資格は……」

院長は詩人を制して
「それもこれも主のみ旨、同じフランチェスコ会の修練士として司祭のわたくしの代行者としてお願いできないでしょうか。洗礼を受けた役僧の身ではありますが、読み書きの出来ぬ異国者という事情もあり、お咎めもまずあるまいと、副院長も不承不承ながらお願いの筋を承知した次第。今朝、私は祈りのうちに、彼女が主から答えを頂くとの啓示を受けました。お恵みでなくてなんでしょう」

詩人は暫く沈思して佇んでいた。マリアと呼ばれている老尼僧が、わざわざ自分に会って告げたいと思っていることが何なのか、推し量りかねたが、昨夜の恐ろしい夢が蘇ってくると、魂の苦患の叫びがまたもや生々しくのしかかるようで、あまりの偶然の重なりが不気味だった。ラヴェンナの岸辺の海鳴りが不意に胸に迫ってくるような思いだ。

「あの不幸な事件につきましては、以前亡きフランチェスカ夫人の弟君、ポレンタ候からも直接お聴きする機会があったのは事実です。遠い昔の事ながら、今も忘れることが出来ません。昨夕思いがけずジョバンニ候の現在のお姿を目のあたりにし、先に申しましたように、昨夜は、痛苦に耐えぬ数々の夢魔にさいなまれ、目覚めてからも、事の真相を知りたいと、心が揺さぶられる思いでおりますのは事実」

「ほほう。それならば、このことをお引き受けいただき、主の大きなみ救いの秘蹟が授かるならば、双方にとっても得難きしあわせ、迷いの悪夢は速やかに退散することでありましょう。それこそが主の思し召しではありますまいか」

院長はほっとした様子で、

「早速マリアに伝えてまいります。有難うございます。わたくしはミサの準備がありますので、とりあえず失礼いたしますが、ミサにはマリアも参列することでありましょう。貴方様もミサをお受けくださいますよう。そのあと、マリアのもとに御案内申し上げます」

いうなり、そそくさと聖堂へと立ち去った。鐘が鳴り始め、詩人も聖堂に向かった。

すでに陽は高く昇り、六月のういういしい光がこの山嶺から遙かロマーニャの野にわたって隈なく照り輝き、野に咲き乱れる深紅の罌粟の花をまどろませ、海を銀色に光らせていた。聖堂の正面の厚い石壁に嵌めこまれた玻璃窓にも、眩しいほどの光が当たり、十字架につけられた黯ずんだキリスト像の濃い陰翳を際立たせていた。

ミサが終わった。最後の讃歌が会堂を満たして消え、修道士たちの重い足音が次々と、廊下の外に遠ざかっていくのを聞きながら、詩人は跪座の姿勢でその場に留まり、自分を待ち受けていることに立ち向かうため、心を整えさせたまえ、と一心に祈った。

ほどなく一人の役僧がそっと近づき、尼僧をすでに聖堂脇の告解室に待たせてある、と伝えた。詩人は案内されるままに、そっと部屋に入り椅子に腰を掛けて目を閉じた。

格子で仕切られた、聖堂脇の小部屋は、小暗くひんやりしている。かすかにただよっている湿った黴臭い臭いは、女から発散するものか、壁にしみ付いているものか、判然としない。ふと気づくと、仕切りの格子を通して洩れるぼんやりした光が、片隅で蹲っているマリアと呼ばれる女の小さな姿を、シルエットのように、浮き出させていた。灰色の頭巾を目深く被り、褪せた僧衣を身に纏った老いた女は、幼子のように泣き咽びながら祈っていた。詩人は沈黙したまま暫くその姿を見つめていた。

マリアにとってそら恐ろしい時間だった。これまで誰にも話さず秘めてきたものと向き合うことを、この年月どれほど恐れ、避けてきたことであろうか。それなのに、何者かにつき動かされるように、自分から申し出てしまった「告白」の重さに、いま圧し拉がれそうな思いで突っ伏している。

小さな背が小刻みに震えていた。灰色の髪を包んだ被り物の下から、狭いが堅く締まって突き出た額があらわにみえる。浅黒い肌は深い皺に畳まれ、休みなく動いているほとんど歯のない萎えた唇。それらを支えている頑なそうながっしりした顎、長年の苦しい使役のため干からびて骨ばった指が、せわしなく衣の端をまさぐり、内心の落ち着きのなさを窺わせていた。萎えた上着はどうやら尼僧服らしいが、色目もわからぬほど着古しているうえ、下には何もまとっていないらしく、身の動きにつれて、尖った肩やごつごつした背がそれと見てとれるのだった。

マリアはといえば、その追憶の闇の底から、在りし日の奥方フランチェスカの美しい金色の髪や、アドリアの岸辺の館から見た入り日が、嵐の夜の潮風と松風の絡む唸り音が、入れ替わり立ち代り、現れては消え、まるで閃光のように蘇り、つなぎ合わされ、彼女の脳裏にひらめいては消えていた。昨夕この見知らぬ遠来の客を一目見てより、マリアはその人の一種言い知れぬ常人とは異なる雰囲気に、身も世もあらず魅きつけられ、しかもそんな自分に怯えていたが、悩み悶えているうちに、心の奥底からどうしても話を聴いてもらいたい願いが沸き上がってきて、いかにしても断ち切ることができなくなってしまった。

古び擦り切れてはいるが気品の漂う身なり、痩せて憔悴しているものの、物腰はゆったりと優雅で、かつてお城でよく見かけた、多くの国の要人たちや、まして身分も職もなく町から町へとあてどなくさすらう旅芸人や巡礼たちとは異質の風貌、何か大きな忌まわしい事件に遭遇した人にしばしば見られる決然とした歩きぶり。そしてそれらなににもましてそのひとの眼の光、固く結ばれた唇。見たこともない異様なぞくぞくする印象が彼女を圧倒した。

そして院長から、かの人が、トスカーナ一の都市の由緒ある政治家であり、詩人であり、ポレンタ候とも旧知の間柄である、と聞かされた時、マリアの心は固まった。とはいうものの、いま彼女は、昨夜来、矢も盾もなく、すべてを打ち明けさせるよう促したわが心に、我と脅えていた。いっぽうで、まるで憑かれたように、遠い事件の記憶を手繰り寄せつつ、胸のうちに黒い不安がますます拡がってくるのだった。

（何者なのであろう。この方はいったい。ああ！　奥方様を引き込んだサタンの魔力が、今度はわたしを引きずり込むのではあるまいか。おお、聖母マリアさま、聖クララさま！　願わくばこの惨めなしもべを救いたまえ）その脳裏に、耐え難いほどの鮮やかさで、フランチェスカの艶やかな微笑と悦びに上気した頬、つたない嘘をつく唇。すべてが在りし日のままに、パオロ公のひたむきな横顔と重なり合って鮮やかに浮かび上がっていた。

ようやく得た院長の許しにもかかわらず、おそらく再度の促しがなかったら、彼女はすぐさま決意を翻してその場から逃げ出していただろう。こうして待っていた時間はマリアにとってどれほど恐ろしい時間だったことか。この年月、もがき悩み続け、解き明かしたいと願ってきた問いを糺す機会があたえられたと思われるのに、受け入れられたと見るや、忽ち恐れと悔いの念に苛まれ、あたかも猟師に捕らえられて、隙あらば逃げ出したいと思っている小さな獣のような心境にあった。

肩にそっと重く手が置かれた。彼女は思わずビクリと身を震わせて顔を挙げた。そのひとの重々しく鋭い眼差しは、一瞬彼女を威圧したが、しかも、いったん見つめられると、その瞳は名状しがたい輝かしい優しい光を帯び、心を捉えて離さなかった。

その人は椅子を近づけて坐ると、やや甲高い鋭い声を押さえてゆっくりと囁いた。

「私は神父でも修道士でもない。けれども、あなたのことは先ほど院長から承った。ポレンタ殿はよく存じ上げておる。マラテスタ家のご不幸は、ご当主の弟君の口からじかに承り、涙なしに聞けなかった記憶がある。何か伝えたいことあるならば遠慮なく話されよ」

女は一層うなだれた。院長からこの方は詩人であると聞かされたが、奥様があれほど夢中になって読まれた詩を作る方。懐かしさと恐ろしさに喉が詰まった。やがてようやくのことで心を整えなおすと、跪《ひざまず》いた姿勢のまま、面を伏せ、こみあげる嗚咽の中からほとばしるように話し出した。

「おお、神の言葉を語らうことも出来る詩人様。卑しいしもべの強ってのお願いをお聞き届けくださり、有難うございます。わたくしはマリアと申し主にお仕えするいやしいしもべでございます。以前かのマラテスタの奥方様のはしためでございました。そして、この小さないやしい身一つに、到底支えきれぬほどの大きな不幸を見てしまったものでございます。それからというもの、ひとのこころの恐ろしさを知ってしまいましたゆえに、いかに苦しみましても、どなたにも何も打ち明けることもできず耐えてまいったのでございます。ああ、しかしながら、それですのに昨夕一目あなた様をお見受けしてより、この年月どなたにも開かずに参りましたこの心を開き、すべてをお明かししたいという気持ちの湧き起こりましたのも、主のみ旨と信じ、もしや救いのみ手が差し伸べられるよすがもあるやと思い立ち、院長様にたってお願い申し上げました。あなた様は興味半分の好奇心や、厳しい詮索心から、あれらの悲しい事件についてお聞きになる方ではないと私は信じております。主のはしためとして取るに足りない賤しい身の胸のうちを聴いていただけると知って、私の心はいかばかりよろこび躍りましたことでございましょう。ほんとうでございます。ですのに、どうかお許し下さいませ。いかにしても忘れられぬ悲しみが、新たに湧きいでまして、わたくしの口をともすれば封じようといたします。どうかしばしのお許しを。ああ、恵みに満ち溢れたもう慈母マリア様。どうかわたくしに力をお与えくださいますよう、お祈りをさせてくださいませ」

拭っても拭ってもこみ上げる涙を滴らせて祈りを捧げるマリアを前にして、

「ならば、私も祈りを」と詩人は瞑目してこうべを垂れた。その眼のうちに昨夜かれが遭遇した妖しい魂たちの乱舞がゆらめき、さらに遠い記憶さえまざまざと重なって、心はただならず動揺していた。

ややあってマリアはいきなり迸《ほとばし》るように語り始めた。

「お気の毒なフランチェスカ様は、私の浅はかさゆえに、惨い報いを何倍にも受け、命を落とされました」

詩人が身じろぎする。マリアの目から新たな涙が滴った。

「ああ、いかほど身を責めましても償い得ぬ過ちをわたくしはしてしまったのでございます。この私が思いもかけず、愛する奥様を底知れぬ苦患に突き落とす導きの手立てとなり、その咎ゆえに罪が罪に重なり、あのご不幸が起こりました」

「今少し筋道を立て、全てを話されよ」

詩人は静かに諭すように応じたが、マリアは抑えきれぬ思いをたぎらせるように、息もつかず話し続けた。

「思えば悪魔の惑わし、優しいお心を惑わす恐ろしいこころみに遭われたあのかたを、お救いしようとの浅はかなこころざしに、示し給うた測り知れぬ主の御心を目の当りにして、当初わたくし物狂いのようになりました。甲斐なき悔いと恨みで、わが身を責め、生きる力も尽き果て、骸となってこの山をさまようていたわたくしを、神に仕える尊い方々がお救いくださり、まるでしかばねのごとき身を、祈りのうちに永らえさせて下さったのでございます。なれど消せども消えぬ悔いと悲しみに日夜責め立てられ、罪深き身の到底魂の平安には至りえませぬ。きっと終生至りえぬことでありましょう。それがわがさだめ。あのお二方が現世でお受けになった恐ろしい罪の贖いを目のあたりにし、なおあの世でのお裁きを思いますとき、わが身が砕けんばかり苦しまずにいられませぬ」

ここまで一気に言うと、マリアは暫く言葉をとぎらせて、肩で息をしながら、気持を整理しようと努めている風である。かの事件にまつわる錯綜した事情をなにごとか知っているらしい。何事か、重要な何かを、この女は知って秘めている、と詩人は直感した。

重苦しい沈黙が部屋の空気を重く淀ませた。詩人は椅子のひじに掛けた腕で顎を支えるようにして黙考している。程なく落ち着きを取戻した女は、打って変わって訥々と途切れ途切れに語り始めた。

「わたくしはいまだ幼き頃、異教の地よりこちらに連れてこられ、ラヴェンナの領主ポレンタ公のお館で姫様のおそばでお仕えしておりました。殿をはじめとしてご一家は信仰厚く、はしためのわたくしも、やがてイエスと聖母マリアを愛と赦しの主として信じるよう導かれ、主の救いにあずかる身となり、最後の御審判の恐ろしさもいと懇ろに教わりました。その後フランチェスカ姫様ご婚儀のみぎり、ともにリミニにお供し、こちらでお仕えするようになりました。まだお若かった姫様はたいそうお優しいお人柄で、私をなにかといつくしんで下さり、私も心を込めてお仕えしていたのでございます。それがなんとしたことか、間もなくお館のなかで、義理の弟君パオロ様とともに、殿様のお手にかかり、むごたらしいなされ方で、突如命を落とされました。ああ、あのとき、恐ろしい断末魔の苦悶の中でこときれる間際、祈る事さえままならぬまま、飛び去られたお二方のお姿。思い出すさえこの生き身を裂かれる思いでございます」

マリアは、再び涙にくれたが、そのまま憑かれたように、声を振り絞り話し続けた。

「ああ、さりながら、わたくしはこのように考えずにいられないのでございます。ありし世で、お二方が味わわれた喜びと苦悩もまた偽りのものと思えぬと。真実とは何なのでありましょう。現世で愛と呼ぶもののかたちを、わたくしはこの目で見た、と思わずにいられないのでございます。それが主の恐ろしきこころみ、まして妖しき悪魔の惑わしとはどうしても考えることは出来ませぬ。ああ、天にいまし、裁きたもう大いなる主と御母マリア様！　ご慈悲を！　おお、慈愛に満ちたもうマリア様！　いかに言い聞かせようと私はこのように幾たびも叫ばずにいられないのでございます。

　わたくしは、奥方様は大層お幸せなお方であったとひそかに考え、ようよう心をなだめることができたのでございます。神のみ前で交わされた誓いを破り、姦淫の罪を犯された奥方様の罪は赦さるべくもない、と、繰り返しわが身に言い聞かせますなれど、戒めを破ったとは申せ、あの方の魂が見出された歓びはいかに純で清らかなものであったか、と思いますとき、心がどうしようもなく騒ぎ揺れるのでございます。祈りつつ、苦しみ悶えつつ、もはや暗い憂いの薄明に沈んでおりますこの心に、その時ばかりは、さっと熱い閃光がさし、見る見る溢れるような喜びを実感いたすのでございます。罪深い女人の命運と知りつつ、甘美な愛の見せかけの麗しさが同じ女である私に、時としてそのような迷いの光を射して見せるのでございましょうか。私には分かりませぬ。おお、それが邪まな偽りの悪魔の囁きと心に留めて斥けるためには、いかほど強い力を持たねばならぬものか。神はそれすら赦したまわぬ厳しいお方なのでありましょうか。ひとはいずくより来たり、いずくに去るものか、塵に等しい身と、思い定めながら、なおも、神の掟と身を焼く愛の炎のはざまで、フランチェスカ様がどれほどお苦しみになったかを、私はまざまざと思い返さずにいられませぬ。

運命によってフランチェスカ姫の夫となられ、実の弟殺しの大罪を負われたジャンチオット様、お み脚のご不自由ゆえそう呼ばれておられたジョバンニ候と、愛の罠に捉われ、無残な死を遂げられた弟のパオロ様。一つの胎から生まれながら、共に底なしの闇の世界に堕ちられたご兄弟。尊いおふみに記されたカインとアベルの罪のごとく人智をもってしてはいかようにも裁くことは叶わぬと聞かされ、御意を受け入れるようお導きを受けて参りましたが、忘れようにも忘れられぬ奥方様の在りし日の汚れのない美しさ、邪しま心の全くなかったお優しさ、奥方様を一途に慕われたパオロ様の一途なお姿などがまざまざと蘇っては、目のあたりにしたいまわの際のお苦しみを思い、胸を掻き裂かれるような悲しみに身も心も打ち砕かれるのでございます」

詩人は、じっとマリアの訛の多い聞き取りにくい言葉の、リズミカルな音調に聞き入っていた。そして、この老いた尼僧が見せる、極度に取り乱し、思い悩む姿を見て、あらためて、さながら今晩の悪夢の続きでも見ているかのように、心が乱れ、哀れみの情に圧倒されていた。それにしても、彼女の口から出たひとこと、「導きの手立て」とは、いったい、どのようなことなのであろうか、と事の真実を知りたい気持ちも募った。

マリアは慌ただしく、幾度も幾度も十字を切ると、再び堰を切ったように話し出す。ラヴェンナのお館勤めで、多くの僭主たちや騎士たち家臣たちに身近かに接したあれらの日々。放浪の詩人や、楽士たち、商人や道化、さらに徳高いとされる聖職者や学者たちの面影。残忍酷薄な者もいれば、挙措の洗練された雅び人といわれる人、傲岸不遜な人物、軽兆浮薄なおべっかつかい、偏狭で、頑固一徹なお方、多くの人々を見てきた。しかし、今、彼女の眼前に黙然と座っている人は、そのいずれの人たちとも違っている。遠くからでも、対象にひたと注がれるその人のまなざしは、相手を突き放すかと思えば、吸い寄せる。そしてその人の悲しみに満ちた眼の中には、挫折した者が時として漂わせる、弱気な自己憐憫の素振りは見られなかった。ひとくちに、どこがどうと言い難いながら、彼女は初めて見た時から、この旅人に、強烈な印象を受けてしまった。

稀に見る強いお方だ、というのが、まず第一印象だった。果たして、こうして間近に接すると、その瞳に籠められた、言い知れぬ深い憂愁が、相手の悲しみをも吸いとってしまうような力を帯び、マリアの心を麻痺させ、話さずにいられぬ気持に衝き動かされる。

「あのあと、町では小唄が作られ、子供までが『奥方フランチェスカは浮気者……』などと囃《はや》し『血にまみれたパオロとフランチェスカの恋物語』とか『妻に裏切られた騎士の復讐』とかと、次から次へと作り話を芝居に仕立て醜いおどろおどろしい人形をこしらえて楽しみ、似ても似つかぬ絵姿で『淫らな悪魔に身も魂も渡した愛人たちの地獄の責め苦』などが売り出されたりしました。奥方様が信頼を寄せておいでになった司祭様も説教壇の上からお二人の行いを厳しくお裁きになりました。お可哀相な奥方様、私の大事なお姫様！　これも作り話でございますが、（もとはと言えば、ポレンタの若殿様が、その頃めきめきと勢力を延ばされた隣国リミニのマラテスタ家と無用のいざこざを起こすことを避けられるため、無理矢理お妹御をリミニの醜男の御嫡男ジョバンニ様に嫁がせなされたゆえ）とまことしやかに言い広められたのでございます。大殿様がこのご結婚に乗り気でなかったことは事実です。けれども」

詩人は手を僅かに上げ、それ以上、マリアがそのことに言い及ぼうとするのを抑えた。マリアは、急いで十字を切ると、話頭を転じた。

「御領主様がたのもくろみなど、我らに判る筈もないことを、つい口が滑りました。お許しを。ああ、しかしこれだけは申しあげられます。奥方様は決してふしだらなお方ではございませんでした。かの仁慈の誉れ高く信仰心篤きポレンタ大殿様の娘御でございます。年端もゆかぬ奴隷ではございましたが、フランチェスカ様は私に大層おなつきになり、わたくしもただならずいとしく思い、赤ん坊の頃からこの手でお世話してまいりました、いとしいお姫様。幼い頃より信仰篤く、慈悲深く、ご立派な優しいお人柄、ミサや告解に殊の外熱心に励まれ、聖女のお話を深い感動と熱情をもって好んで聞かれたものでございます。何も知らずに十七歳で嫁がれると決まった折、おお、花のようにおきれいな顔を曇らせて、ただわけもなく脅えておいでだったのを、昨日のことのように覚えております。おふた方の御婚約は、早くからフランチェスカ様が七歳のおりとか、小さな肖像画だけ取り交わしたと聞いております。その肖像画が、実はパオロ様のものだったとか、替え玉でお訪ねになった、とかその時から互いに魅かれ合っていたとやら、奇怪なことが触れ回られておりますが、私は何も存じません。お姫様もお妹御も、物語がお好きで、日頃から若い娘らしく、あれこれ想像されてお楽しみになっておりましたなれど。それとこれとは別、事実と思えませぬ。互いに行き来してお会いになることはございませんでした。この地もいずれも戦につぐ戦で、御領主さま方はご不在のこと多く、やがてフランチェスカ様がことのほか慕っておられた父君の大殿様は世を去られました。あ、マラテスタの大殿様が一度狩りの道すがら、とお立ち寄りになったことはございます。ポレンタのお屋敷とは似ても似つかぬ荒々しいご家来共を連れ、ご子息もご一緒で、その夜の酒宴では私ども召使いはみな肝を潰したものでございます。ジョバンニ様はたしかに美しい方ではございませんが、狩りと騎馬試合に長けた武人らしいお方とお見受けいたしました。ああ、決してどちらが醜く、どちらが美しいというようなことではなく、足がお悪いと申しましてもジョバンニ様は御幼少のみぎり落馬されたとかで、痛められたのがもと。お歩きになるときに大きく足を曳かれ、そのせいか御性格は暗く、お眼は炎のように燃え、弟のパオロ様とのご気性の違いは誰の目にも明らか。いえ、なれども、どちらかと申しますと、私ども奴婢にもっとも怖れられていましたのは、末弟のマラテスティーノ様でありました。ご庶腹でいられましただけに、事毎にねじけたお心映えがちらつき、何をたくらんでおられるのか見えない方、という気がして怖ろしゅうございました」

くどくどと繰り返される繰言が途切れ、大きく息をして、新たな涙を滴らせたマリアは、しばらく黙ったあと、突然面を上げ、ひたと詩人を見つめ憑かれたように叫んだ。

「ああ、お二人はやむにやまれぬ《愛》に引き回されたのでございます。どなたのせいでもなく！いわば魂と魂が互いに求め合い牽きあったのでございます！」

働き者で忠実な神の奴婢の顔が、アモーレ！（《愛》）、と引き裂かれるような声で呻いたとき、不意に苦悩に歪んだその小さな顔が、恍惚と輝いた。詩人ははっと身を起こした。マリアは、すぐさま我に帰り、慌ただしく十字を切ると、再び元の調子に戻り、囁き続けた。

「私が生まれた遠い国では、ある薬草と薬草を混ぜ合わせて飲ませますと、二人は必ず恋に落ちる、と言い慣わされております。御存知、トリスタンとイゾルデは私の国の話。おお、罪深き事ながら、あの辛い日々の間、わたくしは、奥方さまとパオロ様はその薬草をお飲みになってしまわれたのではないか、とさえ思ったものでございます。いえ、私はそんなものを作ったことも、ましてお飲ませしたこともございません。しかしながら、ああ、心と心が、いえ、魂と魂が、あのように求め合いひきあうのを私は見たことはございません。お二方はいかほど苦しまれたことか。あれからはや二十年、私には昨日のことのようにしか思えませぬ」

午後の陽が傾き始めるまで、彼女はいつまでもこうして事件の周りを巡り続け、長年胸のなかで紡ぎ続けた思いを吐露しつづけ、なかなか本題には入ろうとしない。

あれよりすでに二十年！　詩人の目に、またしてもかつて見た故郷の光景が、鮮やかに浮かび上がっていた。

一二八三年のフィレンツェ。彼は十八歳になったばかりであった。町の広場で見かけたきらびやかな騎士の姿。堂々とした偉丈夫で豊かな栗色の髪と髭を光らせ、まなざしにかの一族特有の烈しい気迫を秘め、独特のふしぎに洗練された野性に輝いていた男の姿。

「あれが今度わが市が民軍司令官ポデスタとして委嘱した、ロマーニャのリミニの領主マラテスタの次男パオロ・マラテスタよ。かの一族は戦に強く、すぐれた傭兵」

居合わせた友が、彼に指さし教えたパオロ・マラテスタは、奸寧邪悪と噂されたシジスモンド・マラテスタの次男で、豪勇ぶりもさることながら、美男子で物腰優雅、フィレンツェ女達の憧れをかきたてている、というもっぱらの噂だった。

今は帰らぬ過去のあの時期、自分は共和国の政治に若者らしい志を抱き、野望を燃やしていた。ソネットやカンツォーネの調べの美しさにも心惹かれ、数多くの詩も作った。古代の詩の響きの簡潔な美しさ。とくにウェルギリウスのアエネーイスの韻律の調べと語られる英雄の魂の高潔さと、豊かさ、美しさに夢中になっていた。

またおさな心を早くから虜にした《愛》の甘美なくびきに曳かれるままに一人の乙女に心奪われ、一目でも乙女の姿を垣間見たいと恋焦がれ、暇さえあれば町をさまよい、ポンテヴェッキオ橋のたもとで、アルノの川音を聴き、暮れ行く夕景を見つめていたものだ。今それらの一こま一こまが、まるで昨日のことのようにありありと目に浮かび、怒濤のように彼を包んでいる。

あの頃、フィレンツェは、政権を握ったグエルフィによる、新しい白派政府のもと、しばし平穏だった。だが、一歩町の城門を出ると、近隣のピサは、港湾の利害を巡ってジェノバと争っていた。

ピサの実力者ウゴリーノ・デッラ・ゲラルデスカ伯爵が、ただならぬ動きをしている、などの風評が流れていたが、計画は頓挫し、彼は一族もろとも牢獄で餓死、という恐ろしい刑罰により、地上から消えた。

シチリアでは、フランスの圧政に耐えかねていた民衆がついに決起し、晩禱を合図に、群衆が都をのし歩いていたフランス王シャルル・ダンジューの配下を大量虐殺し、シャルルを廃し、アラゴン王ピエトロを迎え入れたとの快挙の報せが町に届き、我らを奮い立たせた。

また、ここリミニでは、ギベリーニのパルチタデがマラテスタ父子によって倒され、強豪モンターニャは、マラテスタの城の地下牢で呻吟している、という情報が流れていた。

間もなく、モンターニャは処刑され、職務半ばで、一時帰国していたパオロ・マラテスタが、兄のジョバンニに、城中で、兄の妻と共に惨殺された、というおそろしい報せが伝わってきた。

そして詩人が実際にその悲劇の詳細を聞いたのは、それから何年もたってから、カンパルディーノの戦勝の夜だった。フィレンツェの小貴族の一人として、戦に加わり出陣していた詩人は、たまたま援軍隊長として彼らと行を共にしたラヴェンナのポレンタ家の若い公子と同じ幕舎で夜を過ごした。公子は亡きフランチェスカの甥であった。

あの夜、貴族たちはそれぞれ野営のテントの外で円陣を作り、夜が更けるまで、大騒ぎしていた。血と泥にまみれた戦闘の興奮はなかなか醒めやらず、立って木にもたれているもの、草むらに寝そべっているもの、戦のあとの心の昂りと解放感に酒の酔いも手伝っていたのだろう。最も果敢に戦った敵の勇将ブオンコンテの死骸はついに見つからないままだった。

かれらふたりは、群れとは少し離れた木陰で隣あって座っていた。偶然とはいえない。教養もあり、文化的な宮廷として知られたポレンタ家の若い貴公子は、最初からわざわざ著名な詩人として知られていたかれの側に腰を下ろしたからである。そしてどちらからともなく、打ち解けた話をしているうちに、その話になった。

かれの脳裏には、当時イタリヤで誰知らぬもののなかったかの悲痛な物語を、ポレンタ候自身があえて語ったあと、うなだれて声を忍んですすり泣いた姿が、今もはっきりと焼きついている。いまだ幼さを残した横顔が、苦痛にゆがみ、頬を伝って流れた涙をかれは見た。優しかった叔母を、年若い貴公子は愛していた。

はや二十年、歳月は去り行き、詩人の境涯は激変した。いま異国の聖堂に、流謫の民として座し、見知らぬ尼僧の言葉に耳を傾ける詩人の脳裏には、昨夜見た異界の、不気味な黒い旋風にこだました魂たちの哀哭の声が響き、やむなく捨てた故国での青春の輝き、その栄光と挫折、今は世に亡き魂の淑女への立ちがたい恋慕の情などが沸々と沸きたち、胸がたとえようもなくかき乱されていた。《愛》このあるときはむくつけく、あるときは麗しく、ともすればひとを狂わせるもの。彼の心も千々に乱れ、言葉もなく聴き入っている。

話は女らしい細々した些事に迷い入り、語り手が興奮するにつれ、方言やロマーニャ訛が強く出て聞き取れない箇所も多かった。しかし修道尼としての日頃の生活で身に付けたものか、いったん油が乗ると留まりようのない祈るような歌うようなリズムを備えている。繰り返し繰り返し恍惚と《愛》と《慈悲》を語ってやまぬ、溢れ出るような情熱のほとばしりは、政争に明け暮れた心を柔らかくときほぐす力があり、話の回りくどさや聞き取りにくささえも、なぜか詩人の理解を妨げなかった。ひととひととの魂の伝達の快さが、その場にはあったといってよい。詩人の頬をいつしか冷たく濡らすものがあった。

一気に喋ってきたマリアはふと顔を上げた。するとその人は頬に涙を滴らせているではないか。彼女は思わず慎みも忘れその手に取り縋った。

「私が悪うございました。すべて私が。お聞きくださいまし。もとはといえばこの私の浅はかな心が仇となって、奥方様は命を落とされました。実を言えばそれらのご不幸の導きの手立てとなりましたわたくしは、ああ、いとしいフランチェスカ奥様」

マリアは絶句すると、泣き崩れた。詩人は胸を衝かれた。マリアがもっとも言いたかったのはまさにこのことなのであろうか。いよいよ話すべき時がきた、とマリアは意を決したものか、十字を再び幾度も切ったが、行きつ戻りつ堂々巡りの連鎖は容易に終わらない。

「お教えくださいまし。あなた様は、深い学識をお持ちの詩人でいらっしゃいますとか、どうかお教えくださいまし、奥方さまとパオロ様、さだめにより、むごい死を与えられたおふたかたが、光輝くパラディーゾに昇ることは永劫かなわぬのでございましょうか。ああ、この世にあってあれほど苦しまれたうえ、永劫の闇に閉ざされますとは。あれ以来私のみる夢は恐ろしい地獄の底で悶え苦しまれる奥方様のお姿ばかり、ああ、どうか教えてくださいまし、偽りのない愛に身も心も捧げ、この世でひとの手でむごい裁きを受けたうえ、なおも厳しい審判の森でさいなまれ続けるとすれば。ああ、御救いは叶わぬものか、主のお慈しみは永遠に届かぬものでございましょうか。それにつけましても、ああ、私が浅はかでございました。いかに身を責めましても帰らぬ罪を私は犯したのでございます。ただあの方を一途にいとしいと思うたばっかりに」

マリアは手を揉みしだいて身悶えていたが、やがて、がっくり崩折れて嗚咽した。体がわなわなと震えている。

「先ほどからそなたが罪を犯した、と申されるのがいかなるものなのか、見当が付きかねるゆえ、私にはなにも答えられぬ。だが、そなたがこの事で、なにか良心に愧《は》じる罪を犯した、と考えることあらば、話すだけは話してみられるがよい」

詩人が囁いた。眼はマリアを超えた何者かを凝視するかのように見開かれ、細く骨ばった節高の指でしっかりと胡桃材でできた椅子の肘を掴んでいた。マリアは話し出した。

「ジャンチオット様は、美しい奥方様フランチェスカを、当初は大切になさっておられました。ただ、マラテスタのお城の、豊かで雅びなポレンタのお館との何という違い。私ども召使も肝を潰したものでございます。荒涼とした石造りの部屋部屋。壁は恐ろしい石弓や槍のほかはなんの飾りもなく、夜ともなれば、遠くの海鳴りが地の底を伝って太鼓の音のように響くのでございます。奥方様はどれほどお寂しかったことでございましょう。ジャンチオット様は、初めのうちは、年若くしてただひたすら万事粗野な武の家に嫁いでこられた美しくお優しい奥方様を、宝物のようにいつくしんでおられたのは確かでございます。すでに側女もおられましたが奥方様のお部屋は美しくしつらえられ、召使いたちも、ポレンタから参った者を、あちら同様に自由にさせ、奥方様の願いはできるだけ叶えようと努力しておられました。

けれども世の中は相変わらず戦い続き、その合間には、狩りのお好きな殿様は奥方さまを一人残して狩りに没頭される日々が続き、猛々しい気風はお城の内外に充ち溢れ、やはりポレンタのお屋敷とは雰囲気ががらりと異なりました。古くからいる従僕の方が万事を取り仕切り、よるべない荒涼とした日々。お子様にも恵まれず奥方様は私たちを相手に、たまの野遊びや他愛ない慰みごとに気を紛らわし、読書や祈りの中にお過しになっておられました。殿様とのお仲が悪いとは思えませんでしたけれども、殿様はもともと邪推深いご性質で、苛々と当たられることも多くなっておりました。そして奥方様はそれをひたすら身の咎と責められ、それがまた殿様のおいらだちを掻き立て、お身内も無く、気を許して親しくお話できる方もなく、うつろな日々に耐えておられたのでありましょう。召使いにそのようなことを明かされるわけもなく、愚かな身でご夫婦の間がどうであったかなど申し上げるのも憚られますが、しっくりと参っていたようには思えませせぬ。そのうえ敵の放った矢で片方の目を失われて益々性格をねじけさせられた庶腹の弟御マラテスティーノ様が、美しい奥方様によこしまな下心を抱かれ、奥方様はなす術もなく脅えておられました。マラティスティーノ様は事が思うように運ばぬと見るや、逆に殿様のお心を歪め、お疑いの心をそそらせるような言葉をちらつかせ、いっそう奥様にも野卑な言動で近づこうとされ、無垢な奥さまは大層お悩みになっておられました。

そうしたことがもとで、奥方様はお二人とは打って変わってお心ばえ優しく雅びなパオロ様に、なにかとお縋りになるお気持ちを掻き立てられたのでありましょうか。私はフランチェスカ様とパオロ様が目に見えてお親しくなられても、何の疑いも持ちませんでした。パオロ様から御文をお預かりし、奥方様がお返事を小さな贈物とともに届けるようお頼みになり、それが日を追って頻繁となりゆき、ああ、今は記憶も朦朧としております」

マリアはまがまがしげに首を振り、付き纏う辛い記憶を振り払おうとでもするように、その言葉は途切れがちとなるが、懸命に話し続けた。

「義理の御姉弟の間柄ながら、パオロ様はフランチェスカ様を実の姉のように慕っておられましたゆえ、私は何の不審も抱きませんでした。分別もなく、一途な忠誠心のみで、何を見通す力も持ちませんでした」

マリアは衣をかき寄せながら、袖で溢れる涙を押し拭った。

「フランチェスカ奥方様は書物がお好きでいらっしゃいました。御実家ではポレンタの大殿様御自身詩をお作りになり、あのお館には絶えず詩人や道化が出入りして、それは楽しゅうございました。奥方様も、お妹様も、物語が大好きで、お輿入れの折もお持ちになり、繰り返しお読みになり、私たちにも読み聞かせて下さったものでございます。

けれども、リミニは土地柄もがらりと変わり、マラテスタのお館では、万事猛々しく、高価な書物など無用とばかり、詩歌を歌ったり、聞いたり、物語などというやくたいもないものに夢中になるのは柔弱な心の病い、武人の家には無縁の遊興と疎まれ、悪魔に付け入られる、などと忌み嫌われ蔑まれたものでございます。最初は奥様の本好きを大目に見ておられたジャンチオット様も、生来このような風潮の中でご成人され、段々奥方様の本好きの嵩じることに苦々しいお気持ちをあらわになさり、奥方様はますます隠れてこっそり御本を貪り読まれる、といった具合になっていったのでございます。まるで時を盗むようにして読み耽られ、時折はらはらと涙をこぼされておられました。清らかなお人柄で、人様のことを悪し様におっしゃることなど聞いたこともございませんでしたが、何事につけ、大層ものに感じ易いお方でございました。

パオロ様は、遠いボローニャという町で学ばれたとか、あちらこちら他国を見聞され、ポデスタとやらをもお務めになり、ジャンチオット様とはがらりと気風も異なり、生まれつきお心根も他のご兄弟とは異なり、お優しく洗練されたお人柄で、何かと慣れぬ環境で戸惑っておられる奥様に、事細かにお心使いをお見せになりました。そのうえ、お姿も召使いの私どもも惚れ惚れするような凛々しく美しい若様でありました。

大殿様のご逝去で、フィレンツェからお戻りになりましてからは、よく寂しい奥方様のお相手をされ、ともに御本を一緒にお読みになられたり、奥方様の大きなお慰めとなったのでございます。ああ、それにつけましても、今思えば、いかにしてもあのように過度に書物を愛好されるのはお止め申すべきでございました。字が読めませぬ私には、何ひとつ申し上げ様もなかったのが口惜しゅうございますが、あれらの詩や物語が奥方様のお心をとろかせ、日に日に溺れてゆかれるのを、不安に思いつつも、愉しげなご様子に良き事と思うように努めておりました。司祭様は、世にすぐれて尊い書物はただひとつ。主の精霊が預言者や使徒たちに語らせた聖なる御書のみ、そのほかは御書について書かれたり行われたりしたことを書きとどめたもののみ、とかねがねおっしゃっておられました。それ以外のあれやこれやの物語は、人の心をまことの道から目を逸らさせ、屢々悪魔が潜り込んで心にまがまがしい知恵を吹き込み、悪へいざなう甘い言葉をこっそり忍び込ませている、とおっしゃいました。エバを迷わせた蛇の甘美な唇が、罪を作って以来、罪深い人間は甘い誘惑の言葉の虜となり、しばしば堕落の淵にいざなわれ、魂を滅ぼしてしまうと。おそろしや、おそろしや。何という強い誘惑。何という悲しみ。ご不幸の始まり」

ここまで言うと、マリアは手を揉みしだきながら、かたくなそうに唇を結び、がっくりとうなだれていたが、やがて、首を起こすと、詩人からは眼を逸らしながら、高まる興奮を抑えかねるように述懐を始めた。

「そのうちに、お二人のお親しさは傍近く仕える召使の私どもに、いかに鈍感であろうと、度の過ぎたものに感じられるほどになってまいったのでございます。

パオロ様はフランチェスカ奥様を、狂おしい愛の炎のなかに投げ入れ、やつれるばかりのお苦しみをおさせになるまでに。わたくしは見て見ぬ振りは出来ませんでした。神様、奥様をお守り下さい、と毎夜泣きながら祈りました。胸も潰れるばかりに思い悩み、ただお救いしたい一心で、とうとう秘めるべきであったことを暴き、不幸の上に不幸を重ねる事になったのでございます。ああ、なんということ。わが罪は消すべくも無く、ひたすら癒されぬ悲しみの中で、現し身の衣を脱ぎ捨てることも叶わず、未だに身を裂くような苦の海をさまよいつづけております」

そしてこれからいよいよ自分の語ろうとすることがそのもっとも悲痛な部分であることを示すかのように、新たな涙にくれながら、衣の前をかき合わせ、手にした小さな木の十字架を握りしめながら、聖母マリア！　と呻くように声を絞った。

「大殿様も亡くなられ、ジャンチオット様は戦いと狩りの日々。殿様はマラテスティーノ様とお二人で狩りや戦に館をあけられることが多くなりました。しかもご好色なマラテスティーノ様の相も変わらぬ奥様への道ならぬご執心は、召使いたちの目にも見透かされるほどで、奥様は怯えておいででした。パオロ様は、遠い都市に行かれることが多く、お子様のなかったフランチェスカ奥方様はお話相手もなくたったひとり……。ラヴェンナではご両親様は既に世になく、御両家の間も平穏とはいえず、自由な行き来などもってのほか、仲の良かったお妹様も修道院に入られ、ともに過ごされた娘の頃の日々を頻りと思い出して口にされました。悪い夢におびえられ、嫁いで以来幾たびも目の当りにされた激しい戦いの有様などが、ともすれば心に浮かび上がり、苦しめられると申されたことがございます。地下牢のモンターニャ殿が討ち取られた時のことなど、ありありと。ああ、あのとき私もお側近くで恐ろしい叫びを聞きました。あれやこれやで不吉な予感に胸が立ち騒ぐ日々が重なるようになりました。けれども奥方様は女の身の辛さをひとり耐えておられ、愚痴は申されませんでした。おお、私は一番小柄でしたので奥さまはいつも〝可愛いつぐみ〟とお呼び下さったものでございます。

あのお声は今も耳から離れません」

マリアはしばらく沈黙した。そしてこれから言おうとすることを、なんとか整理しようとするかのように肩で息をしながら瞑目した。

「春の兆《きざし》がようやく見え始め、林の樹々に渡り鳥たちが巣を作り始め、海つばめが磯の匂いを運びながら飛び交うようになりましたあのころの、ある夜のことでございます。奥のお部屋で、眠れないといわれ、いつものように灯りのもとでご書見なさっておられました。他のはした女《め》はとうに下がっておりましたが、私は暖かい飲み物でもと思い、心を鎮めると教えられてきた香り草をいれてお部屋に入りました。一本の燭台に照らされた仄暗いお部屋の書見台の上にご本を開かれたままで、フランチェスカ奥さまのお姿は見当たらず、驚いて部屋内を見回しますと、フランチェスカ様は、白い薄衣一つで、開けはなった窓辺にお立ちになり、暗い夜空を眺めていらっしゃいました。私は急いでショールをとってお肩におかけしようとおそばに寄りました。フランチェスカ奥さまは微かに震えておられました。そしてその頬に止めどなく涙が伝わっているのを見てしまいました。お可哀相なフランチェスカ様！　わたくしは『おお、フランチェスカ奥方さま！』と叫んだきり、胸がつかえて何も申し上げられませんでした。遠く、又丸で地の底から響くような海鳴りの音が轟いておりました『今夜は海が荒れているのね。嵐が来るのかしら。ほら、ここまで恐ろしい音が……』奥様は呟かれました。そして『ああ、小鳥のように空を飛べるものなら。海つばめが今日も窓辺に来ました。あの海へ私を連れていってくれるものなら……いかに嵐の夜とても、自由のないこの身よりはどれほど楽しかろう。叶わぬ願いとは知りながら、せめてこのため息でもふるさとへ。いとしいひとたちへ』そうおっしゃったきり、フランチェスカ様は窓辺に立たれじっと耳を澄ましておられるようでした。その時です。思いもかけず小さなノックの音がしたと思うと、つかつかと足音がして帷があげられ、いきなりパオロ様が入ってこられました。旅のお姿のままで。青ざめて一途なパオロ様の思い詰められたご表情に、私の胸はいっそう立ち騒ぎました。急いで飲み物をご寝台の脇に置くと、私はそばに控えました。燭台の灯りに照らされたフランチェスカ様の、涙に輝いた目の何とお美しかったことでしょう。

パオロ様のうなじの若々しさ、青ざめた額にかかる栗色の巻毛、一瞬互いに見つめあいながら向かい合うお二人のお姿は、まるで絵のようでございました。やがて我にかえられたフランチェスカ奥さまは、窓を閉めて下がるように、とお言い付けになったかと思うと、すぐまた『いいえ、そこに居て』とおっしゃいました。取り乱しておられるご様子に、私はいっそうどうしていいやら分からなくなり、急いで窓を閉めると、お言葉に背いて部屋の外に出てしまいました。あ、と小さなお声がして、お部屋はそのまま静寂《しじま》に包まれました。

翌朝、フランチェスカ様はいつになく晴れやかなお顔で、一段とお美しく、これまでになく楽しげでいらっしゃいました。お二人の間に何があったのか、パオロ様がいつお帰りになったのか、私は考えようとはいたしませんでした。しかしその夜からパオロ様はいっそう繁々と奥さまをおたずねになるようになりました。あるときは私どももいっしょに、旅の珍しい話などを楽しげに聴かせてくださいました。またあるときはおふたりご一緒にご本を読まれました。いつも影のようにすっとお見えになり、いつの間にかお立ち去りになっておられました。朋輩の中には、こそこそ耳打ちするものもおりましたが、卑しい噂に私は耳をふさいでおりました。

ある夕べ、いつものように奥方様のお部屋で、届いたばかりのご本を肩寄せあって開き、パオロ様が読みあげ、お二人で楽しげに語り合われるご様子、帷を下ろした控えの間で他のはした女たちとお召物の繕いをしておりました私は、ふとお尋ねしたいことがあって、何心なく帷をかかげました。そして、思いもよらずお二人が熱い抱擁を交わしておられるお姿を見てしまったのでございます。けれども、ああ、お二人のそのお姿は、おお、主よ、慈母マリア様！　どうか御赦し下さいませ。夕暮れの金色の光の中で、何とお美しかったことでありましょう。まるで二羽のつがいの鳥のよう。これこそが《愛》のまことの姿、とさえ、私には見えたのでございます。お二人は私にお気づきにならず、私はしばし茫然と、その夢のような絵姿を眺めていたのでございます。時が一瞬止まったかに思われました。帷の向こうで何も知らずに笑いさざめいている朋輩たちの声に我に返り、急ぎそっともとの控えの間に立ち戻り、さりげなく針を運び続けましたが、手の震えが止まらず、胸の動悸を朋輩たちに怪しまれるのではないかと気づかわれるくらい音高く、なかなか鎮まりませんでした」

マリアは泣きじゃくった。

「おお、いかに甘美な想いが、ふたりを結びつけたのであろうか」

詩人の口から意外な言葉が洩れ、マリアははっとする。しかしそれきり彼は瞑目して再び沈黙した。マリアは、涙を滴らせつつ再び語り始めた。だがその声はこれまでの単調な祈る調子や、甘美な思い出の籠った人間らしい悲しみの声音とはうって変わって、ぞっとするほど暗かった。

「私はこのことを誰にも明かすまいと誓ったのでございます。もしそれがみこころであるなら、かかる重荷を担うことに私を使いたもうた主をお恨みするしか、と。おお主よ」

第六章　罠

マリアは幾度も十字を切り、ぞっとするような乾いた声で、うわ言のように語りだした。

「おお、人間とは、なんと弱いものでありましょうか。愚かな愚かな出来損ない。ついには土くれに帰る身をもわきまえず、さかしらなことを胸に抱いてのぼせ上がる、それから間もなくのこと、用あって庭に出たところを、マラティスティーノさまの召使に、国の言葉で呼び止められました。はい、同郷の奴隷でございましたが、さほど親しい仲でもないのに馴れ馴れしくわたくしの名を呼び、ご夫人が、話したいことがあるのでお呼びになっている、とのこと。懐かしい国ことばにほだされ、いつにないお呼び出しにいかなる御用向きか、不審に思い、いささかの警戒心も抱きつつ、時間はとらせぬ、ということで、そのまま参上しました。

『フランチェスカ様も、豊かなラヴェンナから参られて、この土地とは馴染み薄く、何かとお辛いこともあろう。お仕えするあなた方も、さぞ気骨の折れることと思います』としんみりしたご口調で、こまやかにお話になるご様子に、私の警戒心もいささかとけましたが、それにしましても、何故わざわざわたくしを名指して突然お呼びになったのか、腑に落ちぬ気分でおりましたところ、『私はフランチェスカ様を真実の姉と思っておるゆえ、そなたもこの屋敷のことでは、私に何事も心置きなくご相談くださるように。同じ女どうし、わたしにもなにかお手助けできることもありましょう。頭においてくだされば……』と申され、何か入用のことに使うがよいと、銀貨を下さろうとなさりました。勿論固くお断わり申し上げ、その日はそのまま退去いたしましたけれども、何としたことでございましょう。日頃誰に話すことも出来ず、一人不安に駆られて思い悩んでおりましたわたくしは、その日以来、屢々優しく声をかけられるジュリア様を、根はご親切な優しいお方と段々思い込むようになりました。そして、いつしか、すっかりあのお方を信じてしまったのでございます。その後もお会いするたびに、親しいお言葉をかけられ、何くれと特別なお心づかいを見せられ、しかし、今思いますと、さりげない風をなさりながら、あれこれ根掘り葉掘り、奥方様のこと、そして段々とパオロ様のことにも話を向けられ、お二人のことを聞き出そうとなさいました。はい、遠回しにではございますが、顔赤らむような立ち入ったことさえほのめかされると、ジュリア様が日ごろから妬み心深くあられるという噂も思い出され、さすがにいやな気持ちになりましたが、愚かにも、きっぱりと否定する返答がかえって不自然さを際立たせていたことすら気づきませんでした。こうしてふた月ほど経ちましたでしょうか、ある日ジュリア様は、わたくしをわざわざ迎えによこされ、折入って急な頼みがある、内密の話ゆえ、まわりに気付かれぬようそっと来てほしい、とのこと。行くとすぐ人を払われて特別なお話をなさろうという気配。日ごろと打って変わってただならぬお振る舞いに私はさすがに緊張し、身を固くして控えておりますと、傍近くに寄られ、次のように切り出されたのでございます。『フランチェスカ様はこのところ閉じこもっておられること多く、とんとお姿をお見受けしないが、ご機嫌よくお暮らしか。あなたのような忠義者が御側について真心込めて仕えてお出でゆえ、ゆめ過ちなどあろうはずはないが、何せ近ごろのご様子はちと不審の儀もある、と、殿もお疑いを深めておられると、耳に挟みました。事はマラテスタ家一門の名誉の問題、ジャンチオット様にとってもフランチェスカ様にとっても、なにせよ、掟に背く不祥事が事実とあらば、由々しきこと、と余計なことながら案じています』

私はびっくりいたしましてジュリア様を見つめました。しかし正直申しまして内心は縮み上がるようでございました。『おっしゃることがよくわかりかねます』と云いながら、私の体は、得体の知れぬ怒りと怖れで、わなわな震えました。ジュリア様は『こわがらずともよい』と云われて、ますます私ににじり寄られました。強い香水の匂に頭がくらくら致しました。『お前さまはもう気づいているのではないか。主のみ教えに背くことあらば見ぬふりをするのは忠義と申せぬと思うがいかがなものか』と嘆かれる御様子を見せながら強い語調に不意を衝かれ、私は身を竦め、まるで狼に狙われたウサギのよう、決してあのことだけは、お二人の秘密は明かしてはならない、と言い聞かせつつも、身の震えは止まらなかったのでございます。ジュリア様はいっそうにじり寄られました。今はその息の匂いまで。そしてますます思い詰められた語調で、涙さえ浮かべられて、囁かれました『フランチェスカ様が、立場を忘れ果て、一時の戯れに身も心も奪われておいでならば、それは畢竟悪魔に魅入られてお出でのこと。懺悔をなされば後生は救われる、と、司祭様が常々申されているのは聞いておりましょう。フランチェスカ様は以前とはすっかり様子が変わられた。何ごとにも心そらに落ちつかぬご様子、側で見ていても気がかりでなりませぬ。雅び心もほどほどになさらねば、いまに地獄の業火に焼きつくされましょうぞ。そなたの近頃の挙動もなにやら腑に落ちぬ。おそろしや。そらごとで終わってくれればいいが。もしものことあらば、地獄の責め苦がいかなるものか、お前も聞き知っていましょう』

おお、なんとしたこと。地獄、と聞いただけで私の心は、おおマリア様！　縮み上がったのでございます。顔が苦痛に歪むのが自分でも分かりました。ジュリア様は、じっとそんな私を見て、ほっと溜め息をつかれました。そしてさらに『あの優しくお美しい義姉上が身をあやまられるなどと、思うただけで、この身が竦みまする。恐ろしいこと。私もじっとしていられませぬ。ついては、立ち入ったことながら、昨日司祭様に、それとなくご相談いたしました。司祭様はことのほか驚かれて『その様な場合、もし何事もないのであればそれでよし、その召使が何かを知っているとならば、速やかにその旨をありのままに語って告解をし、こころの重荷を下ろすようにするのがよろしかろう。あとのことは私にまかされよ。信仰厚いお方ゆえ、事を分けてお話すれば、悔い改めてよき道に導かれることは必定』と仰せです。なれば、速やかにありのままを司祭様に告げて、今のうちに、おとりなしをお願いするがよい。まさかとは思うが、些細なことでも、秘めごとを胸に抱いておれば、そなたも同じ苦患に落ちるは必定。大事に至らぬよう、一刻も早く主のみまえに懺悔して、取り返しのつかぬ事にならぬうちに、義姉様をお助けするようにそなたにすすめるのがわたくしのつとめと心を定めました。主とマリア様にお縋りすれば悪いことには決してならぬ。わたくしの見るところ、それが出来るのは忠誠心厚いそなたしかない。この道だけは、いったん迷いの星に導かれ、心縛られると解き難いものになることは必定。尊き天なる主とマリア様は何もかもお見通しでいられる。急ぎ救いを求めねば取り返しがつかぬ』と囁かれますと、ハンカチで目頭を押さえられました。いとしいフランチェスカ奥様が、苦患地獄の業火に永劫に焼かれるようなことになれば、と思うだけで身の毛がよだちました。あの時のジュリア様の鵜のように黒く光るお眼、突き出た赤い唇。私は今も忘れはいたしません。といいますのも、そもそもマラテスティーノ様もさることながら、御夫人のジュリア様は、もとは大奥様の小間使いであったとか、お屋敷内のことには殊の外お詳しく、マラテスティーノ様にぴったり寄り添われ、常日頃、さしてこれといった用もないのに、勝手知ったお屋敷内をちろちろ行き来され、人の噂は誰より早くご存じ、という風で、いろいろ探り出しては、あることないことを耳打ちされるとか。お屋敷内に、あれこれ不和の種をお蒔きになることもあったからでございます。けれどもその時の私は一途に奥方様の一身を気づかったのでございます。今後いったいどうなるものやら、おふた方のお心を変えてくださることが果たして司祭様におできになるものかどうか、ジュリア様の恐ろしいお言葉に、心も宙に飛び、言われるままに、司祭様におとりなしをお願いすれば、必ず主は救いたもうというジュリア様の言葉を、藁に縋る思いで信じました。何があろうと、司祭様はよきに計らい、救って下さる、というお約束を信じました。異教徒として育ったわたくしはことの意味もよくわからぬまま、ただただジュリア様の行き届いたお取り計らいに感謝して、云われるままに、告解することをお約束してその場を辞去いたしました。そして、その日夕刻、告げられた刻限に、お城のカッペッラで司祭様が待っておられるとの知らせに、そっと部屋を抜け出し、告解室に急ぎました。司祭様が約束通り待っておられ、わたしはほっと救われた思いで、それまで賤しい胸一つに納めていましたことを告げました。

司祭様は、型通りの祈りを呟きつつ、一部始終を詳しく聞かれ、よくわかった、由々しきことではあるが、奥方には必ず心の迷いを取り払うよう、それとなく戒め、こころをあらためてみ救いにあずかるよう、導くことにしたい、よく聞かせてくれた、安心して早々に立ち去るがよい、と囁くように主へのおとりなしを約束下さったのでございます。けれども、もう遅すぎました。手遅れでございました。ああもう少し早くためらうことなく強くお諫めするなり告解をしていれば、あのようなことにならずに済んだかと」

「おお、今はあまりの苦しみに息も塞がりそうでございますが、最後までお聞きくださいませ」

マリアは声を絞り出すように、一気に事件の日のことを話し始めた。山の夕暮れは早い。はや部屋内は冷えはじめた。

「ことは、その日の翌日起ったのでございます」

「ジャンチオット様は、前夜より鷹狩りのために、山の砦にお泊まりでいらっしゃいました。はい、マラテスティーノ様もご一緒に。その前夜も、フランチェスカ様は、なかなかお休みになれず、私も告解したものの、召使いの分際で差し出たことをしてしまったものよ、と、一向に気は晴れず、心はいっそ塞がるばかり、一心に祈りながらも、胸騒ぎがしてなりませんでした。その日も、パオロ様が奥方様をお訪ねになり、いつものように、お二人で御書見の御様子、楽しげな笑い声も洩れ、私ははらはらしながらも、控えの間で御用を務めておりましたところ、ジュリア様から、またまた私に火急の用があるとのお使いが参りました。わたくしはなにか解決の糸口でも、と思い、ジュリア様のお招きに取りすがる思いで、急ぎお館に伺いました。行ってみますと、ジュリア様は大変上機嫌に初物の葡萄などでおもてなしくださいましたが、先日来のお申出でや、私の告解については、なにひとつ触れようともなさいません。火急の用とはその事のみ、と思っておりましたので、なぜ、お呼びになったのか、とつおいつ思い悩みつつ、問いただしたい思いを無理に抑え、司祭様は秘密を御守り下さり、ジュリア様は何事も御存じなく、安堵なされて告解のことをねぎらおうとして下さっているやもしれぬ、多分何も御存じないのであろうと、胸撫で下ろし、こちらから、何も申し上げぬのがよいと、強いて言い聞かせましたが、心の片隅の不安は拭い切れませぬ。些細な用向きを伝えられたあと、取り留めもなく、四方山話のいつ果てるともなく続けられるお相手をしておりますうちに、私の胸騒ぎはただならず高まってまいりました。私の心臓が突然高鳴り、不吉な思いが掠めました。しきりにお引き止めになりますのを、振り切るようにして、戻ってまいりますと、お城のうちがざわめいております。門のうちにいつお帰りになったのか、ジャンチオット様のお馬が繋がれておりました。その肌が、しとど濡れております。胸騒ぎはいっきに高まりました。馬丁の申しますには、砦のお部屋で、マラテスティーノ様とお酒盛りをなさっていたが、先ほど、俄かに急ぎの用を思いつかれた、と申され、恐ろしく癇癪を起こされて、馳せ戻られた、とのこと。奥のお部屋からただならぬ叫び声と、言い罵る声が聞こえて参りました。私は暗い廊下から階を転がるようにいっきに走りのぼりました……。そのとき自分が裏切り者ではなかったかという暗い疑惑が、ちらと頭を掠めました。けれども、それがあの『告解』ゆえとはとっさには信じることができませんでした。しかし、あまりにも唐突に、事が起こりましたことから、すべてが企まれたこと、奥方様とパオロ様が、恐ろしい罠に落ちた、ということだけは、いかに愚かな私にもわかりました。やはりあの『告解』が、忠義立てを口実にした、実は自分可愛さのあまりの浅はかなお喋りが、とんだことになった、と、私は瞬時に悟りました。主は私の身勝手な願いなど、お聞き届けになりませんでした。司祭様は、主にいかなるとりなしを祈られたのでありましょう。そしてジュリア様に、何を告げられたのでしょう。司祭様はカヤパ。私はユダ。忠誠心に名を借りた裏切り者、という思いが胸に突き刺さりました。そして私が目にしました光景。何という呻きと血飛沫。もはや遅かったのでございます。ことは終っておりました。朋輩たちの泣き騒ぐ中をかき分け、お部屋に入るなり、私はその場に崩折れて立ち上がることができませんでした。あとはもう。たやすく申し上げることは叶いませぬ。どうかお待ち下さいませ」

マリアは肩で息をしながら喘いだ。それから声を絞った。

「パオロ様とフランチェスカ様は互いに相手を庇おうとなさり、それが、いやさらに殿様の憤りの火に油を注いだのでございました。狂ったようなジャンチオット様の刃は、いとしい弟御と奥方様の体を刺し貫いたのでございます。お二人は互いにしっかり抱き合われてこときれられました。パオロ様のお手には剣がしっかりと。ああ、恵み深きマリア様、罪障深き魂を、何とぞ憐れみたまえ。何とぞ赦したまえ。ジャンチオット様は放心なされたように膝をつかれ、お側に血にまみれた剣が真っ二つに折られて投げ出されておりました。そのとき、わたくしはふと、部屋の片隅に、血まみれの御本が転がっているのを見つけました」

「朋輩の留めるのも聴かず、走りより、夢中で拾いあげますと、しっかりこの肌に抱きしめて、部屋を飛び出し、騒ぎに紛れて誰にも気づかれぬよう、お城を抜け出しました。胸を血潮で濡らし、どこをどう走ったか、ふと気がつくと日も暮れ果てて、真っ暗なお城の裏の山道を、やみくもにかきわけ走り続けていたのでございます。山は真の闇に包まれていました。月が昇り、振り向くと、騎馬の一隊が海沿いに、懐かしいラヴェンナへ悲しい知らせをもって走るのが見えました。聞き覚えのあるマラテスティーノ様の荒々しいお声が、風に吹き千切られるように響き、海は荒れ轟いておりました。以来、私はむくろでございます。頭の中は、いまだに何もかも霧の中のように朧ろで暗いのに、あの場面だけが、まざまざと、いつまでも取りついて離れませぬ。時折、お幸せであった頃の楽しげな笑い声が、何事もなく微笑まれて立っていらっしゃる美しいお姿が、夢に立ち現れ、そんな私の悲しみをいっそう掻き立て、一方でお二人の甘美な囁き声が、頬寄せあって御本を読まれ、互いを見つめ合われたお姿が、せめてもの私のただ一つの慰めともなるのでございます。ああ、あれは悪夢で、これは現実。と喜ぶ暇もなく目が覚め、終油も祝福も受けられずお果てなされた魂が、今頃いずくを漂うておられますやら、と冬の長き夜を涙に暮れて祈り続けて明かしたことも幾たび。近頃はその夢も、お二方の変わり果てたお姿に……」

「してその本はいずこに」

「ここに。せめてものお形見と肌身放さず」

詩人は水を浴びたようにぞっとした。みる見る顔が青ざめていく。昨夕の亡霊の言葉が、なまなましく甦った。頭がくらくらする。

マリアは暫しためらったあと、懐から、無残に変色し、血と涙で石のように固まり、くろずんだぼろぼろの書物をとり出してみせた。詩人は手にとって仔細に調べた。彼女が長年抱きしめてきたそれは、やはり昨夜の夢にたがわず、「円卓の騎士、サー・ランスロの物語」だった。散りばめられた金箔、褪せた色合いながら朱や紫のあとが随所に残り、かつては美しい装飾画で飾られた豪華本であったことがうかがえた。それは開かれたままのかたちで、血潮に浸されて黒ずみ、他のページは固くくっついてしまっている。

「ああいかなる悪魔が我らに取りついたものでしょうか、暗き夜の底をただ一人、血まみれでさまようておられると見て、覚えず我とわが叫びに夢を破られ、幾夜泣き明かしたことか……。名も存じ上げぬ旅のお方さま。ポレンタ家ゆかりの卿よ。辛い重い繰り言を、よくぞお聴きくださいました。感謝申し上げます。感謝申し上げます。主のご祝福のあなたさまにあらんことを。世俗の方にお話するのはこれが初めてゆえ、つい気も緩み、いらざることも多くお話申し上げました。御赦しくださいませ。もはや心残りはございません。あとはお二方のみ赦しを尊きエス様に願い、卑しきこの身を主の御手に委ね、僅かに残る命をお捧げするまででございます」

マリアはしっかりと本を抱きしめ、いくども口づけしながら、いとしい奥様、パオロ様、と叫んだが、やがてそれを懐深く仕舞込むと、どうと身を投げ出し絞るように祈り始めた。詩人はやおらその肩に手をおいてゆっくりと云った。

「あなたが身を責めさいなむことはない。しかし、ひとつ聞きたいことがある。その告解は、お城のカッペッラでされたのか?」

「はい」

「確かに司祭様であったか」

マリアはぎょっとしたように顔を上げた。それから消え入りそうな声で
「格子越しでございますから、それに深く頭巾をおかぶりで、薄暗い地下の格子越しで、しかとは。でもお声は低く……。ただいつになく、そういえば、香水のような匂いがほのかに」

マリアははっと身を起こし、顔を上げた。

「どうしてそのようなことが。もしかしてあれが司祭様でなかったならば……。もしかして私は、今日まで主にお仕えする方までも疑い恨み、二重の罪に落ちていたことに」

マリアは、詩人の膝に取りすがった。

「まさかそんなことは。おお、あの告解が、主なる神のもとに届いていないのであれば」

みるみる血の気が引いて蒼白になった顔を上げ、女はわなわな震えた。

詩人は女をじっと見つめていたが、しばらくして静かに言った。

「事がどうであったにせよ、為されてしまったことはいずれ裁きは受けねばなるまい」

マリアは狂ったように祈りはじめた。


あわれみ深き主よ、われみまかりし者の霊魂のため祈り奉る。願わくばそのすべての罪を許し終

わりなき命の港に至らしめたまえ。主よ、永久の休息を彼らに与え、光りもて照らしたまえ、罪人に赦しを与える天なる主よ、お哀れみを、主エス様の血の贖いによりて切に切に願いたてまつる……

その声はだんだん小さく聞き取りがたくなっていく。

哀れみたまえ。いと尊き主のみ母なる女王様！　この涙の谷にある我ら、御身に我らの悲しみを差し上げる。アーメン。

詩人は、聖句を唱えるマリアに和して共に祈り、しばし瞑目していた。その頬を涙が伝っていた。気がつくとマリアはそのままぐったりと動かなくなった。無限に長く思われた告白の刻は終ったのである。マリアは話しているうちにこの篝火のような眼をした他国の人が彼女の懊悩を少しづつ吸い取って行くような不思議な体験をし、涙を涸れるまで出しつくした。

いっぽう、思いがけぬ告白を聞いた詩人の胸には、かつて自分が若き日に歌った詩の一句がこだましていた。

来れ、私のつく溜め息を聞くために
おお優しい心よ

彼女にふさわしい世へと立ち去った私の淑女を捜し求め、
おお優しい慈悲の心よ、
時として汝を呼び求める
救いに見放されし苦悩の魂の名に耳傾けよ

マリアが語ったフランチェスカとパオロの愛の物語とその悲運は、詩人に前夜の夢の朦朧とした幻を生々しく呼び覚ますとともに、若き日のベアトリーチェへの愛と憧憬をもまたひしひしと想い起させずにはおかなかった。けれども肉の《愛》で固く結ばれ、かの世でも離れることが許されず、ともに裁きを受けている二つの魂は想像するだに、哀れをそそり、命運にもてあそばれたかれらの魂に、慈悲を乞い願わずにいられぬ気持ちに衝き動かされた。やおら立ち上がると声を絞って云った。

「おお。罪深き肉の欲と、骨肉の底知れぬ憎みあいとたばかりに幾重にも縛られし人の魂、マリアとやら、救いの道はただひとつ、取りなされるのは主イエスのみ。ただひたすら祈られよ。聖母さまにも心を尽くしておすがりするがよい。お審きは所詮人の力で曲げることはかなわぬであろう。だが一切の迷いを取り去り、ひたすら一心にお願いし、恩寵を求められよ、おお――幸いなるかな、悲しむその人は慰められん――(マタイ5：1)。そなたの祈りは必ずや翼をもち、救われるであろう。私はそれを信じるものである」嗚咽しながら突っ伏していたマリアは身を起こし、骨と皮ばかりの髑髏のような顔をあげた。目だけが光りひたと詩人を見つめて呻いた。

「ありがとうございます。祈ります。ただひたすらに。エス様を心から信じる気持ちになれた思いでございます。あれ以来、涙という涙を絞り尽くしたと思いましたが、またこのようにとめどなく溢れてまいります。もしかして、あの世で奥方様が泣きつつ私の魂を揺さぶっておられるのかもしれませぬ！」

陽が翳りはじめた。部屋は冷え冷えとし、老いた尼僧のすすり泣きが、ひゅうひゅうと谺した昨夜のつむじ風の音に混じりあい、立ちつくしている詩人の耳に鳴り続けていた。詩人はいま一度呟いた。

「祈りは必ず聞き届けられるであろう」

そのとき、不意に部屋うちに一筋の光が差し込み、蹲っているマリアを包んだ。あ、と思う間もなく、マリアは気を失って床に倒れ伏した。光は言いようもない暖かさでマリアを包み、暫し白い光を放ちながら彼女のまわりをたゆたっていたが、やがて徐々に薄れて消えていった。

六時課を告げる鐘が鳴り始めた。

詩人は急いで帳を掲げてひとを呼んだ。修道士たちが駆け寄り、ぐったりしたマリアを運び出してゆく。聖歌がゆっくりと会堂を充たしはじめた。

「マリア姉はなにを語りましたか。我らにお話いただけないものでしょうか」

副院長が近づいて厳しい声で言いかけたが、詩人は黙したまま答えず、院長は彼を制した。詩人の眼のなかに黒ずみ乾いた血染めの書物が浮かび、一瞬空に舞うかに見えたが、やがてそれも風に吹き払われて空高く飛び去った。

遠く樹々の茂りあう山の中腹に、青空を切り取るようにして、ほとんど窓らしいもののない石の砦が魏然として聳えている。傾きはじめた日が、石の表面を赤く染め、山も空もぎらぎらと燃え立つような眩しさである。

金色の日輪が、山の端に沈みかけていた。間もなく天も地も眠りにつくだろう。詩人の胸には、今なお解きがたい問いがわだかまり、胸は憂愁に鎖されている。

小鳥たちの喜びの声に混じり、羊の群れの鳴き声が谷にこだまして聞こえて来た。修道士に追われ、群たちが山道を下りてくるところである。

主は誉めあがむべきかな
すべての恵みは主にぞあれ

澄んだ歌声が、風に吹き千切られながら、途切れ途切れに谷にこだまして運ばれてきた。

かつては、もしかして、腐りきった教会が世を救う手立てとなっていないことすら、天なる主はよし、とされているのであろうか、と疑ったこともあった。だが、ウンブリアの野に咲き出た小さき花の一輪が、輝く魂の光の輪を広げ、聖なる魂の先達たちに伍して、主なる神の栄光とイエスの購いによる愛の炎が、絶えることのないよう守った。

「さまよいさえしなければよき牧草にありつける」とは、聖なる先達のことばである。げにうべなるかな。彼はゆっくりと足を運び、部屋に戻ると疲れた体をしばし休めた。

甘き愛欲に溺れて、惨い永劫の苦患に沈んだ魂がある。過酷な運命に打ち砕かれた男がある。あさましい野望のために、ひとを陥れた女がある。懼れに駆られ、主を裏切る羽目に陥った者があり、人の道は己の目に正しとみ見ゆ。されど主は人の心を量り給う——

詩人の胸中を、今更のように去来するのは、乱れる人の世の営みのさまざまだった。時として燃えるような欲望が、抗いがたい力でひとを引きまわす。ただ一度の過誤が、憤怒に駆られた過ぎたる決断が、魔の力に煽られまた抑えられた盲目の愚かしい行為が、躓《つまず》きが、数多の人間を永遠の破滅へと導いて行く。そこにはいささかの仮借もない。

神の審判の前に、一切の望みは断たねばならないのか。ひとたび罪を犯すや、光なき永劫の闇の世界に、嘆きと苦患の渦巻く滅びの都に至る一筋の道を、赤く煮えたぎる血の河、フレジェトンタへと、もはやとどまりようもなく滑り落ちていくしかないのか。

「人間の自由とは、神の恵みと赦しとはなにか」

「救いはいかにして得られるのか、腐りきった教皇庁のもとで、償いの業はいかにして果たされるのか。恵みはいずこより来るか。赦しはあるのか。信じるに足る叡智と愛は、ひとの魂にいかにしてもたらされるのか。救い主エスよ。汝《な》が答えはただ聖なる書にのみ求められるのか。おお　信じる事の難さよ！」

——《愛》この甘美なるものの馨しいはたらきよ、底知れぬ歓喜と悲しみよ——、

——むくつけき「死」憐憫の敵　昔ながらの憂いの母、抗いがたき非情の裁きよ　悩める心に糧を与えしなれゆえに　われかく思いに沈みゆき　なれを責めて舌は疲れぬ——

翌朝、マリアは、ミサを受けたあと帰途についた。会堂の前で院長に祝福を受け、詩人と修道士たちに別れを告げた。かれらの口からは、彼女を慰謝する言葉はついに洩れなかったが、もうその必要はないことを、一同はなんとなく感じていた。マリアの皺に畳まれた小さく痩せた顔の中で、黒い瞳が星のように輝いていたからである。

霧が谷を這い登ってきた。マリアは髪を覆った被り物の下で、唇を結び、村の子供の引く騾馬に乗ると、感謝の祈りを捧げ、一同に神の祝福を祈ると、深々と身をかがめて一礼した。迷いの濁りが取り払われたその顔は、目指すものへの希望に支えられ、厳しい表情ながら輝いていた。灰色の僧衣に身を包んだ老い屈んだ小さな背中がやがて霧の中に消えた。

「マリア姉はもうここにくることもありますまい。こちらにはよく使いで参りましたが、老いて使役の勤めも退くことをゆるされ、このたび長年苦しんできた罪の意識から解き放たれ、残り少ない生を祈りに捧げる決意をした、と告げました。姉妹に秘蹟がもたらされたに相違ありません。驚くべき恩寵が」

院長がきっぱりと言った。あの一刻、あの場に主が臨在したもうたのか。

第七章　愛の渇き

　鐘が鳴っている。大きな音だ。パディア修道院の日課の鐘か、おお、早く起きねば。うつつに思う間もなく眼が覚めた。鐘は乾いた音を立て、まだ小さく鳴り続けている。詩人はゆっくりと目を開き、天井を見詰めた。意識が少しづつ現実に戻る。ここはフィレンツェではない。

　僧坊の闇の中で、ともすれば妖しい夢に悩まされ、浅い眠りを貪る詩人の瞼に、繰り返し浮かぶのは、ふるさとフィレンツェで過ごした日々のことである。

　フィレンツェ！　かの都市の光は何と豊饒だったことだろう。春まだ浅いころから、曙は輝くような明るさで、塔と塔のあわいに光を漲らせ、町の家々の醜いいかめしさを、そっとやわらげるのだった。そして昼の間の騒擾と活気を豊かに彩り、夕べとなると、黄金色の余光で、影の輪郭をひとつひとつをくっきり浮き出させながら、眠りに入る町を神々しい重さで充たした。

去り行く日を悼むごとく、あちらこちらでつかれる鐘の音が、世の営みの終わりを告げ、徐々に緩やかな調べで鳴り終わるとともに、町は闇と静寂の中に沈んでゆき、アルノの呟きだけが残る。夕暮れ、少年の彼は、よくひとり聖堂の高い塔に昇り、遥か市門の外に連なるなだらかな丘陵や山並みが空と一つに溶け合って、蒼く茫々と煙る眺めに見入ったものだ。すがすがしい草木の香りを含んだ強い風が、汗ばんだ頬を掠め、目の上にかぶさる濃い褐色の捲毛を吹き払った。

そんなとき、よく歌を歌った。聖歌隊に加わっていたので、聖歌をいろいろ覚えていた。囁きのような旋律に始まり、徐々に繰り返されながら高まっていく詩篇誦や、マリアへの讃歌の調べ。一度覚えたら忘れなかった。耳の確かさは抜群だった。

笛の響きのような澄んだボーイソプラノが、野づらを渡り、風に吹き散っていく。少年が声を限りに歌う讃歌に、野も山も空も微かに身を戦《おのの》かせて和しているように思える一瞬、眼に思わず涙が浮かぶことがあった。

春の復活祭の荘厳なミサの光景が、かつて幼い彼を連れてミサに連なった亡き母の幻に重なりあうこともある。そんなとき心は、生きてあることの歓喜と、母恋しさに引き裂かれるのだった。

おお聖マリア、母なる女王いとうるわしき処女なる君よ、喜びたまえハレルヤ、我らの為に祈りたまえ

あの山の向こうに何があるのか、「海」というものがある、と教えたのは、母だったのか、ばあや

だったのか、塩の水を湛え、嵐の夜には魔物のように咆哮し、果てしなく広い。モーセがエジプトより聖なる民を導いて逃れるとき、主はこの海をすら二つに裂きたもうた。そして北の果ての巨大な山々は大空を支え、日輪をさえぎり、とこしえに夜の闇の国があるという。

物語と現実のはざまにたゆたう幼な心の前に、不思議に満ちた世界がひろがっていた。灼けつくような求知の思いが、子供の眼をきらきらさせた。

塒に帰る鳥の群れが、互いに鳴き交わしつつ、空を覆うばかりに舞いたち、やがて黒いけし粒を撒いたように山蔭に消えて行くと、一番星が強い輝きを放ち始める。そして忽《たちま》ち街は黄昏れていく。

刻々と色を変える夏の夕空に、聖堂の丸屋根や、サンタ・クローチェの尖った屋根がくっきりと浮かび上がり、至るところにそそり立つ塔の輪郭が、聖堂の華やかな屋根とともに徐々に黒ずんで、冷ややかさを増してゆくころには、街のそちこちに灯火が揺れ、昼間の騒々しいまでに賑やかなざわめきが、嘘のように消えてゆき、静寂が都の空を覆う。

聖堂学校での授業は、御書の教義一点張りだ。書物は貴重だから、手に取ることも許されない。天も地も、すべては創造主が作りたまい、そのわざの完璧さを、ほじくり返すことは許されない。正直いって退屈きわまりないものだった。

学校の一日は、聖なる書、詩篇、日禱書の暗唱にはじまる。授業前に、祈りと告解文を大声で唱えるのが日課だ。十字架のイエスを仰ぐ聖者たちの絵が壁にかけられ、容赦ない鞭打ちの恐怖のもとで一日が始まる。

ダビデ王による詩篇は、聖歌の中や祈禱文に繰り返し出てくるので、すっかり諳んじてしまった。

町の守護霊は、聖ジョバンニだが、子供たちの守護神はマリア様と聖ルチア。

聖歌隊で歌うようになってからは、音楽の楽しみを覚えた。公けにはまだあまり歌われていないグレゴリアチャントを歌う修道士が来る日が楽しみだった。数学や絵も好きで得意だった。数の不思議に魅了され、暗算の早さではだれにも負けなかった。

なつかしいサンタ・クローチェ教会学校。聖者フランチェスコの小さな群れが、いつしかフィレンツェに、すぐれた修道士たちを送り込むほどの教団に成長した。今、こうして現にその修道院にいることは、あらためて大きな驚きだ。

あのころ、町ではすでに聖者の教えを巡って、現実派と厳格派の争いが、火花を散らせていた。殊更厳しい戒律で知られた厳格派が実権を握ったフィレンツェでは、サンタ・クローチェ教会が、一時期、異端審問の拠点と化していたことさえある。地下に牢獄があり、そばに行くことは禁じられていた。

子どもたちはよるとさわると想像をたくましくして怖い話をし合ったものだ。広場で行われる異端の罪人の処刑は、殊に見るも恐ろしかったが、連れだって見物に来る人たちでにぎわっていた。怖い物見たさで、どきどきしながら見にいったのを思い出す。

毎朝、夜明けとともに、石板を抱え、一塊のパンと、石筆の入った山羊皮の袋を肩からかけて家を出た。木の扉が背後でぎぃっと閉まる。ひんやりした空気を胸いっぱい吸うと、十字を切って歩き出す。見上げると真っ青な空だ。自由だ。幸福感が、小さな胸いっぱいに広がる。

石畳の小道を走り出ると、晴れた日は、金色に輝く朝の光の中を、湿っぽい独特の臭いのする敷石道を踏みしめて学校に急ぐ。見上げるような、広場の回廊を通り抜け、わざと回り道をして、やがて、大通りを大聖堂に向かう。街はいたるところ工事の音でかまびすしい。足場の回りでは、はや仕事にかかっている職人たちが叫び声をあげている。

影のように彼の後を追うのは、痩せこけて、毛が所々抜け落ちた黒い野良犬のルゥルゥだ。赤い舌を出して喘ぎながら、悦びの吠え声をあげて、気まぐれな少年の後を駆けてくる。

「お早う！　ルゥルゥ」

食べ残しのパンの塊を投げてやる。時には、犬は骨付肉の残りにもありつける。仲間と奪いあいになって、一騒ぎ起こすこともあるが、ルゥルゥは強かった。やがてリッチャルダ通りまで来ると、ルゥルゥの姿は、いつの間にか消えている。臣従の誓いもここまで、というわけだ。ルゥルゥは賢くて、これ以上行くと、自分にも主人にも都合が悪いことをよく承知していた。

すでに、大通りは人でいっぱいだ。途中、朽ちかけた塀の穴を潜り、荒れた屋敷の崩れた煉瓦のあいだを抜けると、大きな屋敷の立ち並ぶひっそりした、やや狭い通りに抜けられる。

いちだんと立派なドナーティ家の壁に沿って、石畳の上をサンダルばきで、鹿爪らしい顔をして歩いていく。隣に聳えているのは、最近増築したチェルキ家の、豪華で悪趣味な破風屋根だ。

少年はいま真剣な顔で、石畳の上をシンメトリーに歩いている。

一、二、三、一、二、三、左に三歩。右に三歩。少年の心を捕らえている数字は三だった。アラビヤ数字の三は無限の神秘だ。二の凡庸さに比べて、何と素敵な数だろう。つなげば一つの世界になり、広げれば無限に広がっていく、天まで、そう、父なる主のもとまで。「父と子と精霊と」毎朝唱える三にして一なる主。
一、二、三、一、二、三、一、二、三、で九だ。さ、曲がり角だ。真面目な顔で十字を切る。少女ビーチェに巡り会うまでの九年の歳月は、こんなふうにして過ぎた。
ドナーティ家の錆びついた門の前で、同じように石板をかかえて、乳母といっしょに立っているフォレーゼが、片手に持った蜜パンにかぶりつきながら叫ぶ。

「おはよう！　おーい、勘定はちゃんと合ったかい」

「しぃっ！」

うっかり答えたら、魔法の力がとける。やっとうまく終わったんだから。

「おはよう」

蜜パンを食べ終わったフォレーゼは、はちきれそうな白い頬を輝かせ、指を舐め舐め、返事をするまでしつこく繰り返す。

「おはよう」

二人は肩を抱き合って、もつれあって走りだす。白い頬をピンク色に染めたフォレーゼが、一、二、三、一、二、三、と真似をして、敷石道をぴょんぴょん跳びながら、よろけまわる。

「邪魔だよ。おチビども。どいとくれ」

がらがらとロバに引かせた車を御して、通りかかった男が、鞭を鳴らして喚く。

慌てて飛びのきながら
「やい、ロバ曳きの下司野郎！　フォレーゼ様を轢いてみろ！　お前の車を焼き払ってやる！」

荷車に石を投げつけるが、ロバ車は、とっつくに川通りへ消えている。見あげるような倉庫が立ち並ぶカリマーラ通りである。

布地の束を逞しい脚の爪でしっかと握っている鷲を縫い取った、大きな旗を窓から垂らしている堂々たる商館が見えてくる。

ドアの前で、洒落た色合いの短靴下を穿き、柔らかいフランスウールの上着を着こなしたティオーレ・ピッティが、若い小間使いと一緒に待っている。足もとに鳩が群がっているのは、今しも何か食べこぼしでも貰ったのだろう。三人は再び走り出す。

朝霧の晴れた広場は、騒々しい叫び声でにぎわっている。我先に早々と店を開けた商人たちは、商品を広げたり、巻いたり大わらわだ。聖堂学校はもう目と鼻の先だった。

子供たちは、広場の聖母像の周りで、しばらく追っかけっこをしていたが、鳴り出した鐘の音に、俄かに生真面目な顔になり、十字を切って聖堂横の潜り戸の中に、先を争って姿を消した。

聖堂では、ミサが執り行われている。香の匂いが立ちこめ、司祭に和して唱える祈禱と、重々しいオルガンの音に合わせて修道士たちが歌う讃歌、鐘の音にまじる咳払い、好戦的で、エネルギーに満ち溢れ、商才に長けた市民たちもこの瞬間、敬虔な無我の世界にひざまずくかに見える。

回廊の奥から、子供たちが歌ったり朗誦したりする甲高い声が響いていた。昼間中、だらだら続く祈禱書や、聖なる書の暗唱。無味乾燥なラテン文法と修辞学。音楽。数学や天文学もある。

聖書を講じる老修道士は、人の始祖はアダムとイヴ、邪まな蛇にそそのかされ、神にそむいた二人は楽園を追われた、という。かれらの罪が人の罪のすべての始まりで、汚れ穢れてノアの箱舟の心そそられる壮大なファンタジーに至りつく。歯が抜け落ちて、ところどころ何を云っているのかよく聞き取れないこともあるが子供たちを鞭打つことはない。その代わり自分をよく鞭打っている、という噂だ。優しい目をしていて、時々恍惚となって授業を中断し、わけもなく泣き出すこともあって、生徒たちを途方に暮れさせた。

字を覚えると、手当りしだいに筆写させられる。書物は貴重で、触らせて貰えない。石板に、覚えたばかりの字が横に丸く並んでいく。それからまた暗記。文法では、子供達はだれも鞭を免れるわけには行かなかった。とりわけ厳しく見境のない修道士だったから。しかし後になって、これが役に立った。

フォレーゼは、しょっちゅう藁の床をがさがささせては、

「腹が減った」

と呟いていた。合間には眠りこけていた。詩の朗唱だけはなかなかうまかった。将来大商人になるのが夢のティオーレは、算用が得意だった。

三時課の鐘が鳴る昼過ぎに、日課は終わる。解放された嬉しさにはしゃぎながら、パンを齧り齧り、朝と同じように連れ立って広場を通り抜けて家路につく。暗くなるまで遊んでいることもあるが、彼は早く家に帰りたかった。やりたいことがいっぱいあった。詩華集の暗唱が課題になるのが楽しみだった。韻律の響きに魅了されていたのだ。意味は二次的なものだったし、完全にわかっていたとは言い難い。互いに響き合う韻律の快さ、今も思い出すと身が震えるようだ。ウェルギリウスやスタティ

ウス、オウィディウス、どれもこれも美しい。

かつてあえかの葦笛で、わたしの歌をうたいつつ
ふかい森から立ちいでて、
神の定める宿命の、ままにトロイアの岸の辺を

（「アエネーイス」より）

初めてこれを聞いたときは、あまりの美しさに、意味も分からぬまま、雷に打たれたように呆然とした。ウェルギリウスにほんとに夢中になった時期はそのずっとあとだ。ラテン文のあれらの詩句のほんとの素晴らしさが、おぼろげにでも解ったのは、ずっと後になってからだった。そしてそれはいまも、汲めども尽きぬ泉のように、こころの中で鳴り響く。ローランの歌や、ギリシャ神話、アラビヤの不思議の世界のきれはしは、幼いころに老いた子守女の口から聞いた。アーサー王伝説や、ホメロスの語るイーリアスの冒険、トロヤ戦争などの数々のエピソードの切れはしは、夢うつつのように幼い脳に沁み込んでいる。とりわけ夢中になったのはオウィディウスだった。神秘に満ちた「変身物語」それはかれにとって、何と幻妙で魅惑的だったことだろう。どきどきしながら辿る話の中で、のろいをかけられた人が植物に、恐ろしい姿の生き物たちに徐々に姿を変えてゆく。変身の妙は子ども心をぞくぞくさせ、聖書のきびしい戒めとは別に、自由で大らかな古代人の息吹をいつしか幼い魂に吹き込んだ。

春の嵐が町に吹き荒れる復活祭の直後から、陽ざしが日に日に烈しくなり、トスカーナの野の草を灼きつくすような渇いた夏がやってくる。夏の前ぶれのように、広場の隅では連日笛や太鼓の音が鳴り響いて人々の心を浮き浮きさせた。

間もなく行われる地区対抗の騎馬試合にそなえて、選ばれた楽士たちが試合に華を添え、奮い立たせようと競いあって練習に余念がない。所属する党派や家同士、組合同士のひそかな確執も、激情的に叩きつけられる太鼓の音に昇華されるが、終わってみれば陽気で楽しい祭も、再びいつ果てるとも知れぬ鍔《つば》迫り合いの種になり、喧嘩のもとをつくる。

愚かしい血気の民よ！　懐かしの都市フィレンツェ！　自分を産み、育てたふるさと！　つれなく、冷酷に自分を見捨てた母国！　思い出すたびに憤懣やるかたないが、かの風土へのやるせない望郷の念は、いかにしても絶ち難い。

競争でソネットを作ったのは、もう少し年長けてからだった。町で、はやり始めた新しい風、プロヴァンス風恋歌を真似て、意味も分からず、言葉遊びのようにひねくりまわした。早熟な彼は、この競演でも誰にも負けなかった。フォレーゼは、なかなか機知に富んでいて、奇想天外な発想で皆を驚かせたが、表現は今一つ卑猥でどぎつすぎた。兄たちの影響なのだろう。

仲間で作った詩を写しあって、気取った題名をつけたり、互いに思いつく限りの悪態をついたテンツォーネを作って隠し回した。思えば懐かしいあのころ。今も時折あのころの詩が断片的に蘇ると、思わず一人笑いをすることがある。

第八章　乙女ビーチェ

乙女ビーチェと出会ったのは九歳の夏だった。

父はまだ生きていた。運命を支配する九の年のあの五月祭の朝。町は花の香りに満ち、空は申し分のない青さだった。遠い丘や、川や、町並みの隅々まで、光が瑞々しく満ちわたっていた。

立ち並ぶ家々の屋根と屋根とのあいだに、まるでそこだけ切り取ってはめ込まれたように真っ青な空が見えていた。

町の名家、ボルティナーリ家の華やかな祝宴に、同じ町内の誼《よしみ》で、招待された父アリギエロは、幼い息子二人を同伴することにした。瘦せた肩を怒らして、さっさと歩いていく父親の後を、初めて他家に招待される期待と嬉しさに緊張しながら、かれは弟のフランチェスコと一緒についていった。

幾度も心で繰り返したあの日のことを、かれは今もまざまざと思い出すことがある。通りは、いつものようにざわめきに充たされていた。不意に、ざわめきがいっそう大きくなった。振り返ると、最近よく見られる光景が、目の前で繰り広げられている。おびただしい男たちの群れが、上半身裸でやってくるのだ。手に手に鞭をもって、自分の体を叩きのめしながら、大声で祈りの言葉を撒きちらす。背中や胸の皮膚が裂け、手も足も血に染まっている。群衆が道の端に身をよける。顔をしかめているひと、拝んでいる女もいたが、眼をそむけているひともあり、さまざまだ。フランチェスコが聞く。

「父さん、あの人たちはなぜ自分を打つの」

「罪を犯したのを、ああやって自分で罰して、主に悔い改めを願っているのさ」

「どんな罪を犯したの。打てば赦されるの」

フランチェスコは小走りになりながら、くどくどと聞く。

「それはいろいろいっぱいある。赦されることもあれば、赦されないこともある。」

もう行者の一行は三人のすぐそばまで来ていた。彼はどきどきする。汗と血と埃でむっとする臭いと埃を立てながら、

「オオ、主ヨ。赦サセタマエ。哀レミタマエ。罪人我ラヲ救イタマエ」

と大声で叫んでいる。父はそれと分からぬ程度に眉をしかめながら、振り回される鞭に当たらぬよう、子どもたちを庇いながら慎重に道のはしに身を避けた。

フランチェスコは立ち止まって彼らをまじまじと見つめた。恍惚と酔ったようなその苦悶の表情、背中の皮は裂け、古い傷が幾筋も捩れて紫色に醜く盛り上がっている。

「主はあんな風に自分を鞭でぶつ人は赦してくださるのかなあ」

フランチェスコは黙っていられない。

「それはわからない」

「どうしてわからないの」

「神様のみ心は人には知ることができないのだ」

父はそれ以上答えようとせずに、ずんずん行ってしまった。

苦行者の列は遠ざかっていった。フランチェスコも、もう関心を失って、屋根の上の鳩を脅しながら、父の後を追って駆け出す。

かれは考え込みながら歩いていった。実際あの人たちは何を求めてあんなことをしているのか。あの人たちは、どのような罪を犯したというのか。法によって罰せられない罪とはなにか。神父様も修道士たちも、ともすれば大声で叫ぶ。

「罪びと我ら！」

罪とは何か？　人は生まれながらに原罪を背負っている、と聞かされたときの重苦しい驚きをかれは思い出した。彼らは、ひょっとしてああやって原罪を悔いているのか。自分たちは恩寵も望めぬほどの罪を犯した、と本当に信じて、ああやって血まみれになって歩いているのだろうか。父はいつか、

「見せびらかしているだけさ」

と吐き捨てるように云っていたことがある。父は何ごとにも現実的だった
やがて、リュートや笛の音が、陽気に音楽を奏でているのが聞こえてきて、少年たちをまるで別世界に引き戻した。ボルティナーリの庭園が、もう目と鼻の先だった。笑い声と歓声と楽の音が、人々

のお喋りをかき消すほどだ。先ほど見た光景とうってかわって光り輝く世界がそこにあった。いつもはぴったりと閉められている紋章入りの鉄の大戸が、いっぱいに開かれ、すばらしい縫い取りのお仕着せを着こんだ大男の番人たちが、笑顔で客人を招じ入れていた。

彼は初めてみる庭園の見事さに、びっくりして立ち止まった。こんなに美しい庭園を見たのは始めてだ。

大輪のピンクや、紫や、赤い薔薇が庭を縁取るように咲き乱れ、中央の泉水では金色の天使が捧げる杯から絶え間なく水が溢れだし、陽光にきらめいている。

柱廊に囲まれた広々した中庭のあちこちに子供たちが既に三々五々集まっていた。

庭のあちらこちらに葡萄酒の樽がおかれ、侍僕たちが忙しそうに客の間をすり抜けてサービスしている。

フィレンツェでも指折りの名家、ボルティナーリの当主フォルコは、栗色のひげを蓄えた恰幅のよい美男子で、アリギエロ親子を愛想よく迎え入れた。

ボルティナーリ夫人も、ふっくらした体をラベンダー色の絹の服で包み、レースの胸飾りが涼しげだ。注意深く召使いたちの動きに目配りしながら、人をそらさぬ話ぶりで、訪れた客たちに愛想を振りまいていた。美しい人だ、と子ども心に感嘆した。

それにひきかえ、父が不自然なほど虚勢を張っているのが、きわだって貧相に見え、みじめな気分になってしまった。

楽の音がやみ、客とともに楽士たちにも、ボルティナーリ家の葡萄園産出のトスカーナワインが振

る舞われ、大人たちはひとりまたひとり柱廊から奥の広間へ姿を消していった。アリギエロも子供たちに

「友達といっしょに楽しんでくるがいい」

と言い残して、たまたま出合った知人に挨拶をしながら、上機嫌で広間に入っていった。

庭では、再び始まった音楽に、余興が加わっていた。楽師達はいっそう陽気な音を奏で、褐色の肌色の異邦人が、おどけた調子で意味のよく分からぬ歌を歌う傍で、道化が暑苦しい縞の服を着こんでとんぼ返りをしていた。子供たちは柱の陰にかたまって、手を叩いたり、笑ったりしながら見ている。

一通り余興が済んだ後も、フランチェスコとかれは、目で顔見知りを捜しながら、ぎこちない様子で、その場に突っ立っていた。

やがて、弟は近くで小さなボールを蹴って遊んでいる子供たちの輪の中に入ると、いっしょに歓声を上げて、泉水のほうに走っていった。彼も少年仲間のほうへ近づいていこうとした。庭の片隅で、フォレーゼが、兄や従兄弟たちや大勢の少年たちと、球技に熱中している姿が見えたからである。

そのとき、庭に面したドアのひとつが、さっと開いて、灰色の布で頭を包み、大きな前垂れをつけた修道尼が、

「お小《ピッコ》さい《リ》かたたち《バンビーニ》！　さあさ、好きなだけ召し上がれ」

と美しい声で歌でも歌うように叫びながら、大きな銀色のお盆を捧げて出てきた。もう一人の若い修道尼がシロップ入りの壺を抱えて続き、少女たちも、小さな盆や壺や杯を抱えて、後から出てきた。

石のテーブルに並べられたごちそうに、子供たちが歓声を上げて駆け寄り、庭はいっきに華やぎを

増した。大盆の上にはたっぷり蜂蜜を入れて焼きあげた薄型パンが山のように盛り上げられている。それらは一つ一つが動物の形に作られていた。兎や羊、馬や牛はもとより、なかには象や獅子や鷲などの形をしたのもある。老修道尼は、もとはこの屋敷の娘の乳母で、テッサと呼ばれているその人に違いない。

彼女はフランチェスコ会のピエール・ジャン・オリュ師の説く清貧の思想に傾倒した女達のグループ、ピンツォーケレの会員となり、今はボルティナーリの屋敷を出て、町中でひっそりつましい一人暮らしをしている。いわば在俗の修道女といったかたちで、聖堂付属の病院で看護の仕事に携わり、最近フォルコが新たに寄進した病院も手伝っている。

やさしい心根と、献身的な働きで、病人たちから慕われているという噂は聞いていた。繊細な感じのいい表情をした老女で、目尻に深い皺を畳んで微笑しながら、シロップや、焼きパンが子供たちの一人一人に万遍なく行き渡るように細かく気を配り、若い修道尼といっしょに、てきぱきと配っている。

菓子の中のどれかに、祝福の言葉を記した紙が入れられているというので、みんな大騒ぎをしていた。かれも獅子の形をしたパンを受け取り、フォレーゼやクラスの悪童たちをふたたび眼で捜した。

球技を中止したフォレーゼは、とびきり大きい象の焼きパンをかじりながら、柱廊の隅で妹のピッカルダやその友達の少女たちの一団と一緒にいた。盛んに食べながら、いつものお喋りでみんなを笑わせていた。

女の子たちは、ふだん、外に出て少年たちと打ち解けるような機会はほとんどなかったが、今日は特別の日なので、許されているらしく、ドナーティの兄弟の傍に従姉妹たちやその友達の少女たちも集まっていた。

　彼は吸い寄せられるようにそのほうに足を向けた。その時、少女たちの一団が、どっと笑ってかれの方を一斉に見た。中には友達の肩ごしに、飛び上がって見た娘さえいたのである。

　フォレーゼは、兄たちと一緒にいる時は、あまり悪意のないやり方ではあったが、友達を道化に仕立ててたのしむ癖があった。かれはしばしばその手口にかかって笑い者にされ、子供心に苦い思いをさせられていた。

　今も娘たちの表情から察するに、明らかに自分を笑いものにしたに違いなかった。たぶんフォレーゼは、かれを痛烈な言葉で、揶揄したのに違いない。

「ちび博士《ピッコロドットーレ》」と誰かがいうのが聞こえ、またくすくす笑いが起こった。かれは、きっと顔を上げて叫んだ。

「やあ、フォレーゼ。楽しそうじゃないか。ぼくも仲間に入っていいかい」

「ああ、いいとも。しかしその格好でかい。おやおや、緑色の靴下に黒いサンダルとは、はやりのタタール風だね。ドットーレらしいよ。なかなか似合ってるよ」

　フォレーゼは、パンを齧《かじ》りながらにやにやして言った。背後で、再びくすくす笑いが巻き起こった。かれは蒼ざめながら負けずにやり返した。

「緑色がどうかしたのか。五月の色だぞ。色ってものは神がお決めになったんだ。お前なんぞがとやかくいうことじゃあない。タタールも結構だが、その前に、お前の薔薇色の鼻が、齧ってるアフリカ象みたいにならないよう祈れ！」
「畜生、言ったな。このちび博士。その髪はいったいなんだ、櫛《くし》を通したことあるのかい。虱《しらみ》野郎め。見てみろ、みんな、ほら耳の後ろが垢だらけだぜ。今に虱のご一家がぞろぞろお出ましだ」
みんながたまりかねたようにどっと笑った。母の死後、父が再婚したラーパは、性悪女ではないが、先妻の子供たちに親身な愛情を抱いているわけではない。世間体は繕っていても、身の回りの隠れたところは手抜きしていた。口やかましいアリギエロも、そこまで気がつかない。少年は、虱だらけの頭と哂《わら》われて、唇を噛むが、それが現実なら仕方がない。

兄のコルソがなにやら、フォレーゼに耳打ちし、少女たちは嫌味たっぷりに背を向けた。幼い従妹のジェンマの手を引いていた妹のピッカルダと、その傍らにいた深紅の服を着た可愛い少女だけが、頬を染めて、気の毒そうに少年をちら、と見た。

締まりやの父親が、仕立屋にたっぷり値切って作らせた、身につかない上着を着せられ、緑色の靴下に、金色の留め金付き黒皮サンダルを履き、肩まで垂れた褐色の縮毛に、せめても、と嫌なにおいを立てる油を塗りたくられ、子ども心にも、自分がいかに野暮でみすぼらしいかは、ひしひしわかっていた。おまけに虱まで飼っていると云われ、彼は父親に連れられるままに、のこのこ、こんなところに来たことを、今更後悔しながら、唇を噛んで、突っ立っていた。

フォレーゼや従兄弟たちは、背を向けたままカルタを始めた。

そのときである。突然、深紅のドレスを着た少女が、くるりと振り返ると、おずおず少年のほうに進み出た。

「ビーチェ、およしなさいな」

振り返った少女たちが口々に笑いながら、けたたましく叫んだ。怒りと屈辱で涙ぐんだかれの目の前に、今その少女は立っていた。年のころ八歳か九歳くらいであろうか。軽く閉じられた花のような唇が、今にも話しかけようとするように少し突き出されている。絹のように光沢のある金髪が、感じのよい卵型の顔を縁取り、肩にふさふさと垂れていた。

音楽が消え、まわりの話し声も笑い声も消えた。少女は黙ってじっとかれを見つめていた。深い同情の気持ちが、少女をつき動かして、この一人ぼっちの少年の前に立ってしまったという感じであった。この世のものとも思われぬ美しい顔だち、弓なりの眉の下に、聡明そうな大きな青い瞳に吸い込まれそうになって、彼は一瞬胸の動悸が止まり、涙に潤んだ目を伏せた。

かぐわしい柔らかな風が、ほっそりした少女の全身から漂ってきてかれを包み、つぎの瞬間、五月の陽光が、この少女の炎のような衣を燃え立たせた。体中の血管が震えわななき、熱いものが全身を走り抜けた。

かれはわなわな震えながら、声もなく今一度目を上げて少女を見た。ビーチェと呼ばれた少女は、少年の強い凝視のまえに怯じもせず、まっすぐに優しい瞳でかれを見詰め続けている。

どれ程のときが経過したことだろう。おそらくそれはほんの一瞬に等しかったかもしれなかった。しかし彼にとっては永劫の長さに感じられたのである。

「ビーチェ！」

再び少女たちが口々に呼ぶ声が聞こえ、少女は黙って背を向けると、何事もなかったように、軽やかな足取りで少女たちの群れに戻っていった。

　きれいな鳥が　籠から逃げた

一人の少女が透き通るような声で歌いだした。するとそれに続いて、ほかの少女たちもいっせいに輪をかいて踊り始めた。爽やかな初夏の風が、かぐわしい匂いとともに、かれの頬を撫でて吹きすぎた。

小鳥が逃げて　子供が泣いた
小鳥はいない　きれいな籠に
子供は泣いた「誰があれを取った?」
子供は泣いた「誰があれを取った?」

林の中へ　子供は行った
小鳥が鳴いた　やさしく鳴いた
「優しい鳥よ帰っておいで
帰っておいで　私の庭に
可愛い鳥よ　帰っておいで」

空はますます青かった。楽士たちが、子供の歌に合わせて楽器を奏で、見ていた女達が手拍子を叩いた。色とりどりのスカートの裾が舞い、茫然と見つめているかれの目の前でくるくる回った。なかでもビーチェと呼ばれた娘の何という愛らしさ、慎ましい天使のような自然な気品。深紅のスカートの乱舞。不意に、

「ピッコロドットーレ」

肩を叩かれて振り返ると、フォレーゼが側に立って笑いながら、

「さ、さ、さっきは悪かったな。悪く思うな。ち、ち、ちょっとふざけただけさ。そんな怖い顔するなよ。球技をやろう」

云うなり、足もとの球をわざと少女たちの輪の方に蹴った。球は踊っている少女たちの輪のほうへ転がっていく。かれは球を拾おうと突進したが、再び誰かが横からそれを蹴り上げた。

少年たちは大袈裟な叫び声を挙げて少女たちの輪をかいくぐって転がり回る球を追い、わざとらしい悲鳴を上げて逃げまわる少女たちの燥しゃいだ声と、少年たちの歓声が庭一面に響いた。

第九章　翼ある者なりき

聖堂学校の下級課程を終えてフォレーゼとピッティは家業についたが、これといった資産もなく、公証の仕事を家業にしていた父親のすすめで、学業を続ける事にした少年は毎朝いつものようにひとり、石板を入れた袋をかかえ、金色に輝く朝の光の中を、濡れた敷石道を踏みしめて学校に向かった。見あげるようなシニョリア広場の柱廊を通り抜ける。かれはわざと廻り道をし、大通りを増築中の大聖堂に向かう。工事の足場のまわりでは、仕事にかかっている職人たちが、訛の多い言葉で叫び交わしている。

年老いたルゥルゥはその冬死んだ。凍えるような夜半、ふと窓の下でかれを呼ぶかのような呻き声を聞いた気がしたが、そのまま眠ってしまった。翌朝戸口の隅で冷たくなっているのを見つけた。かれは冷たい骸《むくろ》の剥げた毛並みを撫でさすり、伸ばした脚を握りしめて泣いた。

足場をくぐりぬけ、頭を真直ぐに立て、階段を斜めにつっきり、広場の片隅でくすくす笑いをしている娘たちには目もくれず、聖堂横の扉から教会に入って行く。

乙女ベアトリーチェを識《し》って、どうして他の娘たちと較べられよう。至高の神の娘！　あの忘れがたい夏の出会い以来、それは彼にとって、いささかの揺るぎもない確信となった。歳月と共にこの確信はますます強められ、彼女の俤《おもかげ》は、もはや消すすべもなく稚い魂をすっかり支配してしまい、彼女の姿を一目見る、という願いのほかには心を充たすに足りる望みを持たないまでになっている。

夕暮れ、町をさまよい、部屋に戻ると、かれは、ぎっしり詰まった細かい字で、書き誌すところがなくなりかけている紙をとり出して、僅かの余白を見つけては尖らせた鵞ペンを走らせた。

冬には指が凍えたが、暗くなるのも忘れて没頭する。翌日のラテン語の宿題も、修辞学の課題もおざなりにしておいて、魂を灼く焔のなせるままに、心にかなう言葉を探すのに夢中になり、韻律をあれこれ工夫する。まわりの人々が彼を呼ぶならわしに従って署名する。詩作の題材はいうまでもない。かの至高の、他にならびなき乙女のことである。

――わたしの歌よ。この愛を伝えておくれ――

サン・ピエトロ区の公証人、アリギエロ・アリギエーリが、原因不明の病いで天に召されたのは、年が明け、復活祭も間もなく終わる頃だった。大層な苦しみようで、薬種商人のベッロ叔父が、苦しみに呻吟する病人を付きっ切りで看護し、強い臭いのする膏薬を練り、血のにじむ布を取り替えるのを見たかれは、父の唐突な患いが、実は何か不名誉なこと、あるいは名誉に関する闘いがもとではないか、と疑ったが、誰もが沈黙を守って、何一つ教えてもらえなかった。数日の間、大鎌を持ち、人々を刈り取る死神が、うちの中を徘徊し、青白い馬に乗った不気味な死の騎士が屋根の上を跳ね周り、夜ともなれば牡牛に乗った骸骨が乱舞する夢にうなされた。

聖ルチアよ！　哀れな父を助けたまえ！　祈りは聞き届けられず、確実に死を予感したアリギエロは、遺言書を作り、兄弟たちと誓約を交わし、終油を受けた。

黄色く痩せ干からびたアリギエロの落ち窪んで大きく見える眼が、異様に伸びた睫《まつげ》に縁取られ、父がまるで別人のように見えたのを、かれは忘れない。潮のように押し寄せる苦痛にさえぎられ、もはや意味のある言葉を発することが出来なかった父が、辛うじて息子に与えた言葉は「耐え忍び、継続せよ」という意味だと、周りに集った皆が言った。

だが、もしかして、それは、息子の名を呼んだだけだったのかも知れない。あるいは、自分自身に言い聞かせ、神の加護を祈っただけだったのかもしれない。息子の名デュランテは「耐え、永続するもの」を意味していた。

アリギエロは、いつも使っていた仕事椅子に坐ったまま息絶えた。それは高い背もたれのついた重くて頑丈な木の椅子で、いささかの財産と共に息子に遺贈された。

葬いの日、外は雨だった。ときどき春先の弱い雷が鳴り、光りが闇を照らした。柩は手押し車に載せられ、鐘の音と、途切れ途切れの聖歌と、泣きつつ祈る家族や親族に守られて、ひっそりと暗い通りを進んでいった。道はぬかるんでいて、裸足で進む遺児たちは膝まで泥に塗れた。

苦しんで死んだ父を哀れと思う子どもらしい同情心に圧倒され、こころは喪失の悲しみに重く沈んでいたが、母の死の時のように、魂をつかんで、一気に暗い地の底に引き込むような、絶望感は無かった。

翼を象った印章を戸口に掲げ、愚痴と叱言に明け暮れながら、僅かな資産の管理に気を使い、孜々《しし》として、顧客のために面倒な書きものを作り、ささやかな名誉を守ることに気をすり減らしながら、家族を養った小心者は、こうして世の務めから解き放たれた。

柩を運んできた者たちが、墓場の前で雨に濡れながら、せかせかと歌った。

とわに安らぎ　あたえたまえ
絶えざる光　照らしたまえ
世の旅終えし　しもべに

世の旅を終えたしもべなる父は、いずこにゆくのであろうか。蒼ざめ黄ばんだ屍は、早晩朽ちて土に帰る。肉を離れた魂は何処に行くのであろうか。行き行きて、いずこに留まるのであろうか。常にまるで口癖のように云っていた栄光の十字軍騎士にして殉教者にして一族の父祖カッチャグイダのもとに至りつけるのか。誰も証言できない。こらえていた涙が滴り落ちた。

それはとどめるすべもなくこみ上げ、啜り泣きで咽喉が塞がれてしまった。

周りのものたちも再び泣き始めた。かれは冷たい地面に突っ伏して泣き続け、父の魂を神よ受けたまえ、と祈った。かれにとって最も近い骨肉であったただひとりの者がこうしてまた世を去った。自分たちがいかなる息子を世界に与えたかをついに知ることなく。

遺言に従って三人の父の兄弟たちがあとの処理をしてくれた。孤児になった子供たちと、ラーパの倹しい暮らしを支えるに足る僅かな資産のかたもついた。

父の長兄のブルネットは、若い頃から商人として働き、一二六〇年のモンタベルティの戦いのときフィレンツェ、グエルフィ（教皇）派の市民軍の一人として出陣した。戦いは完全な敗北で、グエルフィ派は、アルビアの畔で、八百騎のドイツ兵に援護されたギベッリーニ（皇帝）派に散々蹴散らされ、四千人の死者を出し、ブルネットは命からがら残党と共にルッカの町に逃げ延び、そこを追われて後、ボローニャ、パルマと転々とし、漸くフィレンツェに帰れたのは、ホーエンシュタウフェン家最期の末裔コンラディン殿下が、十六歳でナポリで斬首されたあとであった。八年もの間、彼はグエルフィの仲間と共に他国に身を潜め、帰ってきたときはめっきり老け込んで痛風を患っていた。今では実利的で堅実な次兄のゲラルドといっしょに、仲間数人で商会を持って、手広く商売をしている。

従弟ではあるが孤児として一緒に育った叔父同然のベッロは薬種商だったが、彼らの中では最も信心深く敬虔で、かれはこの叔父を愛していた。二人の伯父は仕事で遠く町を離れて旅に出る事が多く、ベッロ叔父が遺児たちの後見人を引き受けた。こうして陰気な家での日々は、平穏で、かれはもう淋しくなかった。

父が死んだとき、彼は遺されていた紙を幾束か見つけて、取っておいた。そして父の使っていた鵞ペンと線引きと、紙はさみ、インク壺、紙を綴じ合わせるための糸などを貰いうけた。アリギエロはごく実用的なものしか使わなかったから、それらはありふれた素気ないものだ。だが長年使いこんだ丈夫で大型の道具は、かれに生前はあまり好きになれなかった父を懐かしく思い出させた。

使うたびに、大人になった様な晴れがましい満足感と昂揚感に奮い立った。憧れはパルナッソスの詩人たちだった。そしてかの乙女のためにも、詩人として、栄光の月桂冠を頭に戴くことを、燃えるような思いで切望した。〝歌詠みて　世にひろめずは済まされぬ〟

かれはこの願いを、友人たちに隠そうとせずに言い放った。嘲られてもたじろがない。ありとあらゆる言葉を駆使して云い負かすか、鳶色の一瞥で射すくめて、一言で黙らせてしまう。

時々、ひとり歩いていると、石がどこからか飛んでくる。素早く身をよける。

「やーい。パルナッソスのへぼ詩人。自信屋のお喋りカササギドットーレ。くやしけりゃ、明日までに気の利いた返答詩を書いてこい！」

囃し立てる声がして、振り向くと、塀の影にいくつかの頭が見え隠れする。

「卑怯者！」

とっさに石を拾って投げ返す。笑い声がする。肩をそびやかして通り過ぎる。卑猥なからかいや、侮蔑的な罵倒を綴った詩が送られてくる。

（返答詩を書けだと。ようし、もっと酷いのを思いっきり書いてやる）何を云われても耐えられたが、父の死に対する当てこすりには、我慢ならなかった。駄洒落や悪口雑言を、韻を踏んで綴り合わせる詩は、かれの得意とするところだ。

父が残した紙を使ってノートも作った。そして美しい揃った筆跡で、学校や教会から借り出した書物の中から、気にいった詩や言葉を書き写し、何枚かたまると綴じ合わせ、朱色のインクで署名し、架空や実在の偉人や詩人たちに献ずる詩を作って表紙を飾り、大切に木箱にしまっておいた。

絵もよく描いた。部屋の片隅で、叔父のベッロに貰った木炭筆を握っていると、何もかも忘れることが出来た。乙女の姿を天使に見立て、バラの花で飾り立てた。

毎日家に顔を出すベッロ叔父が、ある日彼の描いている絵を覗き込んで言った。

「近頃マエストロ、チマブエの工房に、新しい弟子が来てるんだが、お前と同じ年頃だ。なんでも、さきごろマエストロが、北のほうへ旅をしたとき、羊の番をしながら絵を描いているのを見かけて、何気なく覗いたら、あんまり達者なんで、弟子にしたいと申し出て連れてきたという話だ。うん。トレンティーノのボンドーネという村出身だそうだ。羊飼いだったのさ。なかなか仕事も速い、って気に入られてるらしいが、兄弟子たちに使い走りにこき使われて、可哀想なくらいだよ。本人は元気いっぱいだがね」

早速、学校の帰りに工房を覗きに行った。大勢の助手達が忙しく立ち働いている中で、がっしりした体躯と、四角張った赤ら顔のチロル近辺の田舎者独特の風貌を思わせる少年が、バケツに刷毛を突っ込んでかき回しているのを見かけ、暫く立っていたが、思い切って声をかけた。気さくな少年で、ジョットーと名乗った。田舎弁丸出しで元気いっぱいだ。彼より二歳下だが、年より大柄でませていて、かれとはほとんど同じ歳に見えた。

住む世界がかけ離れていて最初は戸惑ったが、子どもらしくすぐうちとけた。なんとなく気があうような懐かしさで、学校の行きかえりにしばしば立ち寄った。親しくなると、この画工の卵はよく喋った。兄弟子たちにこき使われて、ろくに絵も描けない不満もちらちら洩らした。慌しく言葉を交わすだけだったが、時々こっそり描きためた絵を見せてくれた。ほとんどが羊の絵だったが、力強いタッチで本物そっくりに見えるのでびっくりした。町でいつも見ている絵のような、装飾的要素が無いのが却って新鮮だった。羊たちの眼が優しいのが、とりわけ印象的だった。かれの率直な感想を聞いて、少年は素直に大喜びした。

詩人の卵を自負していた彼も、いつかこんな絵を、自分の詩につけて冊子にできれば楽しいだろうな、とひそかに夢みたりした。

聖堂学校で学べることはすべて知りつくしてしまった。だが知りたいことは無限にあった。ホメロスもウェルギリウスもあれこれの断章が、ラテンの原典ではなく、訳されて流布していた。英雄たちや、神の人たちの心打たれる物語を胸を躍らせて読むのは楽しく、未だ本来の格調高い音韻の美しさや、甘美な調べの全容は知るよしもなかったが、子供心に、そこに繰り広げられる世界の美わしさを想像するだけで憧れをかきたてられたのである。心に響く情景は書写し、ほとんど諳んじてしまった。

いっぽうで、プロヴァンスの吟遊詩人の、甘ったるい詩が若者たちの間でさかんに歌われているのにつられ、いまだ熟しない混沌とした魂は、神について、永遠の生について、生と死について、ただひたすら甘い未熟な口調で、大真面目に詩作に取り組み、ひそかに想う少女を讃える愛の詩の技に余念無く磨きをかけた。

〝粋な思いとよき心意気は、雅な愛より生まれ来る〟

ジョットーはそんな彼を素直に尊敬してくれた。

かれを、ブルネット・ラティーニ師に引き合わせたのは、伯父のブルネットだった。旅先で世を去る少し前、伯父は町の公証人で、かつ高名な学者でもあるラティーニ師に、自慢の甥を紹介しておこう、と思いついたらしい。彼らは、グエルフィ派の盟友として、共に追放と流浪を経験した仲である。流浪の間にもこの刻苦精励の士は、多くの著書をものし、学識の豊かさを誇ったが、政治家としても有能で、フィレンツェ共和国のグエルフィ派執政官として活躍し、百人評議会議員でもあった。シチリアのマンフレディ太子との戦いの折は、大使として援軍を要請しようと、エスパーニャのアルフォンゾ王のもとに派遣されたが、ことは破れ、先にも触れたモンタベルティの負け戦で、同志共々追放の身となってパリやボローニャを転々としていたが、帰国後再び公職についた。しかし、その後老いて自適の身となった。

はじめて師に会った日のことは、今もありありと思い出される。

オリーブ畠に囲まれた丘の中腹の一風変わった異国風のヴィラを初めて訪れたあの日から、彼の生活はこれまでと大きく変わった。老師は、若い従僕と二人で暮らしていた。町の富裕な商人や貴族の子弟たちが、彼のもとによく集うという話で、私生活については、美少年好みなど芳しくない噂も囁かれていたが、パリで彼が著したというフランス語の『宝典』についての評判を知っていたので、近づきになりたい、と漠然と思っていた。

ラティーニ師は、盟友ブルネットから託された孤児の、類いまれな才能をたちまち見抜き、その無器用ともいえるひたむきさを愛した。かれがこの時期、この師によって植えつけられた訓育こそが、知的活力をたゆまず磨き研鑽することを、日々の習慣とするところまで身に付けることになった始まりかもしれない。

ラティーニ師の家で、かれは町の年かさの青年たちと知り合った。個人教授を受けている富裕な商人の子弟たち、自由な詩人文人を自称する人びと、同じ党派で、彼と苦労をともにした商人たちや、気ままな引退者などで、集ると、一見他愛ない町の噂話の中に、切り離しようもなく織り込まれた都の政情がしばしば話題になった。

新しく仲間に加わった彼に、ラティーニ師はただひたすら精進することをうながした。詩的才能は乏しく、論じるところも決して独創的とはいえないが、師はおそるべき博覧強記の持ち主で、こと学問に関しては蟻のように勤勉だった。

単純な精神と罪深い情熱が共存していた老師は、波瀾の多かった半生の経験と、その渦中でもたゆまず続けた知的精進のおかげで、トスカーナでは、誰も滅多に及ぶもののない博識と、寛い心と洞察力を得ていた。

彼の主著たる百科全書『大宝典』の解説、これこそ師が最も力を入れて若い弟子に指導したいと考えていたものだった。彼はしばしば繰り返した。

「いいかな『若者はまっすぐに真理の大海にとびこむことなどできない』とトマス・アクィナス師はかつて教えられたことがある。これはまことに注目に値する真実だ。かの偉大な大学者がですぞ、こんな風に言っておられるのだ。『もし、そんなことをしたら溺れるばかりだ』とな。『若いうちは焦りの気持ちがさきに立って、何でもかんでも掻き集めたら、すぐさま核心を掴めると考える。このわたしもそうだった』と打ち明けておられる。『このひろい宇宙を、とびあがって眺めようとあがく。

しかし、そんな事ではいつ迄経っても何も得られない。小さな知識のしたたりを集め、やがて大河をなすのだ』と。げに真理だ。さすがトンマーゾ師だ。上っ面の勉強でいっきに真理を得ようとあがいても無駄だ。宇宙は広大で、神の御意思は測りがたい。忍耐して知識のしたたりを集め、理性の力によって、道を究める。これほど楽しいことがあろうか」

こうして師は、着実な歩みのいかに肝要であるかを、事細かに、煩わしい迄に若い弟子に説き聞かせた。若者たちの大半は内心うるさがっていた。彼らはただ集まって騒ぐのが好きで連れ立って来るのだったから。

彼らと同調する気にはなれず、またその暇もなかったので、かれはしばしば早朝に師のもとを訪れた。早起きの師は、よろこんでかれを迎え入れ、もてる智識を傾けて若い弟子を教えた。『大宝典』はまさに知識の泉だった。新しい弟子がそれらを吸収する、誰にも追随することを許さぬ速さに、師は眼を見張った。かれはそれらをまるで砂に水が沁み込む様に身につけたのである。

しかし、同じ師の手になるイタリヤ語の長篇教訓詩『小宝典《トレゾーロ》』は一種の遍歴物語で、多くの示唆を盛り込んだ労作ではあったが、冗長で退屈な代物だった。

いっぽう『修辞学』は彼の眼を開かせるに足る有益な学問だったと今でも信じている。サンタ・クローチェで学びつつあった神学や哲学は、当代第一級のものではあったが、それを消化し、自己のものとするには助けが必要だったのである。

ラティーニ師が「言葉」によって人類は獣性から解放された、とし、「言葉」を大切にすること、その技を磨くことが人としていかに大切かを倦まずに説いたことはかれの脳裏に深く刻み込まれた。

師はつねに「『はじめにことばありき』とは大いなる真理だ。聖ヨハネこそ、まことの知恵を得たる者！」と、いい、それ故にこそ、人が使う言葉は、いかに美しく、明快で、かつ香気に充ちたものであらねばならぬか、を説くのであった。

『修辞学』は、キケロの『創作について』への注解の形をとりながら、あらゆる知識の根源は「言語」にあり、と主張し、人間として、市民としての教養の知的基盤を言語を磨くこと、に重きを置いた。この師の理論は、彼の精神の根源に深い影響を与えずにおかなかった。

ことばを、すぐれて創造的であり、人間性に活性的な力を及ぼすもの、とした理論は、ひいては政治の雄弁術にも通じるもので、これによって、ラティーニ師は、また共和国市民の生活の「実践術」を指導しようと試みていた、ともいえる。

主張は明快で、言語理論によって詩作の方法を模索し、持っている知識を整理する道筋をつけることができた点で、当時どんなことでも吸収しようと意気込んでいた若いかれの心は、否応無く燃え立たせられた。

彼の説くところは当時のキリスト教による神学中心の教養とかなりかけ離れ、どうかすると異端すれすれに思えたが、それだけにより新鮮で自由な解放感にあふれていた。こうして、聖書のみことば最優先の世界からつき抜けて、人間の感情自体を理性的基盤から捉え直そうとする試みは、ひいては流行の清新体派詩人たちの姿勢に通じるもので、かれの詩作にも益々磨きがかかった。あの頃は楽しかった。奔流のように流布しはじめた新しいフランスの吟遊詩を彼に訳して聞かせ、筆写を許したのも師であった。師自身は、それらの奔放な感情表現には、どちらかというと却って批判的で、

「あけすけ過ぎる。古典的素養も何もない、プロヴァンスのごろつき詩人どものまねをすることはない！」

とくさしたが、町では若い貴族たちの間で、それらの吟遊詩人の愛の歌が、さかんに取上げられ、競って模倣され、その新しい詩風はたちまち評判を呼び、彼ら一派は清新体詩人と呼ばれて若者の憧れのまとになっていた。

清新体の愛の詩人たちは、ラティーニ師についていては、その古めかしい形式主義を批判し、しばしば彼のもとに教えを乞いに行く町の若者たちのことを指して、公然と「老いたセル・ブルネットの襞スカートの下で集い合って……」などと陰口をたたいて哂っていたが、かれはそれとは知らず、せっせと師のもとに通った。学ぶことは多かった。老人は常に上機嫌で彼を迎え、自らの著書などを解説し、かれにフランス語を学ぶよう勧めたりした。

亡命中に著した彼の『宝典』は、当代のありとあらゆる知識の資料として、百科全書ともいうべき綿密さと精確さを備え、到底一人の手に成ったとは信じ難い該博なものだった。彼はそれをパリの客舎にあって、心血を濺《そそ》いで完成させたと語っていた。それは当時流行していた吟遊詩のひそみにならい、フランス語で書かれている。

「ラテン語はかつてウェルギリウスやオウィディウス、ホラティウスに豊かな詩作の土壌を与えた美しい言語だったが、今やカトリック教会の公用語として用いられる以外は、生きた言葉としての魅力や活力を失いつつある」というのがその持論だ。少年もそれには同感だった。だが、師は各地方で話されるイタリヤ俗語はまだ知的な内容を盛るに足る言葉といえない。もっと磨かねばならない、とも主張していた。

三部から成る師の労作は、当時の若い詩人や教養人にとって格好の手引書だった。あらゆる知識を、競技形式で論じ、展開していくことにしのぎを削るのが、時代の学問研究のやりかただったから。

かれも、ラティーニ師の『宝典』や、同じく豊富な出典を盛った『修辞学』一巻から多くの貴重な知識と示唆を得た。また、師が創作をこころみた『小宝典』の方にも興をそそられた。師はそれを非常な苦心をしてイタリア語で、詩型はフランスのそれを踏襲しつつ書いていたからだ。

「我が国の言葉の中でも特にトスカーナ言葉は、もともとアリストテレスが述べている『美』の基準の一つである『光輝』を備えておりますぞ」というのが彼の口癖だった。しかし無教養で卑俗な町人たちが日常に使っている俗語が、高尚で均衡がとれた普遍的なものとは考えられない、と反論されると

「そこはそこでそれを美的、芸術的に変革し、刈りこみ、飾り立てて『創意と理性の光』を加える必要がある、それこそがわがトスカーナ詩人の務めでありますのじゃ」

と自らの詩を模範として示すのだったが、着想が凡庸なうえ、人工的なもって回った言いまわしが矢鱈に多いスコラ臭気ふんぷんの悪文になってしまっていることには一向に気づいていなかった。

いってみればそれはありふれた教訓詩だった。当時修道士たちや三文詩人たちによって数多く作られ、歌われ、もてはやされていたが、ラティーニ師の世界はそれらと少し違うことだけは評価できる代物だった。経験と豊かな学識と官能的な大胆さが、他の同種のものとは違ったより広い世界を予見させていた。

一人の詩人の遍歴の旅を歌った詩だ。主人公は、さまざまな遍歴を経たのち、最終的にすっかり虜になった「快楽の国」を逃れ、かっての歓楽の日々を悔い改め、モンペリエの修道士に懺悔して旅をつづけた。やがて古代ギリシャの老天文学者にめぐり会う。彼はこの老人から天文学の教えを受ける。——というところで詩稿は中断していた。

実は作者自身、そのころから星の学問にすっかり捉えられたのだ。星々の教えの深遠にして広大なことは涯しがなく、師のあらゆる分野における博識をもってしても測りがたいものだった。老師はそのまったき不思議さに夢中になってしまった。近頃は夜毎空を仰ぎみて古い書を繙《ひもと》き、ひそかに人の命運や在る世の事象を予知する罪深いわざに習熟することに我を忘れている。詩劇はいつまでたっても完結をみるに至らないのだった。

衒学的な、にせの表現、言葉の高貴さを却って損なうばかりか、言い表される対象の姿をほんものと似ても似つかぬ風に歪めてしまう派手派手しい詩句はあまり詩人たちには評価されず、埋もれていたものの、かれは書物と名のつくものならなんでも貪りつくす年ごろだったので、筋運びの面白さにひきつけられて、善良な老学究の辛苦の末の労作をなんとか隅々まで読んだ。

夏の夕、集まった若い客を前にして老師はいう。「まことにギリシャの賢人マニリウスの星々の聖なる学問ほど玄妙なものがあろうか」

戸外に椅子を出し、蚊に悩まされながら、みんな辛抱強く耳を傾ける。

「『神よ、智恵はあなたのみもとにある』と聖アウグスティヌスが述べられたが、宇宙の不思議こそ、そのあかしではないか。『自然はその深奥をきわめたいと願うひとびとの心に感じ入って、自分自身をさし出し、己が内なる富を美しい歌としてあらわすことを心から望んでいるようだ』とは、マリニウスがその第一の文に述べた言葉だ。『運命の聞き手である星々の力は、至高の知恵の力に導かれて人生の流れに数々の有為転変をひきおこす』とも言っている」

師は、かつてボローニャで手に入れ、ひそかに自ら筆写したマニリウスの『アストロノミコン』を大切そうに持ってくると、衰えを見せない視力で、灯りの下で声をあげて読みにかかる。薄い緑色の瞳が、皺に畳まれた瞼の下で輝きはじめる。

「『大空が隠しもつ最も深い秘密に参入し、そのあかしが生きとし生けるものの産出と維持に及ぼす影響力を解きあかし、それらのことをアポローンから口授される歌の中でくわしく歌わねばならない』」

彼は一段と声を張り上げ「『私は異なった二つの寺院に香を捧げる必要がある。なぜなら詩句と題材という二つの困難が私を脅かしているのだから。私は厳格な法則に従う韻律を守ろう。そうすれば宇宙は、その構成部分が奏でる荘重な音楽を私のまわりに鳴り響かせつつ、歌うべき事柄をつぎつぎに私に差し出してくれるだろう。それは詩の束縛から解放された通常の言葉ではなかなかに述べることは叶うまい』」

師はうっとりという。

「ああ、古代ギリシャびとは何という偉大な人たちだったことか」

聴いている連中がざわめく。

少年はドミニコ修道会のジャン神父が「星の研究などに心乱されるのは、主のみわざを信じない輩のすることです」ときびしく言っているのを思いだしたが、神秘な奇しきわざを知りたい好奇の心は矢張りやみがたかった。

客たちは口々に騒々しく意見を述べる。そして、「もし宇宙を生んだのが偶然であるならば、宇宙の支配主は偶然に星々すべてを生みたもうたといってよいのか」

「それならば、星々の運行が一定の法則に従うのはなぜなのか。歩みを速めて、自分の星座を置き去りにする星が一つもないのはなぜなのか。トロイアの昔から、夜の時刻は星々の位置によって測られたのであるから」

論議がその一点に集中した。そして結局屢々この種の論争は限りなく些末な枝葉に岐れ、果てしがない。再び老師の朗読が始まる。

『『私は歌おう。ひそかな知恵を隠しもつ自然を。
天と地と水に命を与え、相互の絆でこの広大な仕組みのあらゆる部分を繋ぎ合わせる神性を。
甘美な露に濡れた新鮮な草原を探しにいこう。人里離れた洞窟の奥でささやく泉。
大空を行く鳥の口もまだ触れず、太陽神の天の火もまだ射しこんだことのない泉を見つけよう』』
星の神秘が深くかれの心をとらえ、宇宙の物語と、神の摂理がかれの混沌とした魂をかき回していた。客たちは帰り支度を始める。

相変わらず少年は頻繁にラティーニ師を訪れていた。書物を読み、疑問の点があると彼は師のもとに出向いていった。師はかれにとって、これまで学んできた聖堂学校の修道士たちや神父たちとはまったく異なった人だった。いささか神の教義に対する姿勢に相容れぬものがあるとはいえ、それまでの教育で彼が出会ったひとびとのように釈義書の上つらを撫で廻し、善良だが空疎な思い込みを押しつけることはなかった。まして議論の枝葉にむやみに拘泥する並みの教師とも違っていた。かれらはきわめて慣習的職業的な手練で物事の理非を弁じ立てるのが常だ。一点の疑問も有り得ぬごとくに注解一点張りの、断片的で偏った狭い神学教育に、かれは漠然と不満を募らせていた。

ラティーニ師も、少年の瞳の中にその年齢にしては稀有の詩才の閃きと、真摯さと、純粋無垢の焔の輝きを感じとり、人を教え導く者に生来備わった期待と喜びを覚えていた。（あの少年は、他の者と違う）彼は直感的に少年の裡に神的な力の内在を感じていた。また、師は晴れた日には庭のオリーブの木陰に並べた椅子に座り、客たちに耳を傾け、活発な註解を加える。たっぷり午睡をとったあとの頭脳は冴え返り、老いても衰えを知らない。あたかもその書のように懇切で該博な精神。いささか生気を欠き、統一を欠いているとはいえ、論議に当たってはくまなくゆき届いた明証を提示するか、さもなくば謙虚に己の無知を隠さない。

庭を取り囲んで、思い思いに枝を広げ、小さな花を無数につけた野バラの茂みのまわりで羽虫が唸り声を立て、時折修道院の鐘の音が聴こえてくる。目を丘にうつすと、なだらかな斜面に、羊たちの群れが、ゆっくりと木陰を求めて移動してゆくのが見える。杖にもたれた牧人はどうやらまどろんでいるようだ。ギリシャ生まれという素晴らしい美男の下僕が、緑色の玻璃のグラスにキャンティの谷間で醸されたワインを冷たくして運んでくることもあった。

第十章　新生ここに成る

聖ジョバンニ祭が終わり、町に花々の匂いがかぐわしく満ちる季節のことだった。ある日おとずれたラティーニ師のもとに先客がいた。

栗色の髪を肩まで垂らし、袖を膨らませた優雅な寛衣を身につけた大柄な青年で年のころは少し上に見えたが、澄んで青い大きな瞳を、まっすぐかれに向けると、美しい頬を染めて慎ましく初対面の挨拶をした。一族はピストイア出身の富裕な商人だが、今はフィレンツェに住んでいるという。カゼルラと名乗った。

「音楽の才に優れておっての。なかなか美しい曲をつけるので評判じゃ」とラティーニ師が言い添え、かれを紹介した。友人たちの詩にあわせて巧みに弾き、美声でよく歌うすべを心得、屢々集っている若者たちを楽しませる、と聞いていた。自作の詩に美しい調べをつけて歌うこともある、と。彼はデュランテの名を聞くと顔を輝かせた。

「ああ、あなたでしたか。お目にかかれて光栄です。どうぞ、爾後お見知りおきを」

独特の感応力で、二人は忽ちたがいに強い親近感を抱いた。

控えめな性格で、多くを語らなかったが、乞われると、持っているリュートを奏で、澄んだ歌声で歌った。見るからに良家の出身らしい折り目正しい立ち居振舞いで、信仰の篤さも申し分なく思われた。

その日知り合ったばかりのカゼルラと家路を辿りながら、かれはまだ興奮さめやらぬまま、師がその日も読み聞かせたマニリウスの言葉をきれぎれに想起していた。この偉大なギリシャびとは昂然と歌ったという。

「私は剽窃者ではなく、作者なのだ。私を乗せて空行く車は私のもの。私を乗せて大波を切るのは私の舟！」

言いあらわしがたい憧れとおそれが少年の胸をかき乱していた。空は鋼色に澄み渡り、黄昏の光と影が、闇に沈む前の一刻、町の輪郭をいっそうくっきり浮かびあがらせている。かれは思わずその日聴いた言葉を口走った。

「〝運命こそは一切を統べ、一切は不変の掟に従う〟この言葉について。君はどう考えますか」

かれは性急に問いかけた。青年は先刻からかれが喋るのにただにこにこと耳を傾けていたが、黙ってかれと肩を並べて立ち止まり、かれの問いかけに、頬を赤らめ静かに首を横に振った。信仰篤い家庭に生い立った彼としては受け入れがたい考えだったのだろう。それから明るい温雅な表情をまっすぐかれに向け、やさしい微笑を浮かべ、口に出して意見らしいものは何も述べなかった。悪意の微塵も感じられない上品な顔に、自分に対する偽りのない友情を読みとってかれの胸は和んだ。

二人は坂の途中で立ち止まったまましばらく暮れなずむ町を眺めていた。

突然、カゼルラは歌いはじめた。

いと大いなる愛の力よ
わが心　なれを支え得ぬまでに
世界を光で満たし、創造し、育む
大いなる神の愛、
ひとその力により　究極の自由を得、
大空を馳せ巡ることも許される！

甘く静かな旋律が澄んだ空気をふるわせ、若い詩人の胸を幸せに充たした。かれは思わずカゼルラの手をとった。カゼルラの眼に光るものがあった。

刻一刻とあたりは暗くなり、星が空に輝き始めた。アルノ川を渡るころには、町はすっかり昏《く》れていた。かれらは心充たされ、まるで十年来の旧友のような不思議な懐かしさと離れがたさに、気もそぞろに別れを告げ、近い再会を何度も約し合って家路を辿った。

かれの詩に感動しこころから愛唱し、進んで自作の曲をつけて歌ってくれた今は亡き懐かしい友カゼルラ！　彼もまたふとした病で若くして世を去ってしまった。

かれの身に生涯忘れがたい事が起こったのは、それからまもなくのことだった。その日、いつものようにラティーニ師のもとから、カゼルラと連れ立って帰途についた彼は、夢中になって、その日も師から聞いたラテン詩の愛の定義について論じ合っていたが、もっぱら聴く側に回っていた控えめなカゼルラと別れを告げて、ただひとり、アルノの橋を渡りかけた。

ひとりになると、急に理由の定かでない淋しさに胸締めつけられる思いで、ゆったり流れる川の面を見詰め、足取りも重く歩いていた。土手は靄《もや》っていて、美しかった。

ふと顔を上げると、三人の女性が、こちらに向かって歩いてくるのが見えた。いずれ身分のある家の女性たちであるらしいことは、遠くからでも彼女たちの物腰や、身なりで察しがついた。ゆったりとした歩きぶりだが、双方の距離はみるみる縮まってきた。かれにはある予感があった。そして胸がどうしようもなく慄《ふる》えはじめた。中央の女性は、すらりとした繊細な体つきで純白の衣裳に身を包んでいる。かれの歩度はひとりでに緩まり、やがて動けなくなった。蒼白になり、心を落着かせようとつとめても、全身の血が逆流するかのような感覚に手足が痺れ、足が前に出ない。胸の震えはますますひどくなった。立っているのがやっとといった有様で、さり気なく振舞おうと言い聞かせても無駄だった。もう話し声も手にとるように聞こえてくる。やわらかい音調で、トスカーナ上流家庭の女性独特の響きである。

かれは身動きのできないまま強いまなざしを、純白の女性にあてた。というよりも吸い寄せられるように見ずにはいられなかったのだが、その表情は誰が見ても、憶病な怯じた者のそれであろうことを、非常な苦痛をもって自覚せずにいられなかった。

その瞬間である。思いがけず、花のような白い顔が傾ぎ、優美な物腰で会釈をすると、名状しがたい甘美な声がさわやかにかれの耳朶を打った。

「ご機嫌よろしゅう、アリギエーリ様、主のお恵みがあなたとともにありますように」

語尾が心もちかすれ、ふるえるような響きで消えた。かれの胸にみるみる甘い悦びがひろがり、忽ち手がつけられぬほど湧き立った。かれは跳ぶようにその場を離れた。そしてまるで酔える人のように歩いていった。

かれはたしかに見た。そして聴いた。風に揺れる夏の花のようにあでやかにかしいだ白い顔が、やや上気してかれを見上げたのを。青い瞳にちらとひらめいた誠実な真率さを。唇が半ば開き、優しい声が彼の耳に届いたのを。厚い上質の白絹で包んだ胸元のふくらみが匂うように優しかった。生暖かい、かぐわしい花の香気がかれの頬を打ってゆき過ぎた。

しばらくそのまま歩き続けたが、やがてかれは目がくらみ、思わず河べりの障壁につかまって息を整えねばならなかった。全身を馳けめぐるこの制御しがたい悦びをいかに形容すべきであろう。胸の動悸がようやく静まると、かれは神に喜悦に満ちた感謝の祈念を捧げ、まるで酔える人のように街を歩き、ひたすらこの甘美な印象について思いつづけた。家にどのようにして帰ったのか覚えがない。まさに宙を飛んでいたのだろう。酔った気持ちのまま、誰にも会わぬように足音を忍ばせて自室に閉じ籠った。

サンタ・クローチェ教会の鐘が鳴り出した。荘重でゆるやかなその調べは、生温かい空気に乗っていんいんと響き渡った。時は第九時である。聖堂の鐘がそれを告げた。九だ！　まるで天啓のようにかれの頭に閃くものがあった。「九」だ。三の倍数だ。おお、いとしい淑女。

かれは椅子からすべりおりると床に跪いた。恩寵を授けたもうた至高者に、心からなる讃美を捧げずにいられなかった。かく生きて在ることの何とすばらしいことだろう。彼女の声を聴いたのはこの日が初めてだった。胸の底に美の極致とも思えたベアトリーチェの微笑と、まっすぐにかれをみつめた真率な輝くようなまなざしが、白い光に包まれて、もはや決して忘れ得ないものとしてしっかりと刻みこまれた。

ややあって、かれは仄暗くなった部屋の中で立上がり、小窓から塔と塔のあわいに僅かにたゆうた紅の残照を眺めた。それはいつも見慣れていたものであるにもかかわらず、今夕は全く別のもののような夢幻の輝きを帯びて見えた。目を見開き、耳を澄ましながら、かれの意識は夢とうつつの間をさまよっているようだった。先刻祈りを捧げたときに、吾知らず流した涙が頬にかわいていた。椅子に腰を下ろすと、壁際に頭を凭せて目を閉じ、あれこれ想っているうちに眠りにおちた。不思議な幻影が夢の中に入れ代わり立ちかわり現れ、心も凍る思いと、燃える熱さとが、交互にかれを襲った。

部屋の中いっぱいに、焔のような色の雲が漂ってきた。今しがた見た黄昏の残照の色だろうか。思わず身を起こすと、見たこともない異相の一人の男がぼんやり姿を現した。恐怖で舌が貼りついたようになり、声も出せずに見ていると、男はなにかを語りかけてくるが意味がさっぱりわからない。やがてその男は腕の中に紅の衣に包んだものを抱いていることがわかった。眼を凝らすとそれは先刻かれにすばらしく優雅に会釈をし、かれに天にも昇るよろこび与えたあの乙女ではないか。しかも身に一糸もまとっていない。

すでに部屋うちは真の闇である。夜の内に変わり易い天候は嵐になったらしい。風が唸りをたてて向かいの塔のまわりをめぐっている。詩人は乙女の名を口にしたが、声にならない。

全身の力が脱け、そのままベットに倒れこんだ。窓の隙間から忍び込んでくる暁の風に寒さをおぼえて目が醒めた。浅い眠りの間、絶え間なく、くり返し夢を見ていた。白と黄と青い衣に包まれて三人の娘が橋を渡ってくる。白い娘が静かに会釈する。と忽ち背後から迫る怖しい顔をした愛神がやにわにかれの胸を披《ひら》いて心臓を掴み出す。苦しい。身悶えて叫ぼうとするが、声にならない。男の手のなかで心臓は焔を発して燃え、愛神は途切れとぎれに何か囁きつづけるが聴きとれない。愛神は心臓を娘につきつけてなにごとかを強要するそぶりだ。娘は泣きながら燃える心臓を食べようとする。

目が覚めても、うつけのようだった。開いたと思った窓は固く閉じられたままだ。

かれは、夢にあらわれたあやしい幻が見せた様々の情景を思いうかべているうちにこれを詩にしたいと思った。書き留めなくては消えてしまう大事な幻、愛神の啓示！　震える手で、急いでペンを執り思い出すままに書き取った。胸の中が灼けつくようにあつく、体の芯が燃えた。すでに夜であった。夕食を告げて誰かが何度かドアを叩いたが無視し、終夜、暗い灯の下でペンを走らせ続けた。削る間も惜しんで書いては消し、消しては書き、紙を黒くして、かつ歌い、かつ書き、睡《ねむ》らなかった。

ついに忠誠を誓うに値する淑女に認められたのだ。雅び心の愛の騎士になれたのだ。無我夢中で夢に現れた事象を詩につづろうと、眠らずに推敲を重ねた。言葉は繰り返し迸り、疲れを知らぬ詩の魔神が背にのしかかり、胸を揺さぶり喉元を締め付けた。身も心も吸い取られたかのように、出来上がった詩を読み返し、形を整え、それからその詩を、徹夜で幾通も筆写した。曙の光が空を染め始めた。ああ、なんて美しいんだろう。かれは詩を朗唱した。すでに諳じていた。立ち上がって外に出た。どこへ。街はまだ静かだ。雨もすっかり上がり空は澄み渡っている。

ああ、許されるものなら、毎夜鳥になって彼女の屋敷を飛び巡り、窓の外で歌おうものを。熱いものが身内を駆け巡る。

広場を突っ切ってアルノ川の岸辺に出る。

懐かしい土の匂い、草木の匂いを胸いっぱい吸って、前夜の奇怪な悪夢の恐ろしさと甘美さが嘘のようにさえ思われた。

ベアトリーチェはまだ眠っているだろう。ここ数日の雨で水かさの増したアルノ川は音立てて流れている。

やがて足が自然にラティーニ師のもとに向かった。従僕がまだお休みだと告げたのでしばらくテラスの椅子に座って待つことにした。前夜も遅くまで読書に余念なかったのだろう。金色に染められた町から、ミサを告げる鐘の音が響いて来た。「おお、誰かと思うたら、お待たせしてすまなかったな、わが子よ」赤く爛れた目をして、せかせかと咳き込みながら、赤い帽子をかぶったラティーニ師が、紫紺の部屋着をしどけなく纏って、足をすりながらサロンに出てきた。従僕が飲み物を運んできた。師は一口飲むと顔をしかめて激しく咳き込みながら、暖め直すようにいい、早速かれがもってきた詩稿を読み始めた。かれは自信と不安の入り交じった気持ちで期待にわくわくして聞き入っていた。

読み終わった師は彼を赤い小さな目で眺めた。それから言った。

「見事な出来映えじゃ。愛の吟遊詩を、かくも見事に力あるトスカーナの言葉で、目に見えるが如くありありと歌い上げた手腕はたいしたものだ。心臓の幻想の着想はよくあるが、これはより大胆で粗削りだ……しかしそれがかえって新しみがあってよいかもしれないぞ。いやなかなか見事じゃ。わが子よ」それから大きな音を立てて鼻をかむと、詩の出来映えが見事であることを口を極めて誉めそやした。若者に対していつもやる手口だった。躍動する生気に漲り、豊かな表現力だ。神秘性と悲劇性が青春の愛の内容を隈無く描き出している。想像の産物とは信じられない真実味がある。師はかれの詩を全くの虚構としてとらえていた。運ばれてきた飲物を飲み干すと、背をのばし、彼をみつめた。

「しかし」と師は言った。

「少々激しすぎぬかな。いささか雅趣に欠けるところもあると思うが、どうかな。私のトレゾーロは読んだことがあるかな」

かれは耳まで赤くしながら「ところどころ」と答えた。彼は自作の『トレゾーロ』を持ち出して読み上げはじめた。しゃがれた声で幾度も読み返されるのを聞いているうちにかれは内心、真っ先にラティーニ師のところに詩をもってきたことを後悔し始めていた。鐘の音が遠くから聞こえてきてオリーブの葉影に陽がきらめきはじめた。かれは丘の下に広がる町を眺めた。そして師がさまざまな抑揚をつけて繰り返し読み上げている詩を遠い声のように聞いているうちに、かれのうちに今再び昨日から今朝までの夢のような体験がよみがえり、体が震えるような喜びと悲哀を味わいつつ、

「いかがでしょう。この詩を町の清新体の詩を作る詩人たちに送ろうと思うんですが」

と切り出した。師が必ずしも彼らを評価していないことはわかっていた。師はしばらく黙っていた。それから目に見えて不機嫌な様子で「それもよかろう」と言った。

師はあれらの詩人たちをあまりに前衛的すぎると常日ごろ考えていたからである。まず旧知の著名な大詩人ダンテ・ダ・マイヤーノに推薦文を書いてくれた。師のもとを辞去して丘を下りながら、町の喧噪に近づくにつれ、少しずつかれの自信が朝露のように消え始めた。昼の光で我に返るにつれ、昂揚感が薄れ、師の言葉に反撥しながらも、不安がだんだん膨れ上がっていくのだった。

われながら完璧な出来映えとは思えなくなっていた。師が一応は褒めてくれたことはかれの心を励ましたが、雅趣に欠ける、と言われたことが心にひっかかっていた。しかしたしかにかの乙女の優美な淑やかさ、神の娘のような温雅な暖かみは、表現しきれていないかもしれぬ。ただただ奇矯だったあの夢。あの幻は何だったのか。自分はそれをそのまま書いたにすぎないのだ。神よ、ムーサよ。わが歌にもっと雅びな音色を与えたまえ。倨傲な自信が消え、無力感が彼を打ちのめしていた。師の言葉のせいではなかった。かの乙女へのほとばしる心が描け切れていないと思いはじめ、急いで家に帰ると再び推敲にとりかかった。まだまだ平常の言葉を用いて真実を歌うことは叶わないのではないかと感じるもどかしさ、ラテン詩の洗練された響きに対する憧れは消しがたい。

しかしかれは決心を翻そうとは思わなかった。賽《さい》はなげられたのだ。一室にこもって最後の仕上げをし、献呈文を添えて、かねて憧れの若い前衛詩人たちに送り届けた。

おお、若さの力よ！　大胆な試みを躊躇することなくやり遂げたあのころの自分を思い出すたびに、かれの胸はひそかな誇りに疼き、愛の力のなせるわざを神に感謝する。

数日はやるせない恋慕の思いに身を焼かれながら、落ち着きなく過ごした。その間に多くの詩ができた。書かずにいられなかった。身内から歌いだす言葉を彼はただひたすら写し取った。

送ったソネットには、予期以上の反応があった。思いがけず多くの返答が寄せられたのだ。封を開けるときはさすがにどきどきした。注意深くそれらの返答詩を読んだが結果は思わしくなかった。

詩人たちの多くがかれの詩を晦渋とし、あからさまに理解しかねていることを表明している。解っているつもりでさっぱり理解していないことを悟らされるものも少なくなかった。これには思い上がっていたかれも落胆した。

しかし詩の内容をグロテスクな場当たりの効果をねらったものか、未熟な頭でおぞましい幻覚を追っているうつけ者のたわごととした詩人たちにはさすがに怒りを覚えた。要領よくあたりさわりのない簡潔な儀礼の詩でもって回答に代える詩人もいた。

かれはしかしひるまなかった。乙女への憧憬がなんといっても強力にかれを支えていた。そこで傲慢にも主の恩寵を一人占めにせんばかりのエネルギーと熱意でもって、これらの礼儀をわきまえた親切な回答者を罰当たりな厳しさで「偽善」「無知」「凡庸」「かけすの気取り」「からすの傲慢」などと裁きながら分類した。

ラティーニ師のすすめで送った詩人たちの長老、マイアーノのダンテ老人は、栄誉ある吟遊詩人の王座の高みから、若者の詩に皮相的な解釈を施し、〝愛する未熟な病める痴れ者〟を気づかう老婆心から病理学的分析まで添えてよこした。

「心を乱さずに物事の理をわきまえるなら、かかる世迷い言を口ずさむ心の露も払えるであろう」そして「君よ、ひたすらに胸を清めたまえ。肉の欲望に汚れた体を浄めたまえ。君の病が癒えたなら、このような幻は痴れ言に過ぎぬとわかるだろう」

呆れて怒る気にもなれなかったが、しかしそれが全く真実をついていないとはいえない、と若者に有りがちな懐疑にとらわれて心が揺れ、二、三日は不愉快さと憂鬱に悩まされた。それにしても肉の奥深くに潜む罪深さに対する詩人の浅薄な解釈には我慢ならなかった。かの幻は痴れ言にすぎぬ、といわれるのか、「物事の理をわきまえる」とはどういう意味か。まして「世迷い言を口ずさむ」などと失礼も甚だしい。何たる俗物だ。かれは失望し、反省する気になどなれず、憤慨し続けた。

いったんはかれの詩を雅趣に欠けていると批判したラティーニ師もこうしたかれの思いを教養ある老人の寛容さで理解した。若者が根っから好きだったのでむげに批判することはさしひかえることにしたのだ。そして、臆せず反撥の返答歌を送ることを積極的に支持した。彼も血の気の多いフィレンツェ人だった。

若者は自問した。わが神よ、あの清らかな魂をもつ被造物にいまかくも憧れるのが罪であろうか、これこそ新たな霊に生まれ変わることではないのか、と。それにしても、汚れを知らぬ一途な愛と信じつつ、なお燃えさかる官能の力の呪縛は如何ともしがたかった。しかしその恐ろしくも甘美な愛の幻影を歌い上げた詩を、痴れ言とかたづけ、「物事の理をわきまえよ」とは誰に対して言っているんだ。「世迷い事」などと、詩人ともあろう者がなにを耄けたことを口走っているんだ。

自己主張にかけては引けを取らぬわが詩人は、若さに満ちあふれた激越な調子で返答歌を作って送った。

乙女への愛を歌うことが痴れ言なのか。清くないというのか。主よ。わが心身の純潔を知りたもう主よ。かの愛神は悪魔からの使いであろうか。よし、そうであったにせよ、心に今も生々しく残る苦しみを私は甘受しよう。譲歩するつもりはまったくなかった（敬愛するダンテ・ダ・マイアーノよ、あなたには愛がいかなるものかわかっていない。「清め」という意味をかかる醜い意味に使いたまうな！）かれは返歌に思い切り鄭重な手厳しい揶揄をこめた。老人も引っ込みがつかなくなって応答してきた。そしてそれはますます青年の心の火に油を注ぎ、何度か応酬がくり返された。そして結局最後まで互いに理解しあうにはいたらず、物別れになった。

知の詩人、ボローニャのチーノ・ダ・ピストイヤ、かれは少壮気鋭の学者らしく綿密な返答をくれた。物事を七面倒臭くこね回しているだけともとれるレトリックに終始し、発想は凡庸だったが、技巧的には見事な出来映えで、豊かな情感がたたえられていた。先達としてその意見は十分尊重に値するものだった。むしろ褒めすぎではないかと、胸がおののいたほどだ。

しかしかれがもっとも待ち焦がれていたのは、〝時代の奇跡〟とまで讃えられていた同じ町の大貴族グイード・カバルカンティの返歌だった。豊かな教養と詩的天分に恵まれたかれは新しいイタリヤ俗語詩界の先駆け的詩人として若い詩人の卵達の憧れの的だった。

返歌は意外に速やかに送られてきた。読むのが怖かった。美しい封印を押した上質の羊皮紙を披くときは手が震えたほどであった。読み進むうちにかれの眼に涙があふれた。グイードは高い調べで歌っていた。〝あらゆる価値あるもの、人の世の至福の窮みを見られたようだが〟に始まるその格調高い響き、さらに〝栄誉をもて世界を統べる尊き《愛》は憂愁の死する国に生き、知性ある心の室にあり〟とつづく。節度ある調べの美しさはさすがである。続いて《愛》の説き起こしに進む。《愛》は人の眠っている間にそっと訪れ、苦痛を与えることなしに人の胸から心臓を奪いとっていった。《愛》は死神が彼の恋人を求めると知って恐れを抱き、恋人の心臓を取って食べさせたのだ。嘆きつつ立ち去ると見えたのはその時快い眠りが果てたのだ。グイード・カバルカンティはさすがに若い芽を押しつぶすような痴れ者ではなかった。彼の解き明かしは明晰だった。その上深みと優しさがあり、誠実な暖かみがあった。ほかならぬカバルカンティに理解された、ということに若い詩人は深い満足を味わった。じわじわと身内を浸す歓びに酔いながら、詩人は急いで次の聯に目を移した。それは一転して沈痛な響きで「愛の移ろい易さを述べ、〝君の淑女は、結局無慈悲な吸血鬼にすぎないであろう。なぜなら、屢々火をつけない限り、愛は長くは燃えないもの〟と説いていた。しかしかれの心は震えながら囁いた。この解き明かしの美しさ豊かさ、明快さは並みのものではない。だが何かが違う、そのなにかの実体はかれ自身にもまだ明らかではなかった。ただある真実とだけしか。散文詩には別にラテン語で多くの古典や詩からの引用の詰まった哲学的考察がつけられていた。

かれは繰り返しそれを読み、すぐに諳じてしまった。すばらしい才能に、熟達した技巧と明晰な知性が結びついたこの人に是非会わなければならない。かれは手紙を懐にすると家を飛び出した。

これまでかれは常に遠くからグイードの昂然と美しい額をあげた知的な風貌を慕わしく眺めていた。由緒ある貴族にふさわしい豊かで華麗な雰囲気を漂わせ、俗にそまない孤高の姿勢を保って暮らしている……威圧的な態度をとることで家門の誇りに固執するばかりの無教養な貴族たちとは一線を画していた。争いと残忍な激情に身を委ねるばかりで、時代に逆行した、無軌道な振る舞いに明け暮れ、およそ騎士の名にふさわしくないとして彼がもっとも軽蔑していたのはほかならぬコルソ・ドナーティだった。そういう彼自身、かつて馬を駆ってコルソの家の窓をめがけて槍を投げつけた、などという逸話は、嘘かまことか今も町中の噂になっている。剛直なウベルティの娘を妻として、文武両道に長けているばかりか、その父の商人貴族としての手腕によって豊かな富を継承していた彼の生活態度は、なにもかも若い詩人にとって理想的で好ましいものに映っていた。

「かの人に認められたのだ」信じられないといえば、真実を曲げることになる。かれは予期していた。しかし今それが現実になると、その喜びは意想外に大きかった。

歩き回っているうちにいつか再び陽光きらめくアルノの川辺に出ていた。そのまま岸に駈け下りると、石に腰を下ろしてかすかに泥の臭いのする冷たい空気を深く吸いこんだ。川下に見える橋のたもとをじっとみつめる。ベアトリーチェにめぐりあい、かの会釈を受けた情景がふたたびありありと蘇る。それはまるで遠い昔のように、そして今そこに現前するかのように、まなかいに揺曳した。

かれはすでに諳じてしまったカバルカンティのカンツォーネをくちずさむ。美しいトスカーナ語だ。しかしその詩にはかれが受け容れられない箇所もあった。かの至高の乙女、かれの生命を司る霊をすら支配してきた《愛》の源泉、恩寵に充てる乙女の存在をこともあろうに吸血鬼に過ぎないだろうなどと予言したことだった。グイードは《愛》をあまりにも否定的に扱っている。しかし夕暮れの風が川面を渡るころには、あらゆる価値あるもの、人の世の至福の窮みと歌った彼が《愛》の価値を理解できないわけがない。と気持ちも鎮まった。若者はひそかにグイードを「わが第一の友」と定めた。

若い詩人からグイードに詩稿が送られてきたのは昨日のことだ。午睡から醒めたグイードは、奥の中庭に面した書斎で手紙に目を通していた。午後の光が屋敷を囲む糸杉の影を庭に落としている。イングランドからきた商用の手紙、仲間からのバッラータ、田舎風のざれ歌まじりの詩手紙、親戚の幼児の洗礼代父の依頼。知人の招待状。そしてそのなかに、未知の、署名をほどこしたソネットに、手紙を付けたものが届けられていた。早速開いてみた。入念な気配りの見られる丁重な献辞が添えられている。献辞の文章の熱烈さにグイードは思わず微苦笑した。

察するところ作者はまだごく若いらしい。精一杯の背伸びと取れる格式ばった口調だが、軽薄さはみられず、真卒なのがよい。それにしてもなかなか見事なラテン文は送り手の並々ならぬ才能とともに自負心の強さも感じ取れた。文章の練達おもねりの蜜をほどよく抑制する節度がグイードの気に入った。書体もよく揃った美しい字だ。書体に関してはうるさいグイードだが、かなり満足させるものだった。署名を見る。ドナーティの息子のフォレーゼや彼の友達のディーノから噂を聞いたことがある。聖堂学校の仲間で、公証人の息子だと聞いていた。幸い今日は気分がいい。ソネットの歌い出しは、〝愛にとらわれる魂と雅心をもつ人々に〟と、よく知られたグニチェルリのカンツォーネを踏まえた呼びかけに始まっていた。そして自分の見た驚くべき幻影を率直に語り、その判断を請うという。

夢の解きあかし、とは大胆な構想だ。よくあるネブカドネザル王の夢の解き明かしの故事にならうやり方で、幻影の解き明かしを雅び心の詩人に請う、という粋な構想にどのようにして答えようか。

〝君たちの主人《愛》の名によりお願いする〟、などと大胆に呼びかけられては。

ソネットの技巧は申し分なくグイードは讃嘆を禁じられなかった。最初の響きの高い出だしから一転して重く情景を描き出す的確な語選び。韻律の響きのよさ、主題にずばりと入る真卒さ。グイードの身内に快い戦慄が走った。簡潔で粗削りな描写の中に印象が生動している。若い作者らしく愛のイメージは清らかで、大胆、かつ卑俗さがない。若者にありがちのうすっぺらな観念では決してない。もちろんグイードの目から見れば、哲学的思弁に乏しい憾みはあるけれども、あの若さでは無理もあるまい。肉に溺れず、感情に流されず、対象をひたむきに描きだそうとする手堅い技巧。あたかも目に浮かぶような鮮やかで具象的なイメージには心を打つ真実がある。詩形に乱れもなく、詩作に必要な習練は十分積んでいるらしい。研鑽の跡はたしかに認められた。選ばれた語は的確なばかりでなく優雅さもあるが、描かれた内容はかなり奇抜で斬新だ。

グイードは一応高く評価した。微かな妬みさえ覚えた。何者であろう。この青年は。誰も容易に捉えることのできない《愛》のイデアの現身を、魂が見た、と主張している。この青年の才能が並みのものでないことは即座にわかった。

グイードは羊皮紙を広げ鵞ペンを削った。削りながら考えた。返答はソネットで返すのが詩人たちのならいである。

「純潔な若い魂よ」呼びかけの言葉を書きながらグイードは心が震えるのを感じた。定まり文句と解っていながら、文字の中に定まり文句でない真実を感じてしまったからだ。ペンを置いて考え込む。様々の想念が心を苦しくよぎる。日ごろのうわべの冷ややかな悟達の姿勢、燃えるような官能の炎の下で常に醒めている魂の底に、思いがけず、虚しく費やした青春への微かな悔いが混じていることに気づかされたのだ。そして今に至って無垢なるものへの憧憬の炎が胸のうちに狼煙のように燃え上がるのに愕然とする。「あらゆる価値あるものを見られたようだ。すべての悦び、人の覚える至福のきわみ」すらすらと書いた。偽りではなかった。グイードは醒めた自分の心にはこうした熱情がすでに宿るすべもないことを苦々しい思いで自覚した。しかしともあれ歌わねばならない。何としても今これに答えられないことは、いずれ彼の詩作の根源すら脅かす不安として、のしかかりかねないという、微かな予感に脅えさえ感じながら、彼はペンを進めていった。さすが豊かに彫琢された詩句がならぶ。押韻の手際も鮮やかである。神の人、ダニエルのように信仰による厳しい予言を強いられたわけではない。にもかかわらず今の彼にとっては、エロスの神への頌歌に和するのは悲痛な快楽だった。

この若者の夢の愛神はなぜ彼の「心臓」を奪ったのか、そしてそれを恋人に食べさせたのか。彼はできるだけ理論的に論証することを試みた。そして苦い思いを込めて確証する。この至福のきわみはいずれ砕け散るのだ。なぜなら《愛》の対象はうつし身の女性ゆえに、畢竟、愛するものの心から血を啜り尽くした果てに、魂を絶望と憂苦に追いやる吸血鬼の如きものではないか。

グイードは女性を知性の対象としては考えていなかった。ゆえにその魂など信じていない。生身の女性を支配者とする「愛神」は詩人の魂を救いうるか。断じてそんなことはありえない。

グイードは美しい顔を曇らせて沈思していた。生まれながらに傲慢不遜の大貴族、精神も貴族的である。芸術への憧れと望みは高く、繊細な魂と、高い知性をもつ思索者は、現実にたえず悩みをもつ孤独で不安な魂をかかえている詩人でもあった。妻はギベリーニ党の大貴族ファリナータ・デリ・ウベルティの娘だが、誇り高く領地から出ようとせず、夫婦互いに自由に暮らしている。

彼は思った。この若い詩人は、おそらくウェルギリウスを詩神と崇め、トゥルバトゥーレの詩歌に酔っているに違いない。もしもっと哲学を学べば翼を持つことができるだろう。哲学は詩にはるかに多くのものを与える、とグイードは信じていた。飛べ、飛翔せよ若い鷲よ。

詩人仲間で、親しい遊び友達のラーポ・ジャンニが訪れたとき、グイードは背もたれの高い椅子に腰を掛け、まだソネットを前にして思いに耽っていた。

「ああ、また君は何事を思い沈みたもうや」

扉口に立ったまま、いつものようにあけすけに叫ぶと、ラーポは案内も待たずにずかずかと部屋に入ると、光の満ちた戸外から急に暗い部屋に入れられたひとがするように目を凝らして、書き物机を見て言った。

「おやおや君もそのことか。実は僕のところにもこの詩が送られてきたんだ。ディーノも受け取った。今までそれについて論じていたところだ。君は丁寧にカンツォーネで返答詩を書くとはさすがだね」

ラーポは壁際の腰かけに羽飾りのついた黒いビロードの帽子を投げると、グイードの傍らにどっかと座り、繊い指で机の上のソネットをいきなりつまみあげると、歌うように朗読して、喋り始めた。

「君はどう思ったか知らないが、大胆な男だね。しかし『愛神』が心臓を食べる話なんて陳腐極まりない。解き明かしも何もあるものか。オリエンターレの古くさい妄念さ。君もよくご存じのマントヴァのソルデッロ・ダ・ゴイト」

「ああ、『プラカスの死を悼む哀歌』か」

二人はプロヴァンス語になるソルデッロの詩の有名なくだりを小声で口ずさんだ。

グイードは幼い頃彼の邸に寄寓していた老いた大叔母クニッツアがよくこれを歌っていたのを思い出す。美しい伯爵夫人クニッツァはかつてこの吟遊詩人ソルデッロの恋人であった。そしてソルデッロとの恋で夫も家も捨てたひとである。彼女は冷酷な兄たちの手によって五度に及ぶ政略結婚という運命に弄ばれた。辛い生の憂さを奔放な恋の生活によって慰め、老いてからは、グイードの祖母の縁続きだった関係から、カバルカンティ家に身を寄せていた。兄弟たち、ギベリーニ党の冷酷な貴族エッツェリーノや、アルベリーコの野望にもてあそばれた数奇な運命から逃れ、彼らの死後、フィレンツェに身を潜め、老いを養っていた。すでにまわりの者も彼女の歳を忘れてしまうほど老いていたのに、なお魔の鳥のような美しさのおもかげを留め、ときとしてあでやかで、頑是ない童女のように無邪気だった。幼かったグイードは「愛するものの心臓を食べる……」と歌うクニッツアの、皺に畳まれた灰色の瞳が青く燃えて輝くとき、吸い込まれるような恍惚感と不安に包まれたのを鮮明に思い出す。ラーポは友の口数少ない沈思をいつものこととして気にもとめず喋り続ける。「しかしほんとに彼はこんな夢を見たのかねえ。信じられないな。それにしてもまるで眼前にそれが現れるように、断固として、ぴちぴちした表現で歌っているじゃないか。説得力は確かにあるよ」

「ぴちぴち?」グイードは顔をしかめる。ラーポはお構いなしに続ける。

「よしほんとに幻影を見たとしても、それを大まじめに詩に纏めて主張する自信は大したもんだ」

「ゴシップにくわしい君のことだ。彼が何者かはもう知っているんだろう」

「ああ、サン・マルティーノ通りに小さな住まいがある。エリセイ家の親類で死んだ公証人アリギエロ・アリギエーリの息子だ。たしかグエルフィだ。知らないか。何年か前原因不詳の病いか怪我で死んで一族が泣き寝入りをしたって取り沙汰されていた男だ。息子のご当人は父親のあとを継ぐべく御精進中。ドナーティの息子フォレーゼの学友だよ」

「とするとまだ随分若いはずだ」グイードは友の前で再び驚きを隠せない。何と、既に老練な技を身につけているではないか。

「例のブルネット・ラティーニ卿の愛弟子らしいんだ。しかしいまだ知識の重量が少ないせいか、先生よりも軽やかに翔ぶ翼をもっている、とみたね。先生の星々をちりばめた襞スカートの下にいるのもいい加減飽きてきたのかも知れない」

肩にかかるふさふさした栗色の髪をかきあげながら、おかまいなしにまくしたてるラーポのあけすけな当てこすり。グイードは思わず美しい頬を緩めて笑った。

「で、返答はしたのかい」

「ああ、届けてきたばかりさ。なにごく儀礼的なものだがね。お手づから持っていった。ご当人に会ってみようと思って。若いが修道士みたいに痩せて気むづかしそうな男だった。フォレーゼに言わすと結構楽しい男らしいが。思想はドメニカーノに近いらしい。よく勉強してるそうだ。いずれにしても唇をぎゅっと結んで何となく心ここにあらず、といった具合に思い詰めた様子だったね。傲慢で愛想の悪い奴だ。顎がしゃくれて濃いもじゃもじゃの栗色髪の……」ラーポは一瞬黙った。それから言った。「眼がいやに光っていた。ひょっとしてあれはただ者ではないよ」ラーポはグイードの机の上の書きかけの詩稿に眼を走らせると、ちょっといいかいと手を伸ばすと、「さすがだね」と唸った。

しばらく二人は、このあらゆる価値あるもの《愛》について、人の悦びとし、また至福とする境地について、それを詩として表現する技について論じあった。グイードが好んで擬人化して語ろうとする愛は、究極的には呪われた死をもたらすものでなくてはならない。心を破壊し、解体して絶望の淵に追いやって立ち去っていく。高い調子で歌われるのは繊細な魂の震えと不安のみ、救いは見られない「救いなどどこにあるのか、それは美しくない。崇高な絶望と諦念の中にこそ美があるのだ」「この若者の詩にも救いはないと君はいいたいのか」「そうとも」「散歩に出ませんか。殿様」果てしのない論議を断ち切るようにラーポが言った。抽象論は苦手だ。それよりもっと楽しもう。《愛》を言葉でひねくり返してるより実際可愛い女と遊ぶほうが楽しい。グイードはすげなく断わった。今日は気が進まない。「行きたまえ。君一人で、どこへでも、僕はこの返答をしたためる」ラーポと共に行く限り、その行く先は知れている。行きつけの酒房でしたたか飲んだ後、ジョバンナの家をおとづれるか、あるいは二人の共有の愛人であるラジャの家に直行する。彼のミューズ、ジョバンナは相変わらず美しいが、最近暗い石造りの家の奥で神信心に凝り固まり、彼をなかなか受け入れようとしない。小さないさかいの挙句の冷めた逸楽は気が滅入るばかりだ。近頃は陽気な黒髪のラジャの家に行くことが多くなった。若さに溢れ、ぞっとするほど美しいあの被造物とともに降りてゆく官能の深淵。それにしても罰当たりな遊び人のラーポが安っぽくふりまわす〝あらゆる霊感の源泉〟のことなど今夕は考えたくない「今の私にとっては孤独こそ至福さ」

「――彼女はいのちの道に心をとめず、その道は人を迷わす――か。勝手にしろ、たくさんだ。主よ、いつの日かこのかたくなな心を解き放ちたまわんことを。あばよ。せいぜい、アリギエーリ殿と仲よくしたまえ」

我ヲ引キ回セシ愛ノ神ヨ
恋ノ責メ苦ハゲニ嬉シクテ

歌いながらラーポは姿を消した。

哲学にこそ我ら詩人が第一に究めなければならない真理がある、とグイード・カバルカンティたちは主張していた。プロヴァンスの伝統を引き継いだボローニャのグイード・グィニチェッリに始まる新しい詩の流れは、人間の魂の奥深く宿る雅な生の神秘を開いて見せることをめざした。それこそが霊感の源である、と。そして何よりも高雅な騎士道的《愛》を。イタリヤには、はじけるような生の活力はあったが、それをまとめる封建的な社会秩序がなく、したがって騎士道的礼節も生まれなかった。聖フランチェスコの感覚的直感と想像力による超越者への全的帰依はその意味でイタリアの知的刷新に大きな意味を持ったともいわれている。豊かな才能をもつグイード・カバルカンティはグニチェルリの忠実な継承者だったが、その流れをギリシャ哲学のより深い研究によってさらに押し広げ深めた。彼ら一派は清新体派とよばれ、世俗を超越した独特の詩風を作りあげた。

「いつでも訪ねてくださるように。君のためには門は常に開いている」と書き添えられてあったのに勇気づけられて、詩人は数日後、カバルカンティ家の門を目指した。聖堂広場の裏から墓地を通り抜けるとカバルカンティ家の屋敷だった。

赤茶けた石の表面が所々欠け落ちているのは、最近くり返された抗争の名残りであろう。飾り気のない石造りの建物に精巧な彫りを施した青銅の門に牡山羊を象った紋章がとりつけられていた。重い把手を二、三度門に叩きつけて案内を請う。

門扉は内側に音もなく開いた。中庭に糸杉が植えられ、邸内は人気がなく、死の家のように静寂だった。暗さに眼が慣れるにつれ、陰鬱だった外側とは対照的に内部は華麗だということがわかった。かれは高い天井や仄暗い壁一面に描かれた彩色豊かな絵に目を見張った。

グイードは初対面とは思えぬ親しみをこめて、おずおずと入ってきた若い詩人の卵を迎え入れ、彼の詩稿の感想をくり返したあと、すぐさま本題に入った。かれはグイードの主張する詩論に圧倒されながら、自分がそれに較べ情緒的で激情的すぎると感じつつも、彼の女性観にはついてゆけないと考えたが、仲間入りしたい一心からつとめて彼の主張をのみ込もうとした。

グイードはそういう若い友に好感を持ったらしく、詩友たちにかれを紹介することを約束した。

若い友が歓喜の面持ちで辞去したあと、グイードは暫く書斎でさらに飲み続けていた。久々に手ごたえのある論議ができた充足感と興奮で今夜も眠れそうにない。といって出かける気もしない。老僕に燭をもって来させ、書きかけの詩稿に目を通しながら夜を過ごした。

かねての念願を果たしてカバルカンティとその仲間の詩人たちのグループに有望な若き詩人として

迎えられた詩人は彼らに啓蒙され、夢中で勉強し詩作した。新しい生活が始まった。

身を裂く苦悩ですら、甘美なものとなる青春のただ中にあって、人もうらやむ境涯だった。友人たちは詩人であり、錬金術師であり、哲学者であり、政治家であり、淑女たちの憧れと忌避を込めた噂話の種であり、閑暇をもつ貴族の子弟たちでもあった。プラトンを読み、アリストテレスに傾倒し、トマス・アクィナスの説に耳を傾け、アビケンナを論じる。トゥルバトゥールばりの愛の定義を熱っぽく論じあうかと思えば、魂の底深く聖者アウグスティヌスの祈りにひきつけられ、フランチェスコの、手放しの主にある悦びに心揺さぶられる。毎日のように出歩いた。よく飲みよく喋った。軽妙で凝った詩を書く美男のラーポジャンニと落ち合い、謹厳で老成した少壮学者チーノ・ダ・ピストイアに送る詩を作る。広場でぶらぶらしていた筋骨逞しい遊び人ディーノ・フレスコバルディのフランス語混じりの駄洒落をやり込め、すぐかっとなるルスティコをからかう。あるとき賭をしてチマブエの工房から、好漢ジョットーを誘い出した。彼はしぶしぶついてきた。身分違いの貴族の暇人と遊んでなんかいられないという仏頂面で、隅っこで座って飲んでいたが、打ちとけてくると以外にも機知縦横で返答し、おおいに詩人たちを楽しませた。真面目と不まじめ、悲哀とはじける喜び、彼らの熱い生活には、どこか倦怠と享楽の気風が漂っている。グループのなかでは貧しいかれも若さのもつ力で彼らと共にいるときはなりわいの不安などは消し飛んでしまう。

一人の乙女を思って激しく燃えるものを内に抱きながら、詩人たちのノンシャランな熱っぽい遊び事とその場限りの陶酔に身を委ね、その快さに容易にひきいれられた。金がなければ借りる。律儀な父アリギエロが生きていたなら眉をしかめたであろう。

しかしこれら詩人たちの遊びごとには暗黙のうちに洗練された厳しい美的規範があり、明晰な独自の道徳律とでもいうべきものがあった。それは雅心に宿るとする《愛》である。それが彼らの体験や思考や行動のすべてを締めくくる。そして詩人たちはめいめい自分たちの歌を捧げるべき淑女と讃えるべき「詩聖」と先達をもっていた。アルノー・ダニエル、ベルトラン・ド・ボルン、ソルデッロ、グィットーネ・ダレッツオ、ヤコポーネ・ダ・レンティーノらの新しい詩が熱っぽく朗誦された。

あれこれ詮議し、細かく条わけしてそこに展開される愛の哲学論議に熱中し、スコラ哲学で鍛えた頭で詩論の分析に深入りするのは、いつもかれとカバルカンティである。若い詩人は蒼ざめてふらふらになるまで喰い下がり、容易に引き退がらず、そのしつこさで周りを辟易させた。この一派には欠けている強力な独創的な力が、すでにその魂を休むことなく駆り立てていたのだ。

かたわらで幼い頃からの悪友たちは欠伸しながら、かれの詩の中の淑女がはたして誰なのか、探ろうと躍起となっていた。しかしかれは固く口をつぐんでいる。誰にも悟られたくない。口さがない噂話に彼女をさらすのは断じてしたくなかったのである。「教えろよ。いずれわかることだぜ」

会う度にうるさくせがまれる。心の寂しさに比例して沸き上がるように詩が作られた。創作意欲は旺盛だった。

美しい悦びよ　汝を見に行くとき
記憶のなかでさからう思いは死ぬ
汝の傍らにいると「死を嫌うならのがれよ」との《愛》の言葉を聞く

顔色は死に瀕し、
どことぃわずもたれかかりたい人の色をあらわし、
また大きな震えの酔いに狂いつつ、石まで「死ね死ね」と叫ぶようだ。

（「新生」第十五歌）

暗い一人の部屋で夜ごと幻と語り、ウェルギリウスを筆写し、ほとばしる思いのままに詩を書きつけ、心は充実していた。

しかしまだまだ未熟だった。この夏でドミニコの修練士としての生活に終わりを告げ自由になった。貧しいながらも貴族の子弟として、町でそれなりの地位を見つけねばならない。医師薬種業組合に加入するのがよかろう、という叔父たちの意見で、九月には法学や医学の勉学のためボローニャに旅立つことになっていた。フィレンツェには大学はなかったのである。

そろそろ出発も迫った聖ジョバンニの聖日の朝、いつものように聖堂でのミサで聖歌隊のつとめを果たすべく準備を整えた。ポルコ一族の礼拝席を目で見定める。朝の金色の光の中に、一族の列席の姿が影のように浮かび、慕わしさに胸が張り裂けそうだ。さりげなく少し離れた定めの席に着くと跪座して祈りを捧げ、やがて背筋をまっすぐに伸ばす。少年たちの讃美の歌声が会堂に流れ始め、人々は一斉に首を垂れる。きらびやかな盛装で礼拝室に集まっている人々、椅子に腰かけるもの、立っているもの、少し離れて戸口にはつつましい身なりのポポロミヌートたちが固まって石の床に膝まづいている。

歌いながら、聖歌のもつ玄妙な恍惚状態に身を委ね、目は彼女の姿を追っている。一心に祈りを唱える唇、うなだれた頬の匂うような美しさをほんのちらりとでも捉えたいと願いながら。祈りの歌は堂内を包み、あるときは川のせせらぎのように、あるときは風に乗る葦ぶえのように聖母の清らかな慈愛と恩寵の類いなき豊かさを讃えて静かに流れた。やがて終わりの歌が始まる。

〝めでたし、天の女王、

めでたし　天使たちの姫君

めでたし、根よ　めでたし扉よ

御身より世に光生まれたり〟

かれは身じろぎもせず一点を見つめている。

〝喜びませすべてにまさりて誉れある乙女おおまこと美しき乙女よ〟

少年たちは無心に手を組み合わせ祈り歌う。歌いながら眠ってしまう年少の子供もいる。

聖者を讃える長い祈禱のあと

〝われらの為にキリストに永遠に祈り給え〟と言う歌声で礼拝はクライマックスを告げる。夏の朝のけだるさが会場を覆い始め、式は終わる。貴族席の片隅ではドナーティの面々と一緒にパッツィやレンティーノが派手な装いで席についていた。時折ちらちらとかれの方を眺めているのがわかる。彼らは友の視線がずっと絶え間なくどこか斜め前の一点に注がれているのに気がついていた。やがてそのうちにちょうどかれの視線のなかほどに跪座していた一人の愛らしい少女がやけつくように注がれる視線に気づき、てっきり自分に向けられたものと思ったのか、かれのほうをあたかも咎めるようにちらちらと気にして眺め始めたことにも気づいた。

彼らは互いに囁きあっていたが、聖堂の裏口で待ち受けてかれを呼び止めた。

「わかったぞ。君のいとしの思い人が」一人が大声でかれをからかい始めた。

「なんのことだ」彼らは詩人を取り囲んだ。

「隠そうとするのか。この性悪奴。お前をやつれさせているのがどこのどなたか判りましたと言ってるんだ」

「ふん、君らのような節穴になにがわかるもんか」いいながらかれは蒼ざめた。

「言ったな。畜生、隠したって無駄というものさ。君の目がすべてを白状したんだからな。かのうるわしのベッティーナ。わが思い人」詩人ははっとした。ベッティーナだと、あ、そういえば、あそこにいたあの娘、彼らは完全に思い違いをしている。次の瞬間ほっとすると素早く彼らに同調した。機敏な変わり身の早さは生得のものである。さも狼狽し、がっかりしたよう取り繕うと、

「うるさいな、よさないか」と声を落とした。

「怒るな。奇麗な乙女じゃないか。さすがだ。ま、せいぜいお手柔らかに」彼らは笑いながら後は聞こうともせず意気揚々と立ち去った。間もなくかれはベッティーナという乙女にぞっこんだという噂が広がった。たしかに愛らしい乙女だった。かれは秘密が漏れなかったことにほっとして、当分これを利用することにした。会うたびにからかわれる事も甘受した。しかし陰で彼らがこんなことを囁いていることは知らなかった。

「彼女はフランコの商人のところに嫁ぐことに決まっているということだぜ」

「知っているよ。けどかれには言うな。かわいそうだから」

「がっかりするぜきっと。愛の神に見放される、とはな、不運な奴だ」

かれは秘めた聖なる愛の対象がベアトリーチェであることを悪友たちには断じて知られたくなかった。自分の魂とも言うべき存在を、下卑た噂話の対象になどけっしてしたくなかったので、ベッティーナには気の毒だったが、利用することに覚悟を決めた。彼らの言うままに話を合わせ、浮薄なゴシップを興がっているふりすらした。かの少女が思い人であるふりをし、詩を作って捧げたりした。けれども本心は決してそこにはなかった。そしてその自分勝手な愛が、じつはいかに少女ベアトリーチェの繊細な心を傷つけているかには思い至らず、彼もまたひとり苦しんでいた。夜ごとの夢にやせ細り、心を慰めるために吟遊詩人たちのひそみに習って町で評判の女達六十人を対象に十一音からなる三行詩のセルヴェンテーゼのかたちで貴婦人達に捧げる書簡詩を作ったりしたが、なんとその詩のなかでベアトリーチェの名がどのように組み合わせても不思議なことに九番目にくる。九こそ三と三を組み合わせた神秘の数字、そして自分と彼女の運命的な出会いの年は九ではないか。互いに生をうけて九年目のあの日二人は初めて会ったのである。そして再びの出会いで会釈によって存在を確認しあった十八歳のあの忘れがたい陶酔の一時。時刻は確かにその日の第九時。そしていま、なんど組み替えても女の名はいつも第九に入る。ああ、恩寵の愛よ、打ち消しがたい愛の神秘な絆よ、セルヴェンテーゼはたちまち評判となり、人々にもてはやされたが詩人は相変わらず浮かぬ顔で沈んでいた。愛、それは夜ごとにかれの寂しいベットに姿を現わし、かれの頬を涙で濡らすのであった。醒めていれば、まなかいに面影が揺曳し眠りにおちれば愛神の幻影に驚かされる。それはあるときは雅に微笑を含んだ彼女を伴って晴れやかに姿を現し、あるときはうち萎れて怒りを含んで遠ざかりゆき、あるときは嘲りながら光まばゆい裸身をかき抱き、縦横に若い詩人の魂をかき乱した。

ああいのちの深き恵みよ、語りがたい豊饒さと輝きで魂を奪うこのいと甘美なるものよ、そはそもいずこから湧きいづるのか。すっかりやつれ、面変わりしていると友人たちは大袈裟に騒ぎ立て、その言葉をよそにかれは暇さえあれば落ち着きなく歩き回っていた。ときには彼らに誘われてアルノの船遊びに出かけることもある。――さあ起きて町を行き巡り、通りや広場で私の愛している人を捜して。

やがてベッティーナがフランコに嫁ぐことが公になった。友人たちは大騒ぎをしてかれをからかったり慰めたりし、かれはといえば、これまでの秘密の隠し場が失われることにすっかり動顛していた。なによりも悲しんで見せねばならない。彼はソネットを作ることに専念した。

おお、愛の道を辿り行くものたちよ、
立ち止まり眺めよ
わが苦悩のいかに重きかを

こうしてグイード・カバルカンティと知り合い、その仲間たちに迎えられたことでかれの生活は深みと力を増した。すでに亡き父が定めてあった妻と子もある身だったが、日常は詩人仲間との交流と別の次元だった。生涯におけるまたとない輝ける恩寵に充ちた時期、青春と呼ばれるあの苦悩と喜びにはじけ返るような時期。それを支えていたのは言うまでもなくかの乙女に対する愛であった。身を裂くような苦悩ですら、甘美なものとする青春のただ中にあって多くの知友を得たあの時期。

詩人たち、哲学者にして政治家、淑女たちのとかくの噂の種、反発と憧れのまとである軽挑さ、愚劣で低俗な世の慣行から傲然と背をそむけているようで、紙一重の恐怖にまで身をさらそうとはしない曖昧な信仰。

「われら清新体派はたんに愛の歌を宮廷から宮廷へと女達の心を捕らえてさすらった吟遊詩人たちのそれとは一段違ったものだ。ボローニャの詩人チーノは昂然と言い切っている。詩は人々に科学的真理を広めるものでもあるんだ」

「ラテン詩はもう昔日の輝きを失った。今こそ、日常語で詩作すべきだ」「トスカーナ語だって磨けば豊かで純度の高い表現が得られる。問題は魂の高雅さだ〝雅ごころに詩は宿る〟だ」

ボローニャに発つたのがいつだったか、かれはもう覚えていない。父のアリギエロもかつてここの公証人学校に学んだといい、生前その体験を聞かされたこともある。「ローマ法大全」の講義を碩学イルネリウスから聴いたというのが万事つつましやかな父の唯一の自慢だった。自由都市ボローニャで何が待ち受けているか、ある程度見通すことはできた。そこにあるのはこの世紀のるつぼである。ヨーロッパ中から人々が集まっていた。

かれが所属することになったアルプス以南のクラスは血気盛んなことでフランスやドイツの学生に引けは取らない。パリと違い年配の学生も数多いときく。無智で田舎者のババリアやザクセン出身の南ドイツ貴族たちの騒々しい行状がしばしば面白おかしく伝えられた。底知れぬ知的探求の情熱と霊的興奮と静いつな観想が入り乱れて共存する町、野望と夢と欲望が交錯し、学生たちは知的エリートであり、詩人であり、盗賊であり、聖職者であり、エピキュリアンであり、医師であり、殺人者であり、法の信奉者であり、詐欺師でもある世であった。

想像もできないような巨大なエネルギーが動いている。神学ばかりか、哲学と医学に関する想像するだにわくわくする膨大な知識が語られているのだ。学生は討議し、教授は理路整然とそれらを裁かねばならない。迂鈍ときめつけられた教授には学生たちは容赦なくボイコットすることで報いる自由ももっている。金よりもそして坊さんたちよりも知性と技が尊ばれ、いささか羽目を外した自由が大手を振って許されている。

実際あの町には何でもあるらしい。かれの心には未知の都市への漠然とした渇望、そこでの生活で待ち受けているものへの憧れと好奇心が充ちていた。不安はいささかも感じていなかった。そのうえなんとしても人に抜きん出たいという非常に単純な野望は知的渇望に劣らず強かった。

とりあえずはラテン語を仕上げるという目的もありボローニャにおもむいたのだが、その実、この美しいが、耐え難く俗悪で退屈なフィレンツェの町からしばし離れ、口うるさい叔父たちやラーパや妻のジェンマの小言から逃れられると思うだけで、ある種の解放感とくつろぎを覚えたものの、ただ、かれの魂そのものとなった愛の淑女から離れなければならないという苦しみだけが彼をしばしば涙にくれさせていた。しかしそうした感傷もボローニャについた途端消し飛んだ。しばらくは大抵の若者がそうであるように、かれもこの雑駁だが、知の坩堝のような町に夢中になっていた。が、やがて、去るときはあれほど嫌であったフィレンツェの洗練に遠く及ばぬ粗暴な学生たちに嫌気がさし、中身の空疎な議論に明け暮れる学者たちに飽き飽きしてきた。最初から腰を落ち着けるに充分な資力はなかったので、かれはラテン語の習得を仕上げると早々に再びフィレンツェに戻った。

谷に雨音がしている。ああ、あれから既に幾歳月　青春は既に遠い。あれほど愛したふるさとももう手の届かぬところにある。苦難の日に甘美で胸打つ悦びを思い出すほど辛いことがあろうか。友の多くはすでに世を去り、かの人はよき人に嫁いだが、まもなく世を去ったと知ったときは、もはや立ち直れないかもしれない、と思ったほど打ちのめされた。ああ、幾夜、涙で枕をしとど濡らしたことだろう

遠い昔、懐かしいふるさとで、若さの力を振り絞って書いた小冊子を思い出す。そして強く思うのである。あそこに籠めた高い志には今も揺るぎはない。ああ、いつの日か必ず！と。

ベアトリーチェ亡きあと、かれは彼女に対する溢れる思いを詩に託して書かずにいられなかった。それはあのころの友たちの唯物論的な哲学詩や破壊的な宮廷愛の感情とどうしようもなく食い違ったものだった。かれの彼女に対する内なる愛と憧憬の思いは、いうならばうちひしがれた魂の救済につながるもっと霊的なものだとかれは信じて疑うことができなかった。そして湧きあがるような胸のうちを、ソネットに託した。

やがて清新体派の詩友たちと訣別し、内なる高貴な魂への純粋な憧憬を包まず表現するためにかれはそれまでのソネットから適切なものを選び出し、幼少からの記憶を整理し、「愛」について新たな霊的回心を吐露する散文の解説をつけてまとめようと決心する。それは長短四〇篇に及び、かれはそれに「新生」と名付けた。そしてこの小冊子の最後を、こう締めくくった。

「このソネットを書いた後で、ある一つの不思議な幻影が私に現れ、その中で私が見たことによっ

て、かの淑女のことをもっと適切な方法で述べることができるまでは、これ以上かの恩寵にみちた淑女のことをうたった詩を書くまいと決心した。……そこで万物がそれによって生きる者の聖旨により、私の生命がまだ何年か齢をたもちうるならば、かつていかなる婦人についても書いたことのないような詩を彼女について書いてみたいと思ったのである」

こうして向後、かれはベアトリーチェに対する愛の思いを、神聖な宝もののように、心のうちに封じこめ、すでに、のちに書くことになる『神曲』の前触れともいえる決意を、次のように高らかに述べたのであった。

「そうした後で、恩寵の主である者の聖旨によって私の魂は去って、かの淑女の栄光を見に行くことになるであろう。すなわち『代々にいたるまで限りなく祝せられる』者の御顔を、栄光のうちに眺めているかの恩寵に充ち満ちたベアトリーチェを」（新生四二）

愛神はもう二度と現れなかった。乙女もまた幽冥のとばりの向こうに去ってしまった。おお、ケユクスの亡霊となって、妻に死を告げたという眠りの精のモルペウスよ。私にも夢でいい、かの乙女の幻を、今一度、見せておくれ！　かの人の現し身は世になくとも、魂はいまも決して身を離れることはない。願わくば、いつの日か冥界でまみえるしあわせを、神よ、与え給え！

愛し合ったケユクスとアルキュオネが、二羽の鳥となって永遠に海原を飛んでいるように、愛し愛されたフランチェスカとパオロも、二羽のカサギのように寄り添って、冥界の海原を風に乗って舞っているのだろうか。だが、打ち消しがたい罪に穢れた身は、いかで救わるべき。詩人は目を閉じてしばし黙想する。

第十一章　光を求めて

闇の中で背後に物音がするのに気づき、詩人ははっと身を起こした。先ほどから軽く扉を叩く音がしていたのだが、夢うつつに遠い物音のように聞いていたのだ。

応答すると軋み音を立てて戸が開かれた。いつものように光の丸い暈のなかに年若い修錬士がうかびあがり、黙って物静かな身のこなしで、机の上に手燭を置くと一礼した。まだ少年のようだ。それから詩人をまっすぐ見つめると、聖ミカエルの五旬節をひかえ、明朝のミサをお受けくださるように、との院長の言葉を伝えた。このところ久しくミサにあずかっていなかった。

追放は、市民としての生活のリズムもすっかり乱してしまっていた。戦に赴いた兵士のごとく山野を転々としているうちに、フィレンツェ市民として、営々と重ねてきた生活のリズムは、もろくも崩れ去った。政治的失脚と共に、当然日常の秩序も消えてしまったのである。

ヴェローナのスカーラ候も、ラヴェンナのポレンタ候も、立場や見解に相違はあれ、詩人が高く評価してきた僭主たちであった。彼らに謀らい、このイタリヤに「力ある帝王」をいただくことが、詩人の理想である。しかし現実に今そうした人物は存在するであろうか。高邁な精神を備えた帝王にふさわしい人物、さらにかれを補佐しうる哲学的英知と理性を備えた、信頼するに足る領主や諸侯は存在するであろうか。よし、いたとしても彼らにその事を為し遂げるだけの行動力と意志があるであろうか。困難な理想であることは明らかだった。

現世の権力者たちを動かし、正義を為し遂げるために、さしあたって自分が一人でできることはなにか。理想は簡潔で一筋だったが、一人で取り組むには重すぎる課題であることは、最初から分かっていた。

イタリヤ諸都市は、相も変わらず、政変に継ぐ政変で、街は亡命の経験者で溢れている。市民たちはわが身を守ることに必死だった。トスカーナに真の平安があったことがあるだろうか。このたびの政変でも、フィレンツェだけで、またもや六千人もの亡命者が出た。日常の秩序と平安は、互いの私利私欲と野望のせめぎあいの中で、一瞬にしてもろくも崩れ去る。

主よ、かくも愚かで脆く拙き人間たちをいつまで許して置かれるのですか！

フィレンツェ市民として生きてきたかれの生活のすべてが、あの政変の日を境に変わった。利己的な嫉妬心の固まりで正義心や公正さのかけらも持たない黒派ネーリと根性卑しいフランス王弟シャルルがわが町の繁栄を一人占めしようと図ったからにほかならない、と固く信じている点は、白派ビヤンキの仲間と同じだった。

しかし徐々に、さらにもっとも忌まわしいのは彼らを裏で操った教皇ボニファティウス八世だ、ということが見えてきた。そしてかれを引き回している権勢欲。そもそも彼が強引なやり方で、聖なるキリスト教会の鍵を預かる身となったのは、周知の事実だった。権力を邪まに用いることしか頭にない貪欲で偽善の権化。教皇が、王による聖職者への課税をめぐって、フランス王フィリップ四世と対立した際に発布した教書「唯一にして聖なる」は、かれのこの貪欲さと邪な権勢欲を露骨に示している。

キリストの代理人である教皇こそ、宗教界と世俗界の二重の権威者であり、二本の剣を手にしており、地上において教皇の上に立ついかなる上位者もいない、教皇によって任命される王は教皇を裁くことは出来ない、と宣言。結局この教書が引き金になって激怒したフランス王フィリップ四世は、ボニファティウス八世に退位を迫り、教皇はアナーニに逃げ込んだものの、追ってきた王の配下のフランス兵達に散々な目にあい、自からあれほど執着した教皇の座ばかりか、この世からも転がり落ちてしまった。

あらためて生前のボニファティウスの鷹のような眼と、たるんだ顎を思い浮かべた。実にいやらしい。思い出すだに反吐が出る。教皇がフィレンツェにしてくれたことと、しなかったことの意味は、いまや歴然としていた。しかし、詩人にとっては、どちらの手合いも、それぞれの権威を不当に行使しているという点では、理想と程遠い我慢のならない存在だった。

市政の中枢にいたかれは、最初のうちは、教皇に正義と公正を期待し、強力な支援と裁きを望んでいたが、現実の動きを察知するや、せめてその悪巧みだけでも阻止し、都市の崩壊を食い止めようと努めた。しかしその挙句のクーデター成功と、思いもかけぬ追放。市民たちも利己的な忘恩の輩にすぎず、善良ぶっている徒輩も、せいぜい日和見主義の愚か者ばかりだ。味方のはずの白派すらいまや信じるに足りない。いったい自分のこれまでの努力は何だったのか。

かつての仲間白派からの彼の離反は、一三〇二年六月シェーベの丘にあるサン・ゴデンツ教会で協議した巻き返し作戦の敗北からはじまっている。しかし、かれ自身事の成り行きを詳細にわたってその後繰り返し反芻してみるが、自分が誤っていたとは考えられない。

白派の面々は、最初のうちは、党首のチェルキが持ち出すことができた六十万フィオリーノにおよぶ豊かな資金力で、黒派の起こしたクーデターも、二、三年で簡単に覆せると考えていた。しかし、事はそう簡単ではなかった。勢力奪回の計画はことごとく頓挫し、それにつれて仲間内での内輪もめが絶えなくなった。いま詩人の胸には、アレッツォで過ごした二年間のむなしい徒労感が重くのしかかっている。

白派内部でも最初から、血の気の多い急進派と、より理性的な慎重派に分裂していた。そしてこの亀裂は日を追って激しくなり、急進派は妥協を排除して、武力で町を奪回しようと主張して譲らず、慎重派のより穏健な方策には耳をかそうとしない。

詩人は、慎重派で、交渉による解決を提案していた。しかし〝過激な阿呆ども〟に慎重論はことごとく退けられた。

「口を結んで戦闘に賛成しない輩は命が惜しい卑怯ものか、それほど失うもののない奴等だ」

などと暴言を吐き、自暴自棄になり、酒とカルタで自堕落な日々をすごす者も出てきた。

町では、逃げ切れなかった白派メンバーの容赦ない処刑がはじまっており、その模様が逐一伝えられてきた。

いまやフィレンツェは積年の嫉妬と復讐心で、憎しみの鬼と化したコルソ・ドナーティを党首と仰ぐ黒派の天下だった。残った白派の商人たちの家々も次々倒産し、チェルリ家ほか、国を逃れた面々の壮麗を誇った屋敷は、略奪と破壊で荒れ果てているらしい。よい知らせは一つもなかった。

妻のジェンマからはそっけない手紙が届いていた。家は黒派政府に没収されたので、実家のドナーティ家にいるが、追放が長引くようだったらいずれ男の子たちはそちらに引き取ってもらいたい。という文面だった。

兼ねてから詩人と仲の悪かった隣家のアデマーリーが、没収された家を買い取りたいと黒派に申し出ているらしい。多分腹いせのつもりだろう。あれが残されていれば、売って何がしかの金を拵え、子供たちの養育にも当てられただろうに、云々。


今日もまた私はそむく心でうめき、私の手は自分の嘆きのために重い。ああ、できればどこで神にあえるかを知り、その御座まで行きたい。私は御前に訴えを並べ立て、言葉の限り討論したい。

（ヨブ記23）


詩人は脱ぎ捨ててあった上着を拾いあげて着ようとしたが、また床にたたきつけた。それから壁を拳で殴ったが、思いの外に大きな音を立てたので我に帰り、陰鬱な表情で上着を拾いあげて身につけ、ベットに座り直した。

主よ。暴虐の徒と愚か者を赦す力を我に与えたまえ！　目の内で、ドゥオモの丸屋根が、サン・ジョバンニの御堂が、サンタ・クローチェの尖塔が浮かんでは消える。

再び鐘の音が聞こえてきた。やや気持ちが静まると、かれは立ち上がって狭い部屋うちを歩き廻った。讃歌と祈りの声が流れてくる。

山は全く静寂だ。束の間の平安のなかで、永遠の讃美と歓喜の声が、山の聖堂から流れ出し、谷間を震わせている。

過ぎ去った日々の都市の力強いざわめきへの郷愁に、我にもあらず取り乱したかれの心は、やがて僧院の常に変わらぬしじまと仄暗い安らぎの世界の力に包まれて溶かされ、洗われていった。

追放後二年にわたってトスカーナ地方を転々としていたが、ひそかに教会に足を運んだのは白派の会議のときだけだ。神に祈るのはひとりがいい。ローマ教皇庁の管轄下にある教会に対して信をおくことはできない。市民としての義務もなくなったので、久しく告解もしていない。かれは再び横になると綿のように疲れたからだを藁の床に横たえ、いつしか浅い眠りにはいった。

途切れ途切れの夢の不安な幾刻を過ごした夜明け、讃課の時刻にかれはミサにあずかった。簡素ながらゆったりと広い聖堂に静かに流れる聖歌の響き、焚きしめられた香の薫りが疲れた頭を癒し、我知らず恍惚として頭を垂れ、讃歌を歌い、祈禱の朗唱に唱和した。

しかし、荘重なラテン語で、主の祈りを唱え、み国の平和を地にももたらしたまえ、と力強く祈り、さらに院長が〝我らがうけし悪を互いに赦すごとく、主も怒りによりてもいさおしによりても報いず、慈悲によりてわれら一同を赦したまえ〟と重ねて祈ったときは、我知らず体が震えるような純な悔恨の情に捉えられて、暫く立ち上がれなかった。

数日がこうして過ぎた。持参した書物を繰り返し読み、時々院長と会話を交わす以外為すことなき日々。山の空気はすがすがしく、開けはなった窓から入る風も、穏やかで冷たさはすこしも感じられない時候になっていた。院長は立派な家門の出らしく、打ち解けてからは、かれと話すときは、トスカーナ風の俗語で話をした。副院長とはラテン語を使っている。

親しく話し合うのは朝食のあとのわずかな時間だ。讃課のあと一時課から三時課まで、特別な行事がない限り、時間が規則正しく流れる修道院の中ではあるが、院長はこの時間を修道士たちや信徒、来客との対話に当て、しばしば詩人を呼び止めてことばを交わした。

豊かな学殖を備えているが、独創的な意見は努めて抑えることを心得たこの人のいい院長と話し合うのは、詩人にとって心休まる時だった。

町を追われて以来絶えてなかったことだ。長年聖職に携わってきただけに、院長は人の話をじっくり聞く術を心得ているうえ、洞察力においてすぐれたものをもっていた。院長自身も、当初は詩人と話し合うことを客人に対する義務、と心得ていたらしいが、今は詩人に対して、友のような親近感を覚えている様子だった。

教団の創始者アッシジの聖フランチェスコ以来、ひたむきに神に向き合おうとしてきたこの小さな群れの兄弟団。彼らの歩みのなかにもさまざまなことがあった。それらの細々したいきさつを、簡潔に、淡々と話す神父の言葉に耳を傾ける。こんな時、詩人はほとんど口は挟まなかった。

だが、ある日、院長が不意にさりげなく問いかけた。

「ところで卿はこちらで何かやるべきことをおもちですかな」

「それをずっとかんがえてまいりました。こうしてただお情けにすがって徒食しているのは神のご意志にも背く。なにかやるべきでありましょう。世俗の民としても分を果たしているとは申せません。心苦しいかぎりです」

ひそかに抱いている執筆の計画を、口にするべきか否か、詩人は瞬時ためらった。

祈りと観想に身を捧げるわけでもなく、党派を離れ、都市から来るはずもない帰国認可の連絡を待ちながら、読書と思索と、どうかすると出口のない怒りに翻弄されもしつつ、時を過ごしている日常。長引くにつれ、その様子は、まるで異教徒でも紛れ込んだように、周囲の目に異様に映っているのかもしれないが、生きる目標を持たぬ根のないいら草ではない。ただ、かたくなな怒りと復讐に燃えているだけでは。ここにいるかぎり、そうした霊的怠惰は赦されない。

そして、祖国の運命を憂慮し、政治的に行動することに迷いは無かったが、詩作の志も捨てることはできなかった。むしろひとりでに噴き上がってくる詩情のうねりを持て余してきた。

かれは、生涯かけても、断片的なカンツォーネやソネットのみではなく「アエネーイス」や「イーリアス」のような壮大な叙事詩を書こうという夢を捨てることはできなかったのである。

人類の究極の救いと勝利をたたえる光り溢れる喜びのコンメーディアをこそ、わが望み。そして、おお、かの至福の乙女ベアトリーチェ！　彼女を讃えることこそが若き日からの唯一のわが熱い願いではないか。

詩人は黙したまま、項垂れている。それは祈りの姿に似て、司祭も黙って詩人が再び口を開くのを待った。

〝ムーサよ。助けたまえ。詩人として、頭に月桂冠を！　かつて心に誓い、歌ったかの淑女への誓いを果たすためにも。みじめに打ち砕かれ、ともすれば堕ちんとする弱き魂に、力を、愛の主よ〟

人を救うのは永遠の愛しかない。愛の力を至高のものとし、はたまたわが心の淑女への讃仰を歌い上げるのだ。無垢の《愛》こそがすべてを動かしうる、と信じるがゆえに。

しかし、詩作を始める前に、当面やるべきことも考えていた。まず生きる糧が必要だった。いかにしてそれを生み出すか。やってみなければならない。かれは重い口を開いた。

「さしあたりここに参りますことを決意したときから、私の心に一つの計画がきざしておりました。それはかつてわが師ラティーニや多くの先人たちが、さすらいの地でしたように、書物を書くことでありました。しかしいったいどのような書物を、どんな形で？　ここに来てより私は日夜考えております」

当面念頭にあるのは、哲学の手引書を書くことだった。そしてそれを学問の共用語であったラテン語ではなく、イタリヤ人の日常使う言葉を用いて著す試みだった。

わが市民たちに、論理による思考、という、この人類の偉大な遺産を伝えることこそ自分に課せられた使命ではないか。

すぐれた資質を持っている市民達も、日々の商業その他もろもろの雑務に追われ、概ね閑暇を持たない。それゆえ一般市民の読みやすい日常語を用いて書こう。迂遠なラテン語を駆使して学問の世界に、一人孤高を誇る気持はない。そしてこれまでだれも書いていないイタリヤ言語に対する考えも書物にまとめたい。かれの思考の中で、いまだ漠然として形を成していないものの、いつかきっと実現したい。そして詩人として文学の最高の基準と信じている「詩」を、たっぷり引用し、孜々として積み重ねてきた薀蓄を傾けるつもりになった。

それは、この世の進歩に役立つためにかれが出来る唯一のわざとして、神のみ心に叶うという予感があった。

政治的に動きの取れぬ今、さしあたり全力を傾けて、言論の力を借りて事を成すしかなかった。必ず為し遂げよう。そこまで考えた時、緊張が徐々にほぐれて血液が心臓から潤沢に体中を流れ出す気分だったが、まだ具体的に話す段階ではない。

院長はかれのためらいを見て、静かにいった。

「誤解しないでいただきたいのですが、こちらにずっと御逗留になるのは一向にかまわないのです。旅人をもてなすのは、よきサマリア人の例を持ち出すまでもなくパードレが固く教えられた私たちの勤めでありますから。しかしお見受けしたところ、かの町では要職につかれていたあなた様が、しかも高名な詩人でもあられるあなたのお名前とご不運は、この地方の名のある方々にもよく知られておりますす。さぞかしこのたびのトスカーナの騒乱に、心をうち砕かれておいででしょうが、僭越ながら、いかなるときに遭遇しても主のみ救いを信じていかれるように。人間の言葉は不完全、とはよくいわれることで、私には神の隠れたご意志を明確に言い表すことはできません。しかしながら、耐え忍んで救いを得られますよう、ひたすら祈念しておる次第です。昨夜そのような夢を見ました」

「ほう、どのような夢でありましょうか。実は私もしばしば夢を見ます」

「はて、それはいずれお話しいたしましょう」

神父はにっこりすると、口を噤んだ。

「虚しいことばが昼も夜も凧のように私の心を揺さぶっています。追放以来、平和のてだてを求めていたずらに年月を重ねました。しかし結局、人の心は当てにならぬもの。不信実なともがらとむなしい時を過ごしたことが、今となりましては、ただ残念です。〝彼らの舌は尖った矢で欺きを語る。口先では友人に平和を語るが、腹の中では待ち伏せを計る〟やるべきことの大きさに強くつき動かされるのですが、その道が、いまだ明確に見えてまいりません」

「フィレンツェを出てどれほどになられますかな」

「すでに二年になります」

「当然ご家族のことも気がかりでありましょう。お子様は」

「おります。私同然今は離れ離れに異郷にさすらう身です。ともあれ、私もこうして家族を離れて異郷にさすらう身とはなりましたが、何事を成すにせよ、身の証を立て、汚辱を濯ぎ、生きるすべを探さねばなりません。またわが身のこともさりながら今の世にもっとも肝要なことは秩序と平和であることも確かで、それを考えるとじっとしておられない思いです」

院長は繰り返した。

「平和！　わがパードレがつねに烈しく願い求められた大いなる恵み！　人類の永遠の希望！　願わくば人知によることなく、神への全的帰依によって」

あまたたび言い古された言葉であるのに、なぜかこの場で口にされたとき、かれは不意に魂をつき動かされるような衝撃を覚えた。

あたかも聖者の幻が傍らに立ち、自分に囁きかけているような眩暈に似た感覚。かれは返す言葉を失った。自分はとてもかの聖者のようにはなれぬ。何という清らかでひたむきな熱情だったことだろう。痛ましいほどのすがすがしい単純さ。愛すべき神の子羊！　打砕かれた魂の完璧なまでの全的帰依！　喜びに満ちつつ、聖痕の痛みと血潮にまみれて世を去った聖者。人の営みのすべてを打ち砕く霊的力の前には、ただ沈黙して頭を垂れるしかない。

「誰しも、かの聖者には到底及びもつきません。しかし神は、物事のうちに潜む真理を探る事を、人それぞれに許したまうことも疑いのない事実と考えます。かくして求知の渇望は、正しく用いられる限り、罪とは申せないと信じるものです。実は、世俗の高貴な魂の知の飢えを満たすことが、目下のわが望みのひとつでございます。いと高き主が、私にみ力を授けたまわんことを」

「おお、すべては主のみ力によりて成就せんことを。聖フラテ、ボナベントゥラは〝真の観想者の精神は、天上の知恵を溢れるほどに浴びて高く上げられる〟と述べられました。前にも申しましたように、この僧院は図書室も備えております。先代の僧院長の頃から守っているモリーコと申す僧が全てを管理しており、かなりの蔵書がいい形で保存されております。必要とあらばいつでもお申し付け下さい」

「それは願ってもない幸せ。時が参りましたら是非」

答えながら、かれは身内にますます強くかねての計画に手を染めるよう促す力が湧き上がって来るのを感じていた。

数日後、ミサの後、詩人は僧院長に言った。

「図書室を拝借する時がきたようです」

「ならば、早速御案内しましょう。フラテ・モリーコに申しつけましょう。モリーコは必ずこの時刻、図書室におりましょう。日頃、ほとんど断食同然で守っております。早い方がいいですね。今からご案内しましょう」

と先に立って歩き出した。図書室は、聖堂の隣に建つ古びてはいるががっしりした大きなドーム状の建物だった。天井近くに穿たれた窓から差し込む光で思いのほか明るく広々と感じられた。かれは無数の紙の発散する匂いを懐かしく吸い込んだ。

もとドミニコ会が所有していたこの修道院は、所蔵していたかなりの数の貴重な写本を、建物とともに譲り渡したのだった。

図書掛のフラテ・モリーコは背の高い頑丈な老人で、ほとんど盲目であったが、祈禱文を口の中で絶え間なく唱えつつ、図書室の中をまるで見える人のように自在に歩き回ることができ、どんな物音も聞き逃さなかった。院長の言葉をひとことも聞き漏らすまいと注意している様子は真剣そのもので、彼が、この図書室をどれほど大切に守ってきたかがひしひしと伝わってきた。

院長に対しては恭順で、紹介された詩人を、白濁した瞳でじっと見つめたが、なぜか瞬時にして、眼前の人の力を見抜いたことは、最初硬かった表情がみるみるほぐれたことでわかった。院長が去ったあと、モリーコは重い足を曳きながら、隅々まで詩人を案内してまわった。

部屋にこもる多くの紙の発散する一種独特の臭いを、久しぶりに嗅ぎながら、詩人はひそかに驚いていた。それはこのような山中に、かほど完全な形で、貴重な図書の夥しい量が保存されていることへの驚きだった。

色彩豊かで力強い装飾に飾られた数々の貴重な写本があたう限り完全な形で保管され、古典はもとより、最近のボナベントゥラ師の数々の著作はもちろん、詩人の知らない多くの聖パードレの行録の聞き書きの写本も数多く残されている。

フラテ・モリーコはそれらの背表紙をいとしそうに撫でながら詩人を案内した。片隅に修道院では滅多に見られないギリシャ・ローマの貴重な歴史書や、哲学書、数学書まで片隅に無造作に置かれていたのは意外であった。

再び始められた研鑽。古人の強い輝きを放つ言葉に胸躍らせ、打ちひしがれた心を慰め、思索を重ねながら筆を取る喜びは予期以上の効果をかれにもたらした。

ただ一人で、都市に平和をもたらす方策を練り、行動を起こすのは無謀だということは最初からわかっていた。さしあたり、やれることは、自らの言説の力を頼むしかない。組織を離脱したかれには、それしか手立ては無かった。そのために著作によって考えを広め、声望を高め、王侯貴族を動かす力をつけることを彼は渇望したのだ。

野望は大きかったが、著作を献じ、かれの意図を汲み取って立ってくれる君主、かれが信頼して立てるにふさわしい人材は、目下のところ、この世界にはいないに等しい、と悲観的な気持に傾く心を励ましながら、かれは準備を急いだ。

魂の教化が、ひいては乱れた世の浄化につながるのではないか、知性を正しく用いる手立てを知らぬばかりに、みすみす悪の手に落ちる市民たちに、古人が残したすばらしい知恵を知らしめ、善き思索への導きとなるような本を書こう。

著作は、いささかの生活の手段ともなるかもしれない。世の識者に正義と真実を解き明かすという目的のほかに、みずからのいわれなき汚名をもすすぎたい。この胸のうちを切り開いてでも、いわれなき罪の証をし、詩人としてかの淑女への誓いを果たさねばならない。故国を喪失した惨めな亡命者のまま、異郷にさすらい、名もなく朽ち果てるなど考えるだにぞっとした。

このままではあれほど愛した生まれ故郷からも、その属していた党派や地位、仲間一切から締め出されたまま、かの至高の乙女の霊を讃える詩を歌い上げようという生涯の願いは遠ざかるばかりだ。世に働きかける望みは断じて捨てられない。生ある限り必ず果たさねばならない天命として、いかなる事態に立ち至っても望みを捨てることはできない。徐々に決意は固まった。

著作に手を染めるに当たって、かれはその目的と、読者を厳密に規定することからはじめた。詩の力を信じていたから、哲学的教育を受けていない一般の人々を教化するにはまず詩から入るべきだと考えていた。詩は一瞬にして魂に真理を理解させることができる力を持っている。そして、わが知の「饗宴」にはすぐれた知性を招くことにしよう、と燃え立つように考えた。彼は彼を捨てた都市を愛していた。未来の若い読者達を愛していた。そして都市の次代の魂を育てることに意欲を燃やした。

ラテン語を学ぶ暇もない人々にも、古人の知とカンツォーネの美しさは知らしめたい。かれは愛するラテン詩の滔々とした響きに固執することなく、あえて捨てようともくろんでいた。

ラテン語にくらべ、美しさにおいて、また高貴さにおいてより劣る日常語を、進んで哲学的な著作に用いようと考えた。すでにその著作をも予定していた。新しい言語は、書き言葉としては表現能力が不備なため、骨の折れる作業ではあるが、かれはあえてその試みに手を染めた。心中固く期するところがあったからだ。前人未踏の新しい冒険に、かれの心は躍り、怒りも悲しみも忘れられた。対象はあくまでも都市の若い市民であって、王侯貴族たちではない。互いに権力の奪いあいに明け暮れて、忙しくしている王たちや貴族たちと、その周辺の人物の単なる箔付けの道具ではなく、真に市民に役立つ知識として用いてほしい。このイタリヤで、自由都市の市民としての自覚をもち、経済的繁栄の陰で、めきめき力と余暇を蓄えてきた都市市民たちを教化するのが急務だ、と信じた。

家を支え、世俗の事柄に携わるのにいそがしく、知識獲得にも、子女の教育にも専念する時間的余裕のないひとびと。しかし人間としてのかずかずの美質を備えた明敏で高貴な魂の持ち主たちの知性を磨き、調和のとれた思考力によって真理を悟らしめる、かれもよく知っている都市部の若い市民層の旺盛な知識欲をみたされぬまま放置しておくのは、余りにも口惜しい。そうしたひとびとに古人の輝く知恵を知る喜びを分かちたかった。そうすれば都市はもっと理想的な住み心地好いものとなるに違いない。もどかしさと焦りがかれを駆り立てていた。

俗語の有用性は測りがたい。磨かねばならぬ。然しこの選択は自然にされたのではない。「新生」は青春の最後を飾る大切なあかしであったが、いま必要に迫られて筆を執る書物を彼自身「饗宴」とひそかに名づけていた。それは大胆にも敬愛するプラトンの著作のひそみにならいたいと願ったからにほかならない。

詩人は慎重に構想を練った。めざすものは哲学的思索への手引きだが、ラティーニ師の書いたような百科全書が目的ではない。パリやボローニャで筆を執ったといわれるラティーニ師のように、潤沢な書物が手元にあるわけではない。またその必要もない。

幸い時間はたっぷりあった。疲れを知らぬかれの頭脳は、来たその日からめざましく活動していた。慎重に構想を立てたのち、序論から書き始めた。まずかの都市での自己の知的成熟について辿ることから始めた。

しかし書き進むうちに「新生」刊行当時のみずみずしい感性に満ちた日々が懐かしくよみがえり、人知れず苦痛に呻く日もあった。しばしば涙で筆が中断した。

政治には一切背をそむけていた親友の哲学詩人グイード・カバルカンティの俤は中でも忘れ難かった。互いに切磋琢磨し、戯れ、遊蕩した若き日々。エピクロスの信奉者、冷徹繊細なグイード・カバルカンティと激論し、遂に袂を分かつことになったあの日。

若き日の自分は、たしかに都市の豊かな平和と節度ある秩序を夢見ていた。しかし現実は生易しいものではなかった。政治に参画することが、グイードのいう、詩人としての知的感性的堕落である、などとは思いもしなかった。信じていた友グイードに冷たい目で、俗物呼ばわりされたときは、心底、上流貴族の地位に安住して思い上がっている特権階級のスノッブ、として、その心の狭さを憎んだものだ。

あれ以来、さまざまなことが起こった。現実はグイードの言ったことが、必ずしも不当ではなかったことをしばしば思い知らせた。しかし、都市の平和を望む彼の気持に偽りは無かった。私情など挟んだことがないつもりだ。にわかに得た名声でいささか羽目は外したものの、グイードはなぜあれほど厳しくかれを責めたのか。思い返すたびにかれの心に冷たい風が吹き荒れる。かのすぐれた友との楽しい語らいの日々と、その後の決裂は、彼の心を常に引き裂いた。

先年サン・ジョバンニ祭の暴動で、首謀者の一人として、ついにグイードに流罪判決を下し、市政の代表者として署名したときは、感傷的な私情は既になかった。それより都市コムーネに対してエピキュリアン的姿勢を貫き、超然としているようで、しかしかれから見れば、ひとりよがりの傲慢な一貴族の態度を懲罰してやりたい気持ちが先行し、ためらいはなかったが、いま思い出すとなぜか胸が痛む。

彼とは、あのあと二度と会っていない。その後グイードは許され、すっかり弱り果てて帰国したと聞いたが、間もなく世を去ったという。かつての親友に、グイードは一切沈黙を守ったまま。衰え果てて、もう責める力もなかったのか。せめて、エピキュリアンらしく、従容として死を迎えたのであってほしい。

流罪の辛さの中で歌ったグイードの切々たる絶唱が、今尚、かれの心を揺さぶる。

ぼくにはもう帰る望みはないのだ
だから歌よ、トスカーナへ行ってくれ
軽やかに静やかに
まっしぐらに僕の恋人のもとへ

ぼくの体はもうすっかりだめになってしまってもはや苦しむことさえできない
歌よ、君がぼくに力をかしてくれるというのなら、お願いだ
僕の魂を君とともに連れていってくれ
魂がこの心臓を抜けて外に出るときに

シチリアの悲劇の詩人、ピエール・デッラ・ビーニャの詩を巧みに踏襲したグイードのカンツォーネの美しさと、その腕の冴えは、この期におよんでもさすがで、ひとの心を動かさずにいられぬ美しさと高雅な響きをもっていた。

こんなことを考えて暫し筆を止めてしまった詩人の耳に、低く風の唸る音がして部屋内を吹き巡った。かれは燭を背に壁に向かって座っていた。

もしや、窓が開いているのか、といぶかりながら確かめようと立ち上がったとき、ふいに目の前に朧げな影が立ちはだかった。訝しく思う間もなく、影は徐徐に形となり、眼を凝らす詩人の前でかすかに揺れて立ちつくしている。

グイードだ！　詩人は思わず後じさりした。グイードは生前と変わらず、白い絹のトーガをまとった姿で、ゆったりと彼の前に立った。蒼ざめてげっそりと頬がこけている。豊かだった髪は白髪となり、蓬々と乱れかかり、かつて詩人を惹きつけてやまなかった眼だけは、半ば白濁しているものの、なおかっと見開かれていた。

詩人は胸を衝かれ、思わず手を差し伸べようとしたが、腕は空しく空を打つばかり、はっとして彼

の前に膝をついた。

「どこからきた」

「君が呼んだのだ。僕の歌を歌う声がした。しかし、もう僕のことは放っておいてくれたまえ。現世で、以前君がしたように。僕はこうして君が僕をよぶときどこにでも姿を現していた。そして君はようやく、僕を見ることができるようになった」

「教えてくれ。いまは亡き人よ。君たちはいずこから来てどこへ行くのか」

「僕にそんなことを聞いても無駄だ。ともあれ、いずれ君も君に定められた道を行くだろう。ところで、何を書いている」

「書物だ」

「詩ではないのか。また寄り道する気だな。気の多い男だ。いったいなんのために」

詩人はすぐには答えなかった。ややあって云った。

「この乱れきった世に、行動のよりどころをもたないで――私もかつてはそうだったが、あくせくと日常の生活維持に神経をすり減らし、私怨に明け暮れている、本来は有能なはずの市民たちに読ませるためだ」

「というと、フィレンツェ市民たちは本来は有能というのか。何を根拠として」

「君も僕もフィレンツェ市民ではないか。みずからを貶めるような皮肉を言うのはもうよしてくれ。邪魔をしないでくれ。まったく、ぼくの饗宴の最初の客が、他ならぬ君とは、な」

グイードは陰気に笑った。それから云った。

「饗宴だと？　ふん、余計なことを。書物の題名は」

「もちろん『饗宴』だ。プラトンがしたように、わが知の饗宴にふさわしい者たちを招くつもりだ」

グイードはますます声を立てて笑った。その声は相変わらず美しかったが、かつての暖かみと若さを失った、奇妙に渇いた声で、詩人は思わずぞっとした。

「いったい誰が、その光栄にあずかる者となるのかね」

「決まってるさ。かつての僕らのような若い市民たちだ。君は招かれざる客さ」

「あたりまえさ」

グイードはふ、ふ、と笑っていった。

「誰が招いて欲しいと云った。あの町はもう滅びる。無駄なことはよしたまえ」

詩人は、思わず檄した調子でいい募った。

「いいか。かの古代のすぐれたアテナイの知の市民たちにならい、ぼくも『市民としてかくあるべき知恵と内的調和』を見出す手助けをすることが肝要なんだ」

「相変わらずだな『かくあるべき知恵と内的調和』の手助けだと。そもそも、内的調和などというものは、個たる人間が、魂の求めに従ってかちえた平安の中にこそ見出される、とエピクロスも云っている。君もせっかく静かになれたというのに、もう余計な手出しはやめたまえ。自己の中に沈潜し、磨き抜かれた言葉で詩を作ることこそ、何にもまして高貴なわざだ。僕は今もそう信じている」

「相変わらず、高慢ちきなやつだ。それならわたしをほっといてくれ。世界の平安なしに、個の平安はありえない。わたしはこれが天よりの召命だと信じてやっている」

「ほう、なら、君は、神が在る、と、いまだに信じているのかね」

「もちろんだ。罪にまみれては曲がる人の性は、この世でも、あの世でも、神のもとでの内的な調和を保つことを知らぬかぎり、地上と天上のいずこでも、運命を全うすることは不可能だ」

グイードはふっと黙った。長い沈黙があった。それからぽつりといった。

「神のもとで、か。君も、今度の災厄で政治から離れ、やっと目が醒めたかと思ったら、まだそんなことを云ってるのか。三度やったら馬の背に、だな」

詩人が何か云おうとするのを制して、亡霊は渇いた声で云った。

「わかった。どうとでも好きにしたまえ。しかし、何を書くにせよ、僕らがいつも使っていたトスカーナ言葉で書くことだけは約束してくれ」

「もちろんそのつもりだ」

「そして、ぼくの歌を、決して忘れないでくれ」

グイードはもう笑っていなかった。詩人は呟いた
「忘れることはできない。決して、決して」

頬を涙が滴った。グイードが小さく歌い出した。

「かのひとに乞わるれば、われうたわん……」

かれは唱和した。

「まことの愛を識るそなたたち」

朝課を告げる鐘の音が風に乗ってきこえてきた。燭が大きく揺れ、詩人の影も右左に大きく揺れた。

はっと気がつくと、グイードの姿は消えていた。彼らの周りをめぐりつつ低く鳴り轟き続けていた風も途絶え、部屋は再びもとの静けさにもどった。詩人はしばらく茫然としていた。

青春への抑えがたい郷愁と懐かしさが胸を締めつけ、汚れやつれた頬を涙が滴りつづけた。回廊を急ぐ重い靴音と、祈禱の朗唱が聞こえてきた。そして灯火が消え、あたりは闇に包まれた。寒かった。詩人はベットに横たわると深い眠りに落ちた。

著作は綿密な計画のもとに続けられた。時には捗り、時には遅々として進まなかったが、詩人は休むことがなかった。グイードの幻も二度と姿をあらわすことは無かった。ひとの世の目まぐるしい政変とそのたびに演じられる醜いドラマと企みに落ちる義人たち。そして詩人はもちろん自分がそれらの義人のひとりであると自負している。よし傲慢の譏《そしり》を受けようとも、いかなる場合にも節を曲げた覚えはない。哲学の啓蒙書をめざしつつも、かれは繰り返し繰り返し自分のこの年月の不当な境遇を嘆かずにいられなかった。その執拗なまでの固執は捨てることが出来ない。

すべてはあの都市のためではないか。私情など差しはさむ気は豪もなかった。黒派の輩のようにわが身の私怨や邪まな自尊心に駆られてのことではない、と言い聞かせつつも、無念さはふきこぼれてやまない。

かれの心のなかにはこれによって仕官の道が開かれれば、という願いと、何としてでも身の証を立て、パルナッソスの詩人としての栄冠をかちえたいという望みは消える事なく燃えていた。

書きながら、身に起こった事態をつぶさに分析し、思索のなかにおのれの釈明をさしはさむ事は怠らなかった。霊的に高い理念をめざしつつ、なおも抑えようのない悲憤が、詩人をつき動かす大きな力ともなっていた。

第十二章　執筆の日々

つぎつぎと続く聖日ミサの準備やら、修道士たちのさまざまな問題解決やらに忙殺され、院長は朝の食事も自室で簡単に済ませる日が続いていた。詩人は規則正しく仕事をしていた。

朝食をとるとミサにあずかり、図書室に向かう。フラテ・モーリコはいつも片隅の風通しのよい窓辺でうつらうつらしているが、その感性が油断なく研ぎ澄まされていることは、物音がするときの反応の早さで推察できた。詩人は前夜書き留めて置いたメモを手に、片隅の机に座り執筆を続ける。時折必要な書物があるかどうか棚を捜す。ときにはフラテ・モーリコの助けを借りて取り出してもらう。モーリコはいつも沈黙していて無表情だ。しかし頼んだことは間違えたことがない。書物は保存の状態も申し分なく、欠落している箇所も割合少ない。静かな至福の日々だった。

ある朝、いつものように食事を供されたあと、図書館に行こうとして中庭を横切って歩いてゆく詩人を院長が呼び止めた。

「しばらくゆっくりお話もできず過ごしました。少しおやつれのようですが、近ごろはミサに度々列席なさり、ご執筆も順調とお見受けしますが」

「こちらの図書の助けで書き進めることが出来ます。書いておりますと、いろいろ喜びもあり、憂さを忘れ、励むことが出来ます。なんと申し上げてよいか、感謝しております」

「それを伺うのは私にとっても大いなる歓びです。願わくばあなた様のお仕事が人々の魂の救いとなりますように」

「そうあれば、と願うのみです。おのれの才知のみでは敵わぬことゆえ、図書の豊かさがどれほどか助けとなり、知者たちより最良のものを貰い受けて混ぜ合わせ、美味い蜜の汁の如くに、そのしたたりを飲み干してもらいたいものです」

『『宴会の用意はできているが、招待しておいた人たちはそれにふさわしくなかった』という事態が起こらぬとも限りませんからな」

「さよう。神の国の御言葉の食卓につくことができるものでさえ、選ばれた人たちとは限らないのです。まして私の提供する食卓には……」

詩人は言葉をとぎらせた。先夜のグイードの面影がふいに脳裏をよぎったのだ。そこでひと息ついてからいった。

「なにびとも拒みません。むしろできる限り多くの人が、真実なる智の食卓に集い、それが知に渇く人々の魂の栄養になることを祈るのみ、いずれにせよ、主のみ力をたのみやってみなければなりません」

珍しく饒舌に会話に応じる気になっていた。

「饗宴とやら、内容は、やはり、問答形式になるのですかな」

院長は尋ねた。神学論争で鍛えあげられた神父らしい問いかけでもあり、あるいはプラトンの同名の著書を連想してのことかもしれなかった。

「基本的にはそうですが、内容は大きく異なります。実はまったく新しい内容と自負しています。既に私が世に出しました詩集『新生』で試みた形式ですが。私は哲学者でもなく、神学者でもありません。登場させるソクラテスのような希有な人物も目下のところ見当たらず、しかし私たち今の世の詩人には別のやり方があることを知っていただければ。カンツォーネを借りて、何よりも雅びを尊重し、わかりやすく、哲学的に解き明かし……」

最後は呟くような小声になった。

「それはどんな風にでありますか。お差し支えなかったらお聞かせ願いたいものです」

「わたくしの詩は夢と、天のみことばの霊感によってもたらされるもので、雅びの愛が中心になります。そのうえで、地上的愛と天上的愛の融合した至福と平安の境地を、人はいかにして見出しうるか……」

「〝二つの愛が二つの国を作った〟と、かの聖者アウグスティヌスは申されました。そしてすべては神の摂理により理解される、とも。あなたの著作では、それが詩的霊感によって可能になる、ということでしょうか」

「わたくしは恩寵の証である神学を決して蔑ろにするものではありません。しかしできればそこに、理性の姉妹である哲学を結びつけ、地上の愛と天上の愛が結びついた平和な世界を。どちらが欠けても、人間の自由は意味を失うと信じておりますから。そして神学の姉妹ともいえる哲学は、また詩の姉妹であり、愛人であることを立証したいのです。その場合、詩の中でもっとも高貴で美しいカンツォーネの助けが要ります。真理はなによりも美しくあることが肝要でありますから。しかし、くわしい内容につきましては、残念ながら、まだお聞かせできる段階ではありません。いずれもう少し整いましたなら。結局当代のすぐれた詩人たちの詩なども参照しつつ、憚りながら私の以前作りましたカンツォーネの注釈、というかたちになりましょう」

これ以上この話題に深入りしたくない、という気持ちに駆られるのを抑えがたく、詩人は話を打ち切ろうとしたが、院長の好奇心を抑えることは出来なかった。

「ほう、それは実に興味深いことです。詩の代表であるカンツォーネを。卿の力量はつとに評価の高いものと承っています。その注釈は、勿論ラテン語でなさるのでしょうな」

「いいえ。それがですね。詩自体が俗語で作られておりますので均衡の上からも、われわれが常日ごろ用いている俗語を使って試みているのです。万人が読むためにはそれが肝要かと心得まして」

ふいにグイードの亡霊が耳を澄ませているような気がした。額に汗がにじんだ。院長は何も気づかぬ様子で、

「なんと。大胆なお試みでありますな。しかし、こと学芸に関しましては、適当な用語をお見つけになるのは容易ではないでしょう」

「その場合は用語を新たに作るなり、そのままラテン語を踏襲するなりして何とか理解できるものにしたいと。このイタリヤでも我々はそろそろ日常自分たちが使っている言葉を使って思想や理論を表現すべきだと考えているのです。私も私の友人たちもそのため努力してきました。いずれそれに関しまして、いまひとつ別な書物で考察を試みるつもりです。難しい仕事ではありますが、やらずには済まされない気がしているのです」

院長はどう返事していいか迷っている風であった。そして自分なりに詩人の主張を何とか飲み下したいと苦労している様が見て取れた。主への讃歌も、祈りも、典礼も、時禱書もすべてラテン語で行っているこの世界で永年つとめてきた人にとっては、当然のことであったろう。しかし何よりもその世界でこそ、それが必要だったのだ。現に聖フランチェスコは、夙に生まれた土地のままの言葉で、時には愛するフランス語で、あれほど自由に祈り、歌ったではないか。院長もそれに気付いたのか、大きく背を伸ばして微笑みかけた。

「なるほど、つねづね詩は純なる魂の祈りと私も思ってきました。それは私どもにとりまして神への讃歌であるとともに魂の神へのほとばしりであると。わが聖パードレも好んで歌われました。救いを得られる以前はフランスの吟遊詩を大変愛されたことは皆も承知しているとおりです。ご自身でもいろいろおつくりになりました。亡くなるときも歌いながらみ体を大地に帰されました。卿も御存じでありましょう。かの、世に類いなき太陽の讃歌を。あなたの注釈書が、ぜひともならびなき神のみ心にかない、哲学のみならず、恵みの主の栄光をも讃えるものとなられんことを」

「祝福を頂戴し、感謝いたします。世にあるすぐれた魂に、しかと届くようなものを著したいと願っています。愛の力をかりて」

丁重に答えながら、我ながらまるで秘め事を語るようにヴェールに包んだもってまわった言い回しをしたことに、少し高ぶりすぎていると自省せずにいられず、かれは頭を垂れて慎み深く付け足した。

「思いたかぶっているとお考えかもしれません。謙虚こそ美徳の第一であることを忘れ……」

「お志は高くあれ。それは罪とは申せませんぞ。こう申しますことをお許しくだされ。わが愛するパードレのお志は、この世で最も高いものであった。汚濁の世にもっとも卑しめられた《清貧》を至高の地位にお付けになった。あのお方の霊的高みにはいまだに誰も至る事はできませぬ。……しかし主におできにならぬことはありません。聖パードレの聖痕の奇跡、あれこそはあの方の思いがいかに真実だったかを語って居ります。真に祈り求めるものには神は惜しみなくお与えになります。お信じなさるように」

「あの方を思うとき、私も恩寵の類いなさを信じぬわけにはまいりません」

「さよう。ともあれ、若き日には騎士を志願され、鎧冑に美々しく身を固めて出陣なされたほどのお方があの変わりよう。神の啓示でなくて何でありましょう」

院長はすっかり聖職者の顔に戻っていた。詩人もすかさず儀礼的な答えを返した。

「私も目的こそ異なれ、神の助けをひたすら念じつつ筆を進めております。聖者の存在はただ憧れをかきたてるのみ、遠く及びませんが、なによりも渇いた心を潤していただけるようです」

「聖パードレは神の愛の流れでる泉のような方であられた。その泉は今も、そしてこののちも永遠に涸れないことでありましょう。まことに主は選びの器を時に思わぬところにお見出しになります。

御名に栄えあれ。敬愛してやまぬ聖パードレは主のみ言葉により生まれ変わられたのです。行いは変わりこそすれ、人格は変わらぬと申しますが、主は我々を日々新しくし賜う力をお持ちの方でいられます。主がたまわる尊い新生の力も、各人さまざまでございます。そしてそれゆえにこそ、それを用いる志は真に尊いものでございます。ひたすらおいそしみくだされ」

聖フランチェスコはたしかに詩人的素質を多分に持ち合わせていた、いや持ち合わせすぎているほどであった、とかれは常々この偉大な聖者には並々ならぬ讃嘆の念を抱いていた。実際若いころは、縄の帯を締め、彼のようにすべてを捨てられればどんなにいいか、と憧れたこともある。現実にはそんなことは許されず、野望はやみがたく、ともすれば怒りに我を忘れ、汚辱にまみれがちなわが身をしばしば恥じねばならない。

「あの方の魂は真の高みに上られています。あれほどの祝福はわたくしなど並みの人間には到底望みえないことではありますが」

「卿の書かれるものにもきっと神の力はお働きになります。お信じなされ」

院長は熱心に励ました。ふとまるで父親のようだ、と思うとラティーニ師亡きあと自分にこういう接し方をした人物はなかったような気がしてかれの胸に暖かいものが流れ、ふしぎに新たな力が湧く思いがした。話題が霊的な問題に移っていったので、詩人もいまは心を解き放って話に身を入れた。

「フランチェスコ会の信実な聖徒のかたがたはおそらくわたくしの書くものなど必要とされないでしょう。神父様も、修道士の方々も、私の書くものは必要ないことでありましょう。なぜなら聖なる御書はすべてを語っておりますゆえ。日々その語りかけに耳を傾け、清らかに身を保たれる皆様方は至福の境地にあると申せましょう。それゆえ私の書きますものは、世俗の生活を都市で日々営まざるを得ない人たち、そこで出会うさまざまな悪魔の試みに日々立ち向かわざるを得ない人々を対象にしたいと考えています。それがまたわたくしのつとめとも。我らが日常使う言葉で著作を試みるのもそのためでもあります」

何よりもそれを愛しているからだ、とは云いかねた。「なるほど。ますます興味深いご意見です。どうかあなた様のすぐれた詩才に神のご助力を切に祈ります」

「有り難うございます。願わくばミューズの助力も念じておるところです」

院長はそれには返事をせず、食堂の窓から遠い谷のむこうに目をやると、

「最近お体の調子はいかがですか。日々のご精進でお疲れではありませんか」

と唐突に尋ねた。詩人がここに来たとき病み上がりであったことからの気遣いであるらしかった。

「幸い、すっかり回復いたしました。山の空気は澄み渡り肺臓を清めてくれます。ただこの周りの菜園を歩くくらいなものですが。先日図書館から下に降りてみましたところ、塀の向こうに道が見えました。外へ出る道は私が上ってまいったのと違うものもあるのですか」

「近くに村がありまして、そちらに下りる道がございます。もしお望みならば案内いたさせましょう」

「ありがとうございます。晴れた日にでも一人で下りてみましょう」

「谷は深く、下に谷川がありまして、この季節には渡ることもできましょう。ただそこに至る道は獣や毒蛇も出没し、ときに人を襲うことがあるとか、くれぐれもお気をつけられたい」

「毒蛇にはこちらに来るときも会いました。ごく小さいものですが。獣はいかがですか」

「いろいろいるようですが、せいぜい鹿とか狐程度で大抵はおとなしく、ましてこの暑さでは日中出ることもありますまい」

朝食を済ますと詩人は三時課の鐘の音を背後に聞きながら、菜園を廻って塀のところまで歩き、思い切ってかけがねを廻してみた。

塀はごく低く、潜り戸は簡単に開いたので、再び用心深くかけがねを元に戻すと、だれにも告げずに谷に下りる細い険しい道をたどることにした。

木々が密集し、強い夏の陽ざしがすでに谷一面に照りつけていたが、沢を渡る風は冷え冷えしていた。木陰の道を用心深くたどりながら、ときどき立ち止まって空を仰いだ。不意に雉が鋭い叫び声をあげて足もとから飛び立ち、もう一羽があとに続いた。目を上げて行方を追いながら、トスカーナの野で狩りをした若き日のことが思い出された。

ベアトリーチェが天に召されたあと、衝撃と深い落胆から意識が朦朧となり、どっと床についた。医者に見放されるほどの重い病が癒えてからも、魂の抜け殻のような日々が続いた。

昼間はつとめて何事もなかったように動き回り、刻々と変わる町の政治の動きにも注意は怠らず、弟妹や妻子を飢えさせないよう十分気を配ることはできた。

さしたる家門ではなかったが手堅い父の信用もあり、町の繁栄とともに、不安定ながらさほどあくせくせずとも生を営むには充分だった。

しかしかれの心は穴が開いたままで日々が過ぎていった。既に死の床にあったブルネット・ラティーニ師がある日見舞いに訪れたかれにあらためてボエティウス一巻を贈り読むように勧めた。『哲学の慰め』だった。

それが転機となった。かねてから彼の思想について概要は知っていたものの、その時再び彼はこの不幸なローマの詩人政治家の最後の書を貪り読み、深い感銘を受けた。その悲惨きわまりない晩年の運命もさることながら、人はこれほどまでの悲運の中で、慰めを得て耐え抜くことができる力を持てるのか。これはしばらくかれの座右の書となる。

そしていつとは定かにできないものの、知らず知らず徐々に若い心に活力が蘇り、それとともに体力も回復した。詩を書く力が湧き、というより、書くことでこれまでにない魂の交歓のよろこびすら味わえた。

相変わらず世の中は不合理なことだらけだった。我にかえるとともにフィレンツェ・コムーネの政治の根幹に居座っている混乱と不見識に目をやらずにいられなかった。小なりといえども自由自治国家である。それは日常の隅々まで張り巡らされた矛盾と欠陥に満ちた法規と秩序のもとにとりあえず繁栄していたものの、青年の目にはあまりにも不法がはびこりすぎていた。到底目をつむっていられなかった。

都市コムーネへの愛と自分の考えを認めさせたいという野望がかれをつき動かし、じっとしていられない思いに駆り立てられた。ひたすら臆病に持てるわずかなものを守り続けることに懸命だった父のようなわけにはいかなかった。活動を始めるとともに詩も夥しくできた。

詩作と生活と、二つの魂を使い分けるかのようにあのかまびすしい都市でもがき続けたあれらの歳月。数多くの詩が心からほとばしった。

《哲学》を〝愛する女性〟として歌うこと、ボエティウスの書物があらためて教えるまでもなく、すでにこうした擬人化の技法に磨きをかけるよう導いてくれ、示唆したのも親友グイード・カバルカンティだった。

当時、年長のこの友人の並々ならぬ教養は、かれにとってどれほど眩しかったことか。しかし彼は最初から、詩人を友として扱ってくれた。あれほど傲岸不遜といわれた人物が、かれの詩に涙さえ浮かべて感動し、励ましたのだ。

それからの数年はかれにとっては夢のような日々だった。哲学の重要性をかれに教えたのもグイードだ。アリストテレス、プラトン、エピクロス、そしてイタリア俗語に対するあのすばらしい感覚、およそ美的なものに対する愛が隅々にまでゆきわたった彼の住居と、その暮らしぶり、彼ほどフィレンツェを愛していたものはいなかった。

それだけに彼ほど凡庸を憎み、醜いものへの嫌悪を露わにするものもいなかった。徹底したエピキュリアンの目にはナザレの貧しき友も、アッシジの貧者も、理解の域をはずれていた。中世世界の宗教性から逸脱したこの合理主義者は、時代を超えた新しさで孤高の世界に生きていた。それが彼の限界でもあり、卓越性でもあった。哲学詩人グイード・カバルカンティの心をもっとも捉えたのがエピクロスだった。彼は霊魂の不滅を信じることをかたくなに拒み、雅び心の愛の移ろいやすさを見事に歌いあげた。古典詩人の代表たるウェルギリウスも、グイードの目には野暮ったい神々の跳梁する古ぼけた大時代の詩句としか思えないらしかった。詩人はふと呟いてみる。

（なつかしいグイードよ。君と過ごした青春のかけがえのなさ。君はあの荒寥の地サルザーナで残り少ない日々をどんな思いで過ごしていたのか。いま一度出てきてくれ。聞きたい）答えはなく、日差しの中を風はそよとも吹かなかった。詩人は歩き続ける。（お互いに血の気が多すぎた。そして君は逝ってしまった。私には生きる望みなど何もない、というのが君の口癖だった。死は怖くない、と。しかし酔ったとき君はよく言ったものだ。君らしいシニカルな皮肉を込めて「君たちがうらやましい」と。「詩集『新生』の後半は僕の理解の外にある。夢の乙女に立てた誓いを現実に果たせると信じている君の意志の力はどこから来るのか知らないが、僕はあんなものは信じない」と。私は徹底的に逆らった。お互いに頑固だった。

「かの至高の乙女は僕の魂そのものなのだ、僕は生涯かけてあの誓いを果たす。至福の愛の天使に捧げる壮大な汎宇宙的とも言える叙情詩を作ることに僕は賭けているのだ」と私は昂然と言ってのけたが、君の反応は冷たかった。幾度も幾度も激しい論争をし、いつも平行線をたどった。《愛》について、特に女性との愛について、繊細な大貴族にしてエピキュリアンの君は、その点私と全く見解をことにしていた）

二人の仲は少しづつ冷えていった。天性の資質の違いもあった。生まれも立場も違い過ぎた。グイードはかれの政治的野心に侮蔑を隠さず、かれのほうはグイードのディレッタントとしてのノンシャランな姿勢に怒りを感じていた。そしてやがてあの事が起こったのだ。

単純に誤解と双方の生まれや育ちからくる気質の違いとは言い切れない対立。確執はついに解けなかった。溢れる才と知性に恵まれた男。かれの唯一の好敵手。男女の愛を信じ切れず、美しいジョバネルラとの仲も冷えていた。またそれを修復しようとするよりは傷口を押し広げてさえいた。友のひたむきな淑女への讃仰をグイードは懐疑で揶揄するのが常だった。

「私には私の生き方がある」

互いのかたくなな態度が、この希有な才能の持ち主二人の決裂を決定的にした。二人が最後に会ったとき、詩人ははっきり告げた。「君が何と言おうとぼくのベアトリーチェは絶対だ。他の女性は隠れ蓑だ」

「不真面目で勝手な論理だ。君は詩の中でぼくのジョバネルラを勝手に春の乙女、などと名づけているが、それが君の淑女の先触れ、とはどういう意味だ」

「先触れだから先触れさ。聖ジョバンニのように。僕の淑女は絶対だ。いずれ永遠の至福に生きる至高の女性の姿として歌ってみせる。かのひとへの愛は永遠だ。それはぼくにとって決してはかなくうつろう心象風景などではない」

「どう考えようと勝手だが、それは僕にとって大変な侮辱だね」

グイードは冷たく言って立ち上がった。彼がいかに激怒しているかがありありとわかったが、かれは黙っていた。

あのときの友の横顔が今も目に浮かぶ。事実それは何年も思い出すたびにかれを苦しめた。グイードは女性への《愛》をかれのように絶対的なものと捉えることを拒んだ。

だが、かれはこの確信を片時も心から離すことはできなかった。いつか、いつか、詩人は呟き続けてきた。しかしかれがいくら呼びかけても、いまなお美しい面影は、冷たくかれを拒んだままだ。

寂寥の中で浮かび上がってくるのは、輝かしい記憶よりもむしろ過去の数々の失意や、悔い、恥の記憶で、そんな時は抑えようなく暗い妄想がかれを襲い、心が沈む。かれは黙々と険しい崖道を下った。時々立ち止まって空を仰ぐ。樹々の間から見える真っ青な空に一点の雲も見られない。

「あなただけなのです。永遠に愛するひとよ」

告解を受けることも考えたが、彼女のことは打ち明けるつもりはなかった。いつになったらひそかに詩の女神に誓ったあの約束が果たせるのか。ああ、わが淑女ベアトリーチェ！　詩人が魂の底からそう叫ぶたびに、

「時はまだ来ていない」

という言葉が聞こえてくるのだった。

水の流れの音が聞こえてきた。じめじめした石ころ道を進むと、渓流が目前にあった。水量は思ったより豊かで、谷あいを音立ててかけ下りていた。詩人は石の上に腰を掛け、頬づえをついて水の流れをみつめた。

ふたたびアルノの豊かな流れを思い出していた。グイードやチーノと小舟で流れ下った日のことが思い出された。空は青く、心は高ぶっていた。競争で詩をそらんじ、即興のソネットやカンツォーネを作った。フォレーゼと気ままで奔放なテンツォーネのやり取りもした。

引き込まれるように遠い追憶に身を委ねているうちに、いつしか眠気がかれを襲ったようだ。どれほどの時がたったのだろう。ふと傍らにほのかな薫りを感じて、詩人は身を起こした。あたりは眩いばかりの光に包まれ、空一面に花びらのような色の雲がたなびいていた。驚いて目を凝らすと、雲間

に軽やかに舞っている乙女たちの姿が見えるではないか。ここはいったいどこなのだろう、と訝って見回そうとするが、甘美な感覚で体中が痺れて動けないのだ。

中に一人ひときわ身のこなしの優美な美しい乙女がいて、頭に木の葉のようなものを巻きつけている。詩人は懸命に目を凝らすが乙女の顔だちは漠として見えない。ベアトリーチェだ、と気づく間に、全身の血がわななき動けなくなった。声を出そうとしても出ない。ただ、えも云われぬ甘美な感覚に身を委ね、彼は舞っている乙女たちを凝視し続けた。

やがて光は少しづつ薄れはじめ、みるみる一帯が霧に包まれたようにぼんやりしていき、乙女たちの姿も雲も薄れて消えてしまった。

朦朧としたまま、目が覚めた。あとにはひえびえした白い霧だけが漂っている。水は相変わらず音立てて走り、空気は冷えていた。今しがた見た夢の印象は生々しかったが、懐かしさが先にたち、日ごろの辛さが不思議に和らげられていた。体は冷えていたが胸のうちが燃えている。

立ち上がると、もと来た道を引き返した。知らず知らず急ぎ足になっていた。こういう感覚は久しぶりだった。思いもかけない夢は今しがたまで追憶に沈んでいた心を意外なまでに豊潤にした。それは昔と全くかわらぬ新鮮さで、かれの胸を青年のように深い憂愁と歓喜で充たした。その力は我ながら信じられないほどだった。

谷の登りはきつかったが、かれは若者のように茨に引っ掻かれ、足を滑らしながら、がむしゃらに門に向かって歩いていった。菜園に入ると、そのまま内庭を突っ切って宿坊のほうへ急いだ。

回廊の蔭で院長が立って、副院長と何かしきりに話している。二人の顔が心なしか暗い。

院長は、詩人の姿を見ると丁重に頭を下げ、話をやめて詩人をみつめた。院内が何となくざわめいている。副院長が詩人に目で挨拶すると、まるで、かれを避けようとするが如く、急ぎ足に立ち去った。院長がかれに告げた。

「ベネディクトゥス猊下が俄かにお亡くなりになった、との知らせが、たった今届きました」

「えっ」

驚きと落胆の色を見せる詩人に、院長は、さらに言葉を継いだ。

「それから、フィレンツェ白派が、ラストラで黒派軍に大敗したという確かな報せが、それとともに」

第十三章　僧院の冬　神のコンメーディアへ

おお　なぜわたしに命ずるのか　小さきものよ
おお　なぜわたしに指図するのか　小さきものよ
わたしに楽しい歌を歌えと
わたしは海のはるかかなたに　久しくさすらいびとであるのに
ゴットジャルク

ボニファティウス八世の後を襲って教皇に選ばれ、有徳の人として期待されたベネディクトゥス十一世はやはり亡くなっていた。わずか八か月の在任で、彼の早すぎる死にひそかに毒殺説がささやかれた。学識豊かで思慮深い人物と評価も高かったもとドメニコ会総長だった彼に何があったのか。

教皇庁の情勢は不安定で、後任はなかなか決まらず、皇帝位も依然として空位のまま、これまでイタリアが独占してきた教皇の座を、フランス王フィリップのあと押しで、フランス生まれの枢機卿たちが狙っていろいろ画策しているといううわさも流れてきた。

フィレンツェの白派はかの大敗で復権の夢は破れ去り、黒派を支持するブルジョワジーは黒派のもとで繁栄を謳歌していたが、新教皇のもとで、こうした覇権は揺らいでいた。前教皇ボニファティウスと違い、公正で対立するトスカーナ諸都市の和解と平和を真に願っていた教皇は、特派大使を町に送り、調停を進める努力をしているという情報はすでに彼のもとにも届いていたうえ、かの「正義の法規」も復活するのではないか、といううわさも流れた。アレッツォを去る前に、和解のために白派の代表が十二人招聘されたという知らせを聞いたときは、自分ももしやその一人に選ばれるのでは、とひそかな希望を持ち、強い願いである罪状の取消さえ期待していた。そのため町の当局者に「わが同法の市民よ。私はいかなる悪事をあなたたちに働いたというのか」に始まる激越な手紙さえ書いたが、すべて無視されてしまった。故郷の人々によって、終生の理想も、希望も　すべて踏みにじられ、打ち砕かれたいま、煮えたぎる思いで願うのは、イタリヤ全土の平和な秩序の構築である。それはいったいいつになったら整うのか。皇帝の翼のもと、教皇庁の霊的導きにより、初めて民の平安がある、と確信している詩人にとって、事態はますます憂うべき方向に向かっているように思われる。

山に早い冬が訪れようとしていた。ある朝、断崖一面を霜が雪のように覆っているのが見られたが、僧院の日々はめぐる季節を静かに迎え、また送り出し、時を秤にかけるように刻みながら運んでいた。相変わらず暗夜の夢は、屢々眠りを妨げたが、詩人は早朝、鐘の音とともに起き出して筆を運び、やめることはなかった。大切に所持している自作の写本や、覚え書きのほかに、記憶を辿りつつ、すぐれた先達の詩神に嘉みされたかのようなカンツォーネの数々を繰り返し朗唱し、選び分け、図書室にも足を運び、蔵書を漁ってすぐれた古典のほかに年代記などを検証もした。若き日に師のラティーニがねんごろに教えたように、ひたすら書き進めた。

グイード・カヴァルカンティはあれきり二度と現れなかったが、執筆にあたって引照しようとする友の詩を選んでいると、自分が『新生』をまとめたあれらの日々が昨日のことのように生々しくよみがえる。

急速に発展したあの騒々しい都市のなかで、市民としての義務も忠実に果たした。アレッツォとのいざこざで、緊迫した空気がトスカーナに流れたころ、フィレンツェの教皇派グエルフィ党の騎馬兵一千の中に、かれもいた。一ヵ月も前から、町の山羊鐘が鳴り続けていた。歩兵一万に先駆けてコンスーマの峠を越え、荒涼たるカンパルディーノの野にいっきに下った。若い血がたぎっていた。対する皇帝派ギベリーニ党は好戦的な貴族中心の精鋭ぞろいで、激しい戦いになった。しかしグエルフィ党の力は圧倒的だった。

近隣のルッカ、ピストイヤ、シエナ、サンジミニャーノ、ボローニャからも援軍が来た。ロマーニャの傭兵軍もよく戦った。

そしてギベリーニ党の戦士で勇猛果敢で知られたモンテフェルトロのブオンコンテ卿は、アルノ川の岸辺で倒され、死体は結局分からずじまいだった。

血まみれの戦いでのむごたらしさのただなかで、それまで味わったことのない緊張を強いられながらも、終わってみると我が方の勝利に終わった喜びのほうが大きかった。これでわが都市の発展も改革も確実だと信じた。

このときの味方の死傷者は意外に少なく、帰路の足取りは軽かった。一刻も早くわが町へ。ベアトリーチェの住むあの故国へ、われらの勝利を持って帰ろう。卑劣で奸悪なギベリーニと、アレッツォの狗どもは倒した。

険しい峠を一気に越えるとすばらしいトスカーナの野が霧に包まれて広がっていた。血で血を洗う戦いの惨さも、ポレンタ候との夜の語らいで聞いたリミニの惨劇も、若い胸に重くのしかかっていたが、市門についた途端緊張がほぐれ、待ち受けていた市民の歓呼の声に包まれると疲れもふっ跳んで意気揚々と町を一周し、その夜は飲み明かした。

そして休む間もなくピサの町と戦い、カプローネの攻防戦で再び勝利をかちとり、都市国家フィレンツェは名実ともにトスカーナでの覇権を確立したのである。

こうして町にようやく平和が戻り、殺伐とした空気も和み始めたころ、ベアトリーチェが突然天に召されたという思いがけない知らせを受けた。乳母のテッサの介護も甲斐がなかったと、苦しみによく耐え、終油を受けるときは落ち着いていた、と彼女の兄から聞いた。胸を裂かれるような悲痛な思いは今も生々しい。哀悼の詩を作って献じることも考えたが、心が抜け殻同然でまともな詩は作れなかった。幾夜も幾夜も眠れぬ日が続いた。深夜の町をさまよい歩いた。あるときは冷たい月の下でさめざめと涙を流しながら。いまや彼女のいない町は自分にとって廃墟にひとしいとさえ思い詰めた。

悲嘆と絶望にくれ、言葉にならぬことを呟き続け、狂ったように幾夜もさまよったあげく、原因不明の高熱を出し、弱り果てて、医者にも説明のつかない症状で寝ついて何ヵ月も苦しんだ。しばらくは、魂が凍りついて、思考がとまってしまい、何も見ず何も見えないかのような日が続いた。

やがて少しずつ気力が戻ってきた。あの時、悪友フォルコに無理やり引っ張り出され、何人かの女たちと浮かれまわったかれをいさめたのはグイードだ。すっかり自分が嫌になり、再び落ち込んだ。誰とも会おうとしなかったかれのもとに、ある日同じ詩人仲間で親しくしていた亡き彼女の兄のリコヴェッロが訪ねてきた。彼は妹の死については何も触れず、最近世を去った自分の想い人の死を嘆くふりをしながら、なにか詩を作ってくれないかともちかけたのだ。苦しみにやつれた友の顔をじっと凝視して、彼が実はかの乙女のオマージュを頼もうとしていることを悟った。友は、あからさまにそれをたのむことを避けたのだ、と。

来たれ私のつく溜息をきくために
おお優しい心よ、私は慈悲を求める

（「新生」三十二）

で始まるソネットはその時書いたものだ。それから二聯のカンツォーネを作ったのも、心のうちに永遠に輝くかの女性と現世で血の絆で結ばれていた友への奉仕のために、そしてまたかれ自身のためにほかならない。苦しみを鎮めるにはそれしかなく、それが詩人としてのつとめとも信じ、無我夢中で書き、さらに幾篇かのオマージュを捧げた。

病が癒え、苦しみが薄らいだころ、フィレンツェにやってきたフランチェスコ会のフラテ・オリュやフラテ・ウベルティーノ、などの輝かし神学セミナーの輝かしい評判を聞いて足を運んだ。噂にたがわず素晴らしく、夢中で学び大きな癒しを得た。彼らと考えを異にするドミニコ会との討論にも参加した。火花が散るようなやり取りに耳を傾け、実際に加わったのは大きな収穫だった。フランチェスコ会のオリュは創造主の至高の力と知恵と慈しみが世の被造物のすべてに輝き渡っているとし、肉の感覚は理性的な探求のみならず、信仰によって直知的に観想する知性に奉仕する、と主張し、知性は観想によって事物の現実的存在を、信仰によって事物の継続的展開を、理性の働きによって事物の可能性の階層を考察する、と主張した。それはとりもなおさず、かつてこの会の総長であったボナヴェントゥラがアルベルナ山で心血を注いで書き上げた『魂の神への道程』の主張にほかならず、どちらかといえばその情意的な側面を重視する説により心惹かれ「我に来たれ、われを慕い求めるすべての者よ。わが果実で満たされよ」というシラ書の神秘的な言葉の朗唱に打たれた。

ボエティウスの『哲学の慰め』を耽読したのもあのころだ。詩作はやめることなく続けたが、それと同時にこれら哲学や神学の世界に没頭することで、あの時期の嵐のような苦しみを乗り越えることができたのだった。

「愛の何たるかも知らず、無垢な心のままで逝った」

と彼女のもうひとりの兄のマネットが嘆いていたと風の便りに聞いたが、わが愛は確かに彼女のもとに届いていた、と詩人はいまも確信している。いつかこの淑女について、もっと深い魂の底からの讃仰の念を形象化して描きたいと固くこころを決めている。

都市国家としてそれぞれの組合から選ばれた六人の統領を行政の最高機関として運営される町は暫らくの間平穏だった。資産は乏しく、日々のやり繰りに悩みながらも、学ぶことができる閑暇はあった。富の点では台頭してきた商人たちに及ばない古い貴族や騎士階級外交官としての仕事必要に迫られていささかの医学の知識も学ぶことができた。

画家たちの工房、特にチマブエの工房に度々足を運んだ。ジョットーは今や筆頭弟子として、師匠を凌ぎつつあった。職人でも、彫刻工や建築工と違い、画工の身分は一段と低かったが、腕のずば抜けていいジョットーは、田舎者特有の堅実で現実的な処世のすべも身につけていて、工房での信用も厚く、人怖じをせず、同じ年頃の詩人によくうちとけ、気楽に口をきくだけの力をつけていた。
ジョットーの描く人物にはこれまでにない輝きと綿密な観察にもとづく躍動感があり、その素朴で温かみのある色彩は、これまでの絵画に見られない独特の比類ない美しさを持っていたので、もともと視覚的に物をとらえることにすぐれた詩人の感性に強く訴えかけ、彼の絵を見るのは無上の楽しみになった。

二十代の後半、フィレンツェが少数の大商人やそれに加担する大組合に事実上牛耳られて金権政治の王侯に業を煮やした富裕な羊毛商人ジャーノ・デル・ベッラが政界入りをし、権力を握って「正義の法規」を公布、貴族全員の公職追放を実行したが数々の善政にもかかわらず、行き過ぎた平等思想と偏りすぎた正義感から貴族や騎士階級を無下に排除した「正義の規定」の拘束があまりにも厳正過ぎたことから反感を誘発し、失脚し、非現実的で矛盾の多かった「正義の規定」が緩められた。
才能ある小貴族の子弟にとってはチャンスだった。薬種商をしていた叔父のベッロの手引きで薬種商組合に登録ができ、政治参画の道が開かれたが、それが、今のわが身の不幸を招くことになろうとは。

しかし、かちとった政治権力の座から追い落とされ屈辱の数々をうけたのちも、存分に鍛え上げた知性の力で視点は大きくは変らなかった。否広がった、といっていいだろう。カンパルディーノの戦いで抜群の働きをして味方を勝利に導いた勇猛果敢なコルソ・ドナーティは、その後、同じグエルフィ党（教皇派）で白黒に分かれて争った挙句、いまや詩人の不倶戴天の敵、黒派の首領だ。そして弟の好漢フォレーゼ・ドナーティはすでに世にない。

追放後の恥ずべき日々は、思い出すも疎ましい。憎しみと挫折感にひしがれて泥沼の底を這いずるような暮らしもした。志を分かち合えるものなどいないことも身に染み、結局党も離脱した。

思いがけず救いの手が差し伸べられた今、この修道院での暮らしは、厳しい戒律のなかで自然の恵みに抱かれた群れに護られた恩寵の日々だった。図書室もあるこの修道院で、つつましく静かに暮らす一室を与えられ、傷ついた心が徐々に癒され気力を回復することができ、心に暖めてきた著作に手を染めることが出来た。

それにしてもいまなお、受けた心の傷は深く、神に祈りつつ、かれは叫ばずにいられない。

主よ、よしやロトの妻のように、塩の柱になし給おうとも、この屈辱を晴らすまで、私は弾劾の舌を決して収めません。

ともあれ、いったん筆を執って書き始めると、漠然とした理念の数々が明確な形を取り始めた。それはあたかも湧き出るように、といってよかった。これまで胸のうちにあったものが、紙に向かうとほとばしり出た。

生まれでる豊富な思想を、カンツォーネに託して書き進めるしごとは楽しかった。淑女ベアトリーチェへの讃仰を心の軸に据えながら、真正の哲学への情熱と信仰が、互いを矛盾なく融和させ、わかりやすく豊潤で高貴なトスカーナの言葉を選びとりいれながら純正と信じるイタリヤ語を構成し書くことに全力を傾けた。

さらにまた執拗なまでに、いかに不当な仕打ちを受けているかを縷々と説明しながらも、一方では冷静に自分を見つめることもできた。自分の生身の姿を実例として書くことをはばからぬ気力と勇気、これは、魂のほとばしりともいえる赤裸々な告白によって、つねにかれを励まし続けるアウグスティヌスのひそみにならうものだった。

修道院にある図書室の存在が、そうしたかれを存分に助けてくれた。彼は頻々とそこに足を運んだ。文書係のフラテ・モーリコはいつも窓ぎわに座って、何事かを呟きながら尖端に十字架のついた手製の数珠をまさぐっていた。

ここに来て、当初かれを夜ごと脅かし悩ませた夢魔も、徐々に影を潜めていた。著作に熱中しているうちに、久方ぶりの平安がもたらされたのだ。

しかし詩人の魂の底にあって決して消え去らぬのは幼い魂に若き日に刻み付けられた乙女の姿だった。寄る辺ない孤独のさすらいのあいだ、餓えた魂で愛を求め、束の間の癒しとなぐさめに心奪われるいくばくかの躓きがあったことは否定できない。かつて詩友カヴァルカンティが主張したように、かりそめの愛が、徳に必要な心の平静を失う過剰な力をもってかれを押し倒したこともある。けれども、わがこころはひとつ。美しき魂よ、我が真実を受け取れ。沈黙のうちに世を去った神の恩寵に満ちた気高いベアトリーチェ、わが永遠の愛を受け取られんことを。かつて書いたようにかれは今もいつかそのうるわしい姿を目にする日を信じていた。

風がめっきり冷たくなってきた。夕暮れ、谷への道を散歩しようと裏の菜園の方に廻っていった。

楡の木はあらかた葉を落とし、あるかなきかの風にはらはらと散っている。木の下を通りかかると、足もとでどんぐりがはじけ、枯葉が音立てた。落ち葉を焚いている若い修道士の歌声が聞こえた。めらめらと立ちのぼる炎と煙りが悦ばしい祝祭のように身をねじる。

主よほめたたえられん
兄弟なる火のため
夜を照らし美しく喜ばしく頼もしくて強い
主をこそほめたたえよ
姉妹で母なる大地のため

詩人は手を炎にかざしあとを和した。

われらを支え、われらをはぐくみ
さまざまな果物を産み出す
色とりどりの花や野の草で

若い修道士は歌い続けながら落ち葉をかき寄せ、枯れ枝を巧みに組み合わせていた。近づいて声をかけた。

「暖まってもいいかな」

修道士は黙って落ち葉をかき寄せた
「火を扱うのはなかなかうまいではないか」

修道士は目をあげていった。

「兄弟よ、火は気難しいのです。なかなか燃え上がってくれません。そんなとき、こうして十字架に枝を組み合わせます」

炎が一瞬勢いよく燃え上がりめらめらと赤い舌であたりを舐めパチパチと音立てた。若い修道士は微笑して枯れ葉をかき寄せながら詩人を見上げ、真剣な表情で十字をこしらえ、つぎつぎ枯葉を燃やした。薄紫の煙の向こうに上気したまだ子供のような顔があった。早朝彼が薪割りに専念している姿をよく見かけている。

院長が言っていた言葉を思い出した。

「托鉢が本来のパードレのご意志でありますが、農民出身のものも多く、体が自然に動いて土を掘り、実を収穫し火を焚き暖まろうとします。彼らには大地の恵みをいつくしんで、余ったものを蓄えたり、口にすることを禁じるわけにはいきません。聖ベネディクトの戒律にもございますが、小さな群れの兄弟たちは働くことで心を清め、それを観想のひとつとしてすすめております。聖パードレは土地の所有を禁じられましたが、寄進されたものを無駄にすることはできず昨今は法規も緩められました。おかげさまでこの山で飢えることなく過ごせます」

雲が沈む日を覆い包み、背後の谷に紅色の夕闇が迫っていた。アペニンははるか彼方だ。もう雪を頂いているかもしれない。微妙に色を変えながら燃え上がる炎を見つめながら、そろそろ立ち去るときが来たという気持ちと、去るに忍びない思いが交錯して胸を締めつけた。

二、三日雨が降り続き、久しぶりに森に日の光が射した夕暮れ、詩人は谷へと下りていった。葉の落ちた木々が針のように尖った梢を天に伸ばし空が以前より広く見えた。十月に入ってから風がにわかに冷たさを増していた。しかし空はあくまでも青く木の間からまともに照りつける陽光は、草や小石をきらきら眩しく輝かせていた。

ここに来た当初、夜ごと彼を苦しめた底無しの闇の中で咆哮する亡者たちのうごめく夢の世界とは打って変わった明るい世界だった。

彼は今朝フランチェスコからきたばかりの手紙のことを考えていた。

弟からの手紙によると、トスカーナの現状は苛々させられることばかりだった。ジェンマと子供たちはアレッツォにもいられなくなり、とりあえずルッカの知人を頼って身を寄せたという。ルッカにもいつまでいられるかわからない。実際的なジェンマのことだから、何とかやっているのだろうが、ピエトロはもう十七歳。アントニアは病がちという。

望郷の思いは絶ち難くかれを苦しめ続けたが、ベネディクトゥス新教皇が派遣した枢機卿のもとでの和解工作も頓挫し、教皇の突然の死で、すべて水泡に帰してしまった。それにつけても和解交渉当日、白派の代表チェルキ一族が護衛兵に護られて都入りを果たした途端に待ち受けていたメディチやベルッツィなどの新興商人一族が襲撃、死者も多く出たが、しかも黒派はこれを白派の仕業と言いふらし、枢機卿はフィレンツェ市を破門。怒った教皇が手紙で市の要人達を召喚したところ、審問日の翌日になって突然帰天してしまい、かれの赦免はおろか多年互いにいがみ合って町を混乱に陥れてきた白派、黒派の和解統合の望みも完全に絶たれてしまったのである。

弟のフランチェスコの手紙も調子が変わってきていた。自分一人が現実的に冷静にすべてを処理し、身勝手で頑なな兄の家族の面倒を見ているといわんばかりの口調である。知人を頼ってルッカに移り住んでいるが、ジェンマはフィレンツェに帰ってしまい、動こうとせず、愚痴ばかり言ってくる、と彼女の愚痴や恨みつらみまでしのびこませてある。気丈なジェンマがそれほど愚痴っぽいとは信じがたい。わずかながら持参金もある。しかし子供たちのことは気がかりだった。

手紙のなかに最近のフィレンツェの市井の動きとともに、フィレンツェや、その周辺の詩人や画家や彫刻家の風聞が短く書き加えられていた。もとチマブエ工房のジョットー・ディ・ボンドーネが最近めきめき腕を上げ、今、パドヴァの高名な銀行家スクロベーニ家のカッペッラのフレスコ画の注文を受けてあの町に出むいている。動乱の時世ではあるが、画工も建築士も彫刻職人も各地で精力的に仕事をしている。聖堂が次々建てられ、チマブエの工房でもジョットーが引っ張りだこだという。パドヴァでの仕事は画工仲間でも羨望されているという。路銀が続けば見に行きたいと強く思った。

ジョットーはパドヴァに発つ前に詩人の行く先をそれとなく聞きに来たらしい、と短く書き添え、小さな字でコメントが書かれていた。実はベネディクトゥス十一世の不審な急死についていろいろ取り沙汰されている。僧院ではそんなことを誰も口にはしないと思うが、町ではもっぱらの噂であり、フランスの動きと教皇庁の癒着はフィレンツェ市民にとって油断ならぬ事態を呼びそうだ。詳しいことはわからないと思うが、兄さんもそろそろ僧院をひきあげたほうがよさそうだ云々。

やはり思い切って僧院を引きあげ、できればパドヴァに行ってジョットーに会おう。事実上工房から独立したジョットーは、今度の仕事で張り切っていることだろう。

若い修道士に礼を言うと、かれは部屋に戻ろうと立ち上がった。心が決まると足取りも軽くなった。書きかけの著作は中断することになろうが、今は仕方がない。状況が好転すれば考え直すことにしよう。

散歩から帰ってみると、だれがつけたのか、部屋の暖炉に赤々と火が燃えていた。そばの床に、よく乾いた薪と落ち葉の混じった粗朶木が置かれていた。朝課とともに筆を執る習慣ができて以来、朝の寒さに指がかじかんで筆が進まぬ日もあったので、この心遣いはありがたかった。

椅子を引き寄せて粗朶木をくべると、火は一段と勢いよく燃え上がり、ゆらゆらと赤い舌で漆喰の壁を照らし出した。かれは手をかざすとふたたび指先を暖めた。全身に温もりが伝わり、心が溶け広がった。粗朶をくべながらいつしか低く歌っていた。

主をこそほめたたえられん
兄弟なる火のため
夜の闇を照らすため
与えたもうた火
美しく喜ばしく頼もしくて強い

以前幾日か過ごしたシエナの夜を思い出した。追放後まもなくのことだ。滞在先の大聖堂から町のほうへ出かけた。広場の隅にうずくまり、楽器を奏でて歌っていた旅芸人の群れの姿があった。四人ばかりの小グループで、女も混じっていた。哀愁をそそるチタールの響きと小さな太鼓と笛、それは聞き慣れた吟遊の愛の詩ではなかった。遠いケルトの調べであろうか。繰り返しの多い旋律をとつとつとむせび泣くように歌っていたのは老人だった。深い皺の奥に光っていた瞳、もつれた灰色の髪。耳を傾けているうちに自分もいつかこのようにして見知らぬ町をさまようことになるのでは、という恐怖に取りつかれ、詩人はその場をしばらく動くことができなかった。やがて背を向けようとした詩人の前に、群れの長らしい男が立ち上がると、行く手に立ちふさがった。見上げるような大男で、目は小さく澄んでいた。詩人を町の富んだ商人と見たのであろう。わずかの喜捨を求めたが、その表情にも態度にも卑屈なところは微塵も感じられなかった。

ポケットを探り、なにがしかを握らせて道を急ぐ後から、いつまでも追ってきたあの哀愁を込めた旋律。夜は深く塔の間を濃い闇夜が覆っていた。

翌日も彼らは同じところにいた。夏というのに冷え冷えした夜で、彼らの前に置かれた袋にはわずかの小銭が散らばっていた。漆黒の夜空に三日月がかかっていた。厚い毛織の汚れたマントにくるまり、彼らは石畳の上で、民族の悲しい調べを奏で続けていた。

それにつけても懐かしいトスカーナ！　炎を見つめている彼の顔が火照ってきて、こけた頬を赤く染めた。体が温まり眠気が彼を襲った。美しい焔が閉じた瞼に揺映している。われにかえり、青やオレンジの炎の舌が、樹皮をなめ、揺れ動くのを見つめていた。最近、筆が進まなくなり、祈りつつ涙ながらに朝課のときを迎える日が増えていた。同時に思い返せば、罪深いわが身のこともいろいろ責めさいなむことが多くなった。時として夢に見る罪びとたちの惨苦は、かれの想像を超えるものだった。なぜ、こんな夢を見るのだろう、と自分でもいぶかしいが、記憶も朧ろに入り乱れるさまざまな暗い影が、朦朧と目覚めたあとも頭の中を去来して離れなかった。あれ以来顔を見せないマリアのことも頭から離れない。

ジョットーが、自分の安否を気に掛けていると知って、急に会いたくなった。海沿いの道からボローニャのほうに向かい、詩友チーノ・ダ・ピストイヤと旧交を温めるということも考えた。パドヴァはそこからさほど遠くない。

第十四章　疑惑の日

書きかけの書物の筆を止め、再びさすらいの旅に出るのはためらいがあった。落ち着く先の保証もない。決心したと思うとまたすぐためらいが出る。かれは祈った。だがそろそろ立ち去る日を決めるときが来た、という気持ちが日とともに強くなり、どうしようもなく心が揺さぶられた。著述の仕事の筆は四巻で止まったままだ。というのも、じつはこの書物の意義はここまでですでに十分尽くされていて、彼の関心は今はもうひとつあらたなテーマに向かっているのである。

今ではこちらのほうが急務のようにかれの気持ちにのしかかっている。さらにかれ独自の政治論を展開する論文。資料はかなり集めている。献呈する相手もほぼ見当をつけていた。

そのうえ、滞在が長引くにつれ少しづつ修道院内部では冷たい雰囲気が流れ始めていた。

あの追放もののフィレンツェ人が心ここにあらずといった風体で院内をうろつき、なにかと勝手気儘な態度をとるとして、あからさまに非難する声が上がり始めていた。さらに亡霊と話をしている、という噂が立ち始めた。悪魔と取引しているのではないか、と疑う者さえいるらしく、それとなく副院長に問いただされたことがある。

やがて「夜半彼の部屋で度々話し声がした」と云うものやら「ある夜、燭を持って入ると、彼の姿が異様に大きく見えた」と脅えるもの、噂は噂を呼び、尾鰭がついてたちまち院内を駆け巡った。

「マリアだってかれに話を聞いてもらうと言い張って、あの部屋で失神したではないか」

「向こうに帰って魂の抜け殻みたいになってるらしいぞ」

「吸い取られたんだ」

「おお、主よ！」

院内の空気が自分に対して少しずつ冷えてきていることは詩人にもひしひしと感じられた。はっきりした原因はつかめないでいたが、まさか、亡霊と交信しているなどと云い広められているとは気づかずにいた。

排斥の急先鋒は副院長だった。院の庇護者でもある例の篤信の貴人に相談するのもはばかられる。院長はこうした孤立した場所では、僅かなひびで組織がたちまち崩壊することもあるのを予測し、板挟みとなって悩んでいた。ある朝、いつものように食卓につくと、

「近ごろやはり夢は見られますか」

と院長が詩人の目をのぞき込むようにして唐突に聞いた。この善良な老人はそんな詩人を気づかってもいたし、守ってやりたい気でもいたのである。かれを預かることになったとき、実は院長の心にあ

った重苦しい気持ちはいつしかすっかり消えていた。近ごろではこの率直で特異な人物の心を静め、何とか力になりたいという気持ちに傾いている。

詩人もそんな彼にまるで父親のような親しみすら覚えてきていた。

「じつは昨夜聖者の夢を見ました」

詩人はにっこりして言った。

「ほう、それはどんなものでありましたか」

「光り輝くお姿で、天使が多数そんな聖者を取り巻いて舞っていました。美しい夢でありました」

「ほう」

お世辞には見えない感動した様子だが、しかし先夜、副院長が、詩人の処遇について、「場合によっては異端査問にかけることも考えていただきたい」とまで迫った時、もう自分の力では押さえ切れないと感じていたので、今それをどう伝えるべきか悩んで、気もそぞろだったのも事実だった。

修道士たちはいまや彼の言動に好奇心を隠せなくなっている。あのトンマーゾでさえ、これ以上面倒を見切れないと言い出した。

とつおいつ思い悩んでいた矢先、詩人のほうから
「じつはこちらを去らせていただく日も遠くないという気がしております」と、切り出した。

院長は狼狽した。この修道院にとって意外に好都合な展開を見せて解決しそうに思えるだけに、詩人の本意を測りかね、かの貴人にどう説明したものか戸惑ったのだ。とりあえず引き止めにかかった。

「それはなんとして。冬も間近でありますのに。どなたかのご招聘でもあったのでしょうか。こちらは例の方からも別に何も伺っておりませんが。いつごろとお決めでしょうか」

かたわらで副院長がわざとらしく咳払いした。

「これといって理由はないのです。だれの招聘を受けたわけでもありません。またいつと決めたわけでも。ただ……」

詩人はしばらく口ごもっていた。

「ご著作は出来上がりましたのでしょうか」

詩人は鬱屈した表情で、目を壁の一点にあててぽつりと答えた。

「四巻までで、筆が進まなくなりました。弟からの手紙によりますと、この夏、ラストラで我らの白派が最後の戦いに敗れ、フィレンツェでの教皇による和解のご調停のお志も、突然の御帰天でむなしく潰え、トスカーナでのコルソの横暴も目にあまるとか。皇帝もいまだ在位せず、イタリヤはこのままではどうなることか。あれやこれやで気も高ぶり、心を騒がせる思いに悩まされ、わが身の罪深さ、人の罪深さを思うとき、こちらで安閑としていられなくなりました。これ以上いたずらに御厄介をかけておりますと、聖なる山の空気を汚すことになりましょう」

院長が、最後の言葉にぎくりとしたのを感じ、詩人はなぜか深い悲しみに胸が締めつけられた。

「長らくの手あついご庇護感謝に堪えません。ここをご辞去しても、もとより追放の身、あてもなくさすらうのみで何事を成すこともできぬかもしれませんが、心ある諸侯を動かし、世のために何とか動いてみたいと。それが神のお示しかも知れません」

「さびしくなりますな」

院長の声が湿りを帯びて聞こえ、それが嘘でない響きを持つだけに詩人には尚更こたえた。こんな風に惜しまれた経験は絶えてなかった。ここでの落ち着いた日々の思い出が、出立の辛さを倍増させているのにいまさら驚かされる。ここを去っても、もう少しましな生活が待ち受けているとは思えず、これほどの静けさと平安はもはや望むべくはないと云う気がした。

とはいえ、わが性が修道生活に向いているとは到底考えられなかった。規則正しく書き進めていた筆も止まっていた。

「近ごろまた夢を見ます。やることがいろいろあることを夢に教えられました。しかし鎮めようもない怒りと恨みをかきたてられもしますが」

「すべてをお捨てになることはやはり出来ませんか」

院長は残念そうに呟いた。しかしかれが当初からそのつもりはない事も心得ていた。なにか大きな掴みどころのない力に動かされている人物という感じがして、今更寝食を共にした歳月が惜しまれた。

「世に何をお望みですかな」

「平和です。なによりも。わが身のことはさておいて、それを心底願っています」

「パードレもそれを、ただそれのみを希望の光として、愛する《清貧》を抱きしめて生きられました。しかし教団の行く末については晩年には心を痛められることも多く、人を避けてこもられることが多くなりました。まもなく十月七日、我らが聖パードレのご昇天の日がまいります。もう八十年になります。ミサをとり行い、八日間の祈りと断食を行います。そのあと、パードレが最後に召し上がられたフランジパンを皆でいただくのです。ぜひその時までは」

「私の書物ができておればお捧げしたいところですが。静な観想のお妨げにならぬよう、まずは、近々ご当地を発たせていただきたい。思わぬ長逗留で、ご親切にあずかり心から感謝しております」

「行く先はお決まりですか」

「ラヴェンナのポレンタ公にご挨拶し、ひとまず家族が身を寄せているルッカに」

とだけ答えた。ヴェーネトまで足を伸ばし、パドヴァまで画工ジョットーの仕事を見に行くことも口に出さなかった。

詩人はふたたび前回よりさらに心の推し量られぬトンマーゾ修道士に送られて今回は馬で山を下りた。世話になったことについて、貴重な時を過ごせたことについて院長はじめ修道士たちにじゅうぶんな感謝の気持ちを表したいと思ったが、大仰な謝辞は控えたい気持で、眼の色に表すだけで黙っていた。老いた盲目の図書掛の乾いた手をとり、幾度も礼の言葉を述べたとき、フラテ・モーリコの盲しいた眼から涙が頬を伝って流れ落ちた。

かれを庇護することを依頼した貴人より、当座の用にと、院長を通してずしりと渡された袋を携え、詩人は四巻まで仕上げた書物の写本を作ってもらうと院長とその名も知らぬ恩人の貴人に残した。

結局、再び追われるように立ち去ることになったわけだが、馬が歩み始めたとき、なぜか後ろ髪を引かれる思いに襲われた。山を下り、再びリミニの町に入り、トンマーゾ修道士に馬を返し、ひとり海沿いの道をたどった。途中城に立ち寄り、ポレンタ候への手紙を託し、その夜は町の宿に泊まった。

宿の火のそばで旅芸人たちが歌っていた。つっけんどんな女中が運んできた食事をとりながら、久しぶりに酒場の歌に耳を傾ける。リュートの響きは詩人の胸を我にもあらず感傷で充たした。

凍える冬よ。お前はそんなに冷たくない。
恵みを忘れる奴にくらぶれば。
吹けよ吹け、冬の風お前はそんなに冷たくない
恩を忘れる奴にくらぶれば、

女達の眼が彼に絡みつき、彼は早々に部屋に引き上げ、燭もない闇の中で黴の匂いのする軋むベットに横になり、再び修道院での短い歳月について思いにふけった。

ああ。多くの国々の民はざわめき――
海のとどろきのように、ざわめいている。
ああ、国たみの騒ぎ――
大水の騒ぐように、騒いでいる。
国民は大水が騒ぐように、騒いでいる。

夕暮れには、見よ、突然の恐怖。
夜明けの前に、彼らはいなくなる。

（イザヤ書10：17）

遠くで轟く波音がしている。海の音を聞くのは久しぶりだった。詩人は軋むベットに横になり、修道院での日々と半ばで筆を止めた著作のことをあれこれ思いにふけった。

翌日、城館から手紙が届いた。ポレンタ殿は生憎不在だが来ていただく段にはなんら差し支えない、という丁重だがいささか冷ややかな返事である。海辺に出てキアッシの森を吹き渡る風のなかをさすらい、ポレンタの館に行くのは今回はあとまわしにすることにした。フランチェスカは幸福な子供時代をこの海辺で戯れた日々のことをどんなに懐かしく思い起こしたことであろう。夢に見た彼女は、永劫に出ることのかなわぬ冷たい闇の世界の中を愛するパオロと一つがいの椋鳥のように吹き募るつむじ風に苦悶の叫びを上げながら烈しく舞っていたが。

第十五章　友ジョットー

数日後、イタリア最古の町パドヴァについたとき、日はもうとっぷり暮れ、町は真の闇に包まれていた。初めてではなかったし、地理的感覚には恵まれていたので、迷うことはなかった。

間もなく月が昇り、月明かりの中を、目印の青い雌豚の紋章を染め抜いた大きな旗が垂れ下がっている壮麗な館を目指して歩いていった。隣に、建てられたばかりの真新しい礼拝堂の尖塔が、夜目にくっきりと見える。閉め切られた礼拝堂の中から、一筋の灯火が漏れている。誰かまだ中にいるに違いない。重い扉には勝手に人が立ち入らぬよう閂《かんぬき》がかけられていた。しばらくその前に佇んでいた詩人は思い切って戸を敲《たた》いた。

すぐ中から足音が近づいてきた

「何か用ですか」

「マエストロはここにおられるか。お会いしたい。フィレンツェの友人、デュランテとお伝え頂きたい」

ややあって、重い扉がそっと開かれた。

ドーム型の見事な礼拝堂の真ん中に、わがマエストロ、ジョットー・ディ・ボンドーネが、腕組みをしながら描き上げたフレスコ画の出来具合を確かめるように壁を見つめて突っ立っていた。足もとの敷物の上に絵の具を入れた缶や筆が乱雑に置かれている。助手が二人、灯火を掲げて後ろに控えていた。詩人は壁一面にくりひろげられた描きかけのフレスコ画の色彩のえも言われぬ美しさに息を呑んで立ちつくした。空の深い藍色が夜の闇に慣れてきた目にまぶしいほどの明るさで輝いた。

ジョットーは、音もなく入ってきた人影を眼を細めて透かし見たが、やがて「おお!」と一声叫ぶといそいで両手を広げて走りよった。

「ああ、あなたですか。よかった。無事だったんですね。追放以来どうされてたんですか。ちょっとお窶《やつ》れだが、元気でよかった」

「元気なものか」

「まあまあ、神様に生かされてるってことはすばらしいこった」

ジョットーは大げさに十字を切って、嬉しそうに笑った。

「今日の分は急いで仕上げますから、ちょっとそこで待っててください」

大声で弟子たちに指図しながらきびきび動いている。

一区切りすると、詩人をいまかれが宿にしている家に案内した。

仕事場に近い暗くてじめじめした家だが、さっぱり片づけられて居心地は悪くない。ジョットーはここで何人かの弟子と起居をともにしていた。

ジョットーは弟子たちに銅貨を与えて、自由にしてやると、詩人と二人きりになり、遅くまで話し込んだ。その夜久しぶりで二人で酌み交わしたワインの味を詩人はどれほど身に染みて味ったことだろう。

詩人も画工も、ふだんはさほど口数の多くないところも似ていた。しかしその夜は、ワインの勢いも手伝い、互いに少年の頃に帰ったように気持が昂揚し、多弁になった。詩人にとって、心を開いて話すのは何年ぶりだったことだろう。ジョットーは一気に喋った。

「あの騒動の時、俺は町にいなかったが、帰ってみて驚いたなあ。何もかもひっくり返っちまってるんですからね。町は目茶目茶でしたよ。しかし私のお得意の銀行の御金持ちは安泰でしたがね。いつもとばっちりを食うのは我々職人やポーポロ・ミヌートでさあ。コルソ・ドナーテイ卿は相変わらず益々評判よくありません。でもみんな我慢してるんでさ。教皇の後ろ楯がありますからね。ボニファティウス八世猊下は気の毒なことをしましたが、事態はちっともかわりゃしません。世の中ますます悪くなる一方でさ、ところでカリマーラ地区の大火事のことは聞きましたか」

「ああ。詳しく聞いている」

「そうですか。ひどいもんだった。町の様子はがらりと変わってしまいましたよ」

ジョットーはワインを飲み干すと、暫く黙っていた。がやがて話を変えた。

「卿がアレッツォで、党を離れられたことは聞きました」

「地獄耳だな」

「仕事柄、あちらこちらに出入りしますんで。それに卿のことは気がかりだったんで、聞いて廻っていたんでさ。フランチェスコ僧院に居られたとは知らなかった。わたしはご存知のようにあの小さき花の聖者、パードレ・フランチェスコとは、大変御縁がありましてね。親方といっしょにちょくちょくアレッツォにも出かけて仕事をしましたが、そうもう十年以上前になるなあ。パードレの生涯は聞けば聞くほど有難くって、お名前は子どもたちにも頂戴したくらいだ。娘はパードレをお慕いしていた聖女さまの名をもらってキアーラって言うんだ。可愛い盛りで。そちらではおそらく聖パードレの話もたっぷり出たことでしょう。僧院の様子や、聞かれた伝説を、ぜひわたしにも聞かせていただきたいものです」

「伝説だと」

「ええ。聖者は既に伝説の人物です。そして私はあの方の生涯を絵に描く仕事を引き受けてやりました。大仕事でさあ。わたしは、いかに信仰心と尊敬の念を呼び覚まし、人の心を動かすように絵を仕上げるかがもっとも大事なことと考えてきた。手法についてはいろいろ意見が違うことも起こってきて、親方とはよく衝突したもんだが、親方も亡くなってしまった。考えてる事はお坊さんたちと同じなんですが、それをどう表現するかが問題で、注文を受けてやる仕事だからあんまり自分の自由に描く事は禁じられてますからね。悩みますよ。相手を怒らせるようなことはしたくない。客が減りますからね」

屈託なく笑うと、また真顔になって聞いた。

「で、我らの詩人は町を離れて、どこをさまよっておられたのか、二年というもの音沙汰なしで」

「ああ」

「ひどいことになっちまって。思いがけないこった。あんなに速く町がネーリの連中に占領されちまうなんて、わたしらは身分が違うから自由でいいようなものの、黙ってられやしませんやね。仕事をやってる限り、縛られることも、首をくびられることもないとしても、わたしを縛るのは仕事だけ、誇りは持っているんです。金さえ出せばいいと思ってられると、悩みますがね。どうもね。辛いときもある、おわかりですか」

「わからなくてどうする。君の腕は大したものだ、ほかの誰にも代われない」

「卿にお褒めにあずかってうれしいですな。来る日も来る日もひたすら描くだけでさ、ほかに何の取り柄もない。

アッシジで仕事をしたときは、聖者の籠られたお山も見てきました。すごいところです。アルベルナ山ってとこは。魂が清められる。で、筆もいっそう進んだというわけです。機会があればもっともっと描きたいと思ってます。奇跡が起こっているんです」

「淑女《清貧》は元気でいられたかな」

「それは私のほうも知りたいと思いましたよ。貧乏の苦労はこれで積んでますからね。飢えるのは沢山だ。それに、ほかにもいろいろ考えました。すべてどれほど優れたものも、時がたつと黴が生える、なぜだろうってね」

「主だけが不滅なのだ」

ジョットーは黙って壁を眺めていたが、やがて持ち前の陽気さを取り戻して言った。

「さて、今度はまた一からやり直しです。ここの壁画の構想は、スクロベーニ様の御意向もあって、もうできてるんで」

「フレスコはゆっくり考えて描いていられないから、あらかじめ構図をしっかりきめなきゃならんわけだな。結局のところ詩も同じだ」

「そうですね。だから、余計なことは考えずに詩作に専念、とはいきませんか。あなたのトスカーナ語の詩はみんなが楽しんで歌ってるんですよ。〝慈悲深くまだうら若き淑女が……〟」

「やめてくれないか」

「そうおっしゃらずに、ま、しかしともかく、正直なところあなたがいなくったって、フィレンツェが消えてなくなるわけでもないってとこかな。といって何事も御心のままにまかせて、詩作に専念、というわけにはいかないご時世だ。ひどい話だ」

「二年というもの、ほとんどイタリヤ中を歩きつくした」

「あたしといっしょだ。けど、卿は仕事の必要もなしで。たいした災難で。私たちも無事ってわけでもなく、いろいろ灰は被りました。あんなことをしてた日にゃ。あの美しい町はいずれ廃墟になってしまいますよ。なんてこったろう。私だって時にはむかむかしまさあ。だって私らの仕事にしたって、いつめちゃめちゃにぶっこわされてしまうかわからない始末ですからね。頼んだ御仁が明日はどうなるかわからない物騒な世の中で。ああ、聖母・マリア様！」

「フィレンツェだけの問題じゃない。このイタリアの、栄光あるローマの民の死活問題だ。ほっとくわけには行かない。歴史ある美しい国を、フランコの教皇や、文無し王たちに好きにされてはたまらない。シチリアの例もある」

ジョットーは声を潜めた。

「少し小声で話しませんか。フランコばっかりが悪いんじゃありませんからね。実のところ、イタリヤの教皇様たちがそんなに私らの町の助けになったとでも？　思い出すなあ。三年前のあの聖ジョバンニ祭。ずいぶんど派手な立ち回りだったじゃありませんか。わたしも、実は、あの日工房の代表ってわけで、職人組合の蠟燭持ってバッティステーレに向かって行進してたんでさあ。私らの仕事は、小指一本なくしてもおしまいなんで、蠟燭なんぞ放りだして逃げましたがね。煉瓦職人や、靴屋や、肉屋の親方は勇ましかったね。ポーポロミヌートながら先頭に立ってたからね。しかしあの騒ぎであなたの親友のカバルカンティ卿は白組のお頭ってんで町を追い出されちまった。あなたも辛かったでしょう。何しろ市側の最高責任者だったんだから。しかしあの方も、ふだんは冷静なおひとと聞いていたが、どうしてあんな気になったのか、冗談がちと過ぎましたね。やっぱりフィレンツェ貴族だ。かっとなると、何を仕出かすやら、わかりゃしない。しかし、それもこれも、結局みんなボニファティウス教皇が仕組んだことだと私は睨んでいますよ。私だけじゃあない、みんなフィレンツェは罠にはまったんだ、って言ってますよ。責めるわけじゃあないが、それに関してはあなたがた政治家が一番ご存じのはずじゃありませんか」

詩人は苦痛に顔を歪めた。忘れようとしてもどうしても忘れられない怒りがまた噴き上がってきた。

「ああ、あの薄汚い肥えた狐どもめ。教皇庁を白く塗りたる墓場にしてしまった奴らめ！」

かれは呻き声をあげた。ありとあらゆる言葉を使って罵倒し、ますますたかまる怒りの収まらぬ様子で、過激な言葉を吐き散らしつづけた。

頷きながら、それには同調せず、ジョットーは画紙を取り出して、しきりに何か描き始めた。「父と子と精霊。三位一体と。こいつはちょっと厄介な問題です。小さいときから教え込まれてきたが、最近わからなくなっている。いや、否定してるんじゃないんです。当たり前のことですから。つまり、そのう、どういう風に考えたらいいのか、最近今一つイメージがわかないんです。私にとってあなたがたドットーレにぜひ教えていただきたい難問です。自明のことが自明でなくなるこの厄介な頭をどうすればいいか。いずれにせよ私はただの絵かき職人です。ちっこい時は羊と一緒に野原で寝てたんで立派なお邸のことなんぞとんと知りませんでした。びっくりしたなあ、初めて見たときは。あれからもう何十年も経ちましたが、あの驚きはまだはっきり覚えてますよ。おやじに羊毛組合に入れられて、逃げ出すことばっかり考えてたあのころ。懐かしいなあ。チマブエ親方の工房に連れられてきた時は、もうほんとにびっくりしましたよ。で、話は戻りますが、貴族殿下や銀行の御金持ちの奥方は聖母マリアや御子はもちろん聖者様だって汚く描くのを嫌がりましてね。だって聖なる御母マリアが自分のうちのはした女みたいな姿じゃあ、ほんとのところ。ね、拝む気が起こらないってことはよくわかりますよ。だもんで、やむをえず、絹ものづくめの聖ポベッロが立派なベットに横たわって、天使が空を舞っている絵を描くことになるんです。ところが不思議なことに、最初は嫌々で、頼まれたかぎり仕事だと思って、ま、小さいところから気をいれて描いていくんですが、だんだんそのうちにこれこそが真実なんだ、と言う気がしてきて、夢中になれるんでさあ。我ながら不思議ですよ。でもやっぱり羊たちは別ですがね。だってあれを描いてるとおっ母さんの歌やら、羊の可愛らしい目やら、風に揺れる花やらが頭のなかをひらひらとびまわって、作りものの金ぴか仔ひつじは描きにくいですよ。いくらこれが聖者様の夢なんだ、って言い聞かせてもね。服の模様とはわけが違いますからね」

そこまで言うと彼は大声で笑った。そのあけっぴろげな大きな顔、おでこの下の小さな目の中に隠しようもなく踊っている知的で機敏な光、見ているうちに詩人も気持ちがだんだん収まってきた。

「君はやっぱりほんもののマエストロだ。以前から思っていたが、今にきっと親方のチマブエを超えるだろう。いや、もう超えている」

ジョットーの顔から笑いが消えた。

「そのことでは、親方と随分やりあったもので。私が今、こうして画工としてやっていけるのは親方のおかげだから、大きな口は叩きたくないですが、仕事に関しては……。卿はそう思いますか。実はわたしもそう思ってるんでさ。おたがいアルノの水で大きくなった人間だ。初めはお偉方をあっといわせてやりたい一心で、夢中で仕事に打ち込んだもんですが、だんだん高慢ちきに膨れ上がってね。けど、先年アッシジで仕事をしてから、わたしは変わってしまったような気がしてるんです。うまくいえないが」

「ふーむ」

彼はじれったそうに手を振った。

「どうもうまく説明できないんです。けど出来上がった絵を見てくだされば」

そういうと、彼は黙り込んで杯を乾した。詩人も目を瞑って沈思している。やがて、画工は気分を変えたように口を開いた。

「さてと、今夜はそれはおいといて一つ羽目を外してたっぷり楽しみましょう。いいでしょう。ね、わがドットーレ。嬉しいですね。久しぶりに話せるお方が来てくれるなんて。畜生、このあたりにゃ極上のワインがないんですよ。あの最高のトスカーナ葡萄で絞った奴が」

画家は持ち前の開けっ放しな調子でさらにいろいろ聞いた。それから言った。

「なあ、ドットーレ。おれは難しいことはわかりません。しかしパードレ・フランチェスコは実際すごい人だ。あれはかなわないお人です」

彼は生真面目な顔で十字を切ると続けた。

「まだまだ何度でも描きたいと願ってるんです。ウンブリアの風景がまたすばらしい。空気が違いますね。ごたごたしたフィレンツェを出てあそこに行くと、こう、何というか魂が清められるんです。私はもともと牧童だ。生まれてこのかた羊を飼うことと、絵を描くことしか知らない職人で、教育もなく難しいことはさっぱりわかりませんが、体が自然に美しいものを書きたくなる、これはどうしようもない。うまくいったときでも、そうでないときでも、いつでも描いてさえいられりゃあ、至福を経験できるんです。あ、ところでさっきから私のことばかりしゃべってますが、卿はちかごろ何か書いてるんですか」

「そういうことは聞かないでくれ。わたしがここへわざわざ来たのも、何もかも忘れて君の絵を拝みたい一心からなんだからね」

「またまた。それは光栄のきわみ、ってもんですが、どうか隠さないでください。《愛の淑女》についてその後は？」

「その後は筆は止まったままだ。いずれ必ず書くつもりだが、《哲学の淑女》に仕えてこのところずっと仕事をしてきた」

「へーえ。私には難しいことはわかりません。けど、詩なら歌える。私の絵のようにだれにでも味わえる。トスカーナ語で書いてくださいよ。きっと」

「そのつもりだ。教皇庁はいい顔をしないだろうが。これからは、誰もが世俗の言葉で、神の言葉を聞き、考えを述べる事ができるようにならないと」

「わたしもそろそろ四十です。三十年この仕事をしてきました。来る日も来る日も、泥と絵の具にまみれて、わきめもふらず、マリアやイエスや、聖人たちを描き続けて来たんです。あちらの町こちらの殿様と、注文を受けては野を越え山越え、ときにはお日さまに焼かれ、ときにはずぶ濡れになり、盗賊の心配をし、ひもじいのを我慢して筆をとりつづけ、お祈りを捧げ、ま、いってみれば聖者様と一緒でさあ。絵のことばっかり心配して、旅をしてきた。難しいことはわからないし、旨く言えもしないんだが、パドヴァは面白い町で、ここに来ていろいろ勉強が出来た。この頭でも分かったことが一つだけある。それは、この世は所詮コンメーディアだ、ってことです。人生には本来説明のつかないことはなにもない。そしてあの世は、多分もっともっと厳しくてすばらしい壮大なコンメーディアだろうと思うんです。描きたいなあ。そういうのを。イメージは切れ切れだけど、ここにあるんで」

彼は頭を指さして大真面目に言った。

「しかし私は職人だ。勝手なことは出来やしない。しかし筆と絵の具で壁を汚しているうちに、ふっと生きた声を聞くことがある。それこそ魂の世界だ。深くて大きい世界なんだろうなあ。卿にはそういう詩こそ書いてほしいなあ。あたしは時々思うんだが、実際、魂の中で起こることには、限界ってものがありません。あなたの才能なら、きっと地獄の底の底から、至高の天国まで、駆け巡り、歌うことがおできになるでしょう。ほら、子供の頃よく話してくれたアエネーイスのお話のようなやつを。哲学の淑女といえば、ここパドヴァは進んだ考えの学者もいるんです。時々仕事の合間に、話を聞きに行くんですが、感服することをいろいろ教えられる」

詩人は黙って仔細にジョットーの仕事を眺めていた。彼の仕事の進み具合はまずまずで、できばえは申し分なかった。

画工は自分の仕事に心から満足して、全身全霊を捧げて没頭しているらしい。詩人はジョットーの精力的で謙虚な心がうらやましかった。

キリストの生涯を三十八枚の壁画にする、というジョットーの壮大な試みを、詩人は称讃したが、ジョットーは肩をすくめていった。

「すべてスクロベーニ様のお言い付けでさあ。聖母マリア様の誕生から最後の審判まで」

詩人はジョットーを見つめた。そして吐きだすように呟いた。

「罪ほろぼしというわけだな」

ジョットーは「むつかしい話です」と呟いたが、「ま、それはおいといて、私に残されているぶんといえば、そいつをいかに自分の魂と折り合いをつけて描くかです。どうしても本当の人の動きに心が奪われる。どう美しく描くかより、どうほんとらしく描くか、につい悩んじまって……。何しろ十の歳まで星を眺めて羊と一緒に野原で寝てたんだ。都びとのような気分になって、きらきらしようったって、はじめのうちはなかなかそうはいかなかった。かわいい小羊の目をキンピカに塗りたくったり、秣桶の側のマリヤ様を、奥様みたいに美々しく取り澄ました女にはなかなかできないんで。それは罪だ、と思って、あれこれ思い悩んでいるときに、横でこそこそお坊様に指図がましいことを言われると、えい、喧しいな、ごちゃごちゃと。絵のことはこっちに任せてとっとと消えてくれ、主の御名において、アーメン、ってことになるんでさ」

ジョットーは哄笑した。

「卿ならわかってくださるでしょう」

詩人もうなづきながら思わず釣られて笑った。友と二人して笑うのは久しぶりだ。ジョットーに訛りの混じったフィレンツェ言葉でまくし立てられると、ますます捨てた故郷への郷愁が詩人の胸を締めつけた。

「これからどうなさるんで。ここには、いつまでいてくださってもいいんですが、いい町でさあ。フィレンツェとはいかないが。坊さんたちは相変わらずこせこせしてますが。別にどうってことはない。ただ人の出入りが結構多いし、気づまりなこともあるかもしれませんな。フィレンツェ人も結構訪ねてきますしね」

「ああ、会いたくない人物もいるからな。まあ少し持ち合わせもあるから、それが続く限り、このヴェーネトのどこかでおとなしくしているつもりだ」

「そのあとは」

「主がお決め下さる」

「そんな。パードレでもあるまいし」

「実はパリに行く話がある。私にはやるべきことがたくさんある」

ジョットーはしばらく黙っていた。もともと口の重い男だ。それから強い目の光で彼を見た。

「『人はなべて草。その栄光はみな野の花の如し』」

詩人はあとを続けた。

「『朝来れば、人の子らは移ろう草の如し。あけがた花咲かせども、やがて移ろい、夕べには萎れて枯るる』短いものだ」

「いやあ、俗世の名声なんて糞くらえだ。短くてはかない。けどいいわざは永遠だ。私たちの仕事はぶっ壊されたらおしまいだけど、ことばは残りますからね。羨ましいくらいだ。主がお守りくださるように。

どうかうんといい詩を書いて下さい。後世に残るやつを」

「そういう事を言って、私を膨れあがらせないでくれ」

ジョットーは黙って立ち上がった。そして、山羊皮の小さな金袋をもって戻ってきた。

「たいした額じゃないが使ってください。少しは足しになるかもしれん」

「いやいや、今のところさしあたりその必要はないんだ」

「強がりはやめにしましょう。お互いフィレンツェ人だ。事情はよくわかっています。役に立ててもらいたいんだ」

ジョットーは素早く詩人の手に袋を押しつけると

「金は大切なもんです。私らのような身分の者には特に大事だ。仕事さえさせてもらえりゃあそれでいい、ってわけにはいかない。一番大事な魂の自由を売り渡しちゃあおしまいですから」

「しこたま溜め込んでいるって噂は聞いたよ」

「冗談じゃあない。無駄使いしないように気を配るのはあたりまえです。大勢助手を抱えて、年中仕事でイタリヤ中飛び回る生活ですが、これでも自分で満足の行く仕事をするには、金は絶対必要です。詩人だって同じこと。うんといい詩を書くには、心が縛られていてはできない。フィレンツェ人の名を不滅にするような詩を書いてください。水を飲んで、飢えてちゃあはじまらない。職人にとっても、詩人にとっても、貧乏はほどほどに。こそこそしてた分にはいいものはできないんじゃないですか。あたしは職人だから、そのくらいのことしかわからない。神様の光によって、仕事をしてるからって、所詮生身ですからね。誰もが聖パードレ・フランチェスコのようにはなれない。実はアッシジの聖者のように極端に貧乏がいい、それで世界に平和がもたらされる、とは、わたしは考えられないんです。俗世の生身の人間で、腹一杯喰ったり、寝たり、騒いだり、この世のことで、泣いたり笑ったりして、世を捨てるわけにゃあいかないんです。けど、神の光は届いてる。私はそれを感じたまま描きたくて、夜も寝ないで筆を動かしてる幸せもんだ。世の中がどうあろうと、仕事ができりゃ私はそれでいい。けど、この仕事は、破壊されてしまえばおしまいだ」

ジョットーはふっと淋しそうな顔になった。

「こういう仕事を壊すやつは地獄行きだ」

「確かにそうです。仕事をしてても、神の御意志がどこにあるのか分からなくなることがある。神の愛したまう被造物が、なぜあのように暴虐の限りを尽くしたり、邪悪になれるのか、人間は万事中庸が肝心です。卿の言われる平和は、しかし、この国じゃ難しいなあ。ところで、私が作ったカンツォーネご存知ですか。ほら、極端は罪である、ってやつ」

「ああ、聞いたことがある」

「なにごともほどほどが肝心。あの通りです。」

「ふーむ。しかし、君のように、中庸をよしとして、思いのままに仕事が出来る幸せ者は別として、多くの人間はそうはいかん。情念の制御には大きな力が要る。能力がいる。そしてその能力と情念がひとつになって、塔を建て、絵を描かせ、詩となって迸《ほとばし》る」

「むづかしいことはわかりませんや。けど思いってえものは、そのままじゃぐちゃぐちゃだ。それを刈り込んで始めて、見て貰える絵に作り上げられるってことは分かるような気がしますよ。私もこの仕事をしてるうちに、少しづつ次第にわかってきましたよ。仕事はきついけど、やっている間に、こう湧き上がる歓びみたいなもんは、何ものにも換えられん。あたしにとっちゃあ、それが卿のいう《哲学》って言うものなのかなあ。聖者への思いを、描いてるものの魂の中に封じ込めて仕上げていく。そいつがうまくいけば生きて動いているように、あたしの気持が移っていく。そうなるってえと、お偉方に言われなくとも、マリアやヨセフにぼろぼろの服は着せられない気がしてくる。依頼したお方の気持がそうだという前に、描いてる私の気持にも合わなくなるんです。うまく説明できないんだが」

「なるほど」

注がれた酒を黙って飲む。めざす道は果てしなく遠いが、互いの情念は同じとも思える。気が遠くなるほどはるかかなたを目指しているにしても、挫けるわけにはいかない。

「ねえ、卿よ。仕事をしてて気がついたんでさ、行ったり来たりしながら、世の中は少しづつ変わっていくもんだな、ってね。フィレンツェのお偉方も、妙な画策ばかりして、とどのつまり、なんにもしてくれない教皇様にいつまでも寄りかかって、黒だの白だのと押し通してないで、もう少し互いに譲り合えないもんですかね。貴族さまは貴族さまで、いまだに皇帝を担ぎ上げて、権力から目を離そうとしない、お金持ちはお金持ちで、何もかも取り込みたがるし、なんにも持たないポポロは大きいのも小さいのも、やけになって暴れたがる、とどのつまり折角築いたものまで目茶目茶にするような馬鹿なことはやめにして、力をあわせりゃ、ぼちぼち平和で素晴らしい町ができてくんじゃないかと思うんだが」

「そう簡単にはいかん」

「へーえ、そんなもんですかい。じゃあ仕方が無いや」

「なんだ。その言いぐさは」

思わず苦笑する。

夜が白々と明けてきた。いつしかうとうととして、目が覚めると、ジョットーはもういなかった。仕事に打ち込んでいるのだ。力強い躍動感が漲っている下絵が、部屋一面に秩序正しく立てかけられていた。

パドヴァのまちは濃い霧に包まれ、家々はまだ眠っている。詩人は書きかけの草稿を入れた包みを背負うと外に出た。暫くこの町にいてジョットーの仕事ぶりを見たい、という願いを振り切って、立ち止まって聖堂を目におさめ、歩いていった、従者もなくただひとり、やがてその姿は霧の中に消えた。

主要参考文献

本文中の引用は以下の書物に拠った。特に記していないものは出典不明。

ダンテ『ダンテ全集』第五巻、第六巻（「饗宴」）、中山昌樹訳、新生堂、一九二五年
ダンテ『ダンテ全集』第七巻（「俗語論・水陸論」）、中山昌樹訳、新生堂、一九二五年
ダンテ『ダンテ全集』第八巻（「帝政論・書簡集」）、中山昌樹訳、新生堂、一九二五年
ダンテ『神曲　地獄篇　煉獄篇　天国篇』壽岳文章訳、集英社、一九七六〜八七年
ダンテ『ダンテ』野上素一訳、筑摩書房、世界古典文学全集35、一九六四年
J・A・シモンズ『ダンテ』橋忠衛訳、桜井書店、一九四四年
マリーナ・マリエッティ『ダンテ』藤谷道夫訳、白水社文庫クセジュ、一九九八年
マキァヴェッリ『フィレンツェ史』上下、大岩誠訳、岩波文庫、一九八九年
エドワール・ジョノー『ヨーロッパ中世の哲学』二宮敬訳、白水社文庫クセジュ、一九九五年
下村寅太郎『アッシジの聖フランシス』南窓社、一九七〇年
ウェルギリウス『アエネーイス』泉井久之助訳、岩波文庫、一九九七年
ボエティウス『哲学の慰め』畠中尚志訳、岩波文庫、一九五〇年
オウィディウス『転身物語』田中秀央・前田敬作訳、人文書院、一九六六年
オウィディウス『変身物語』上下、中村善也訳、岩波文庫、一九八四年
ボナベントゥラ『註解　魂の神への道程』長倉久子訳、創文社、一九九三年
マルクス・マリニウス『占星術または天の聖なる学』有田忠郎訳、白水社、一九七八年
『新改訳聖書』日本聖書刊行会発行、第二版、一九八六年
『舊新約聖書』日本聖書協会、一九三七年
ジョルジョ・ヴァザーリ『ルネッサンス画人伝』平川祐弘、田中英道他訳、白水社、一九八二年
『朝日美術館　初期ルネッサンス西洋編3　ジョットト』朝日新聞社、一九九五年

あとがき

小説「審判の森」初出は実は一九七八年三月、同人誌『白描』第二号の誌上だったから、すでに三十七年前のことになる。『白描』は東京の文学同人誌で、作家古井由吉氏など力のある書き手が多くおられたらしいが五年余りで一旦廃刊、しばらくして復刊し、友人で同人だった作家故高橋たか子の紹介を機会に、当時強い関心を抱いていた中世イタリヤの詩人ダンテの伝記小説という形で書き始めた。しかし詩人ダンテの身辺については残存する資料はないに等しく、特に彼が政争に敗れて故国フィレンツェを追放され、イタリア各地を流浪する中年以降から生を終えるまでの消息はその作品と若干の書簡以外確かな情報がほとんどない。

だが、かれの初期の詩文集である『新生』は自伝的要素が多く、そしてそれはその大部分が淑女ベアトリーチェに対する一方的な愛の告白で占められている極めて独創的なもので、日本の伝統的な男性優位の女性観とは全く異質の、ヨーロッパにおける騎士道精神と宮廷愛の伝統に、さらにキリスト教的絶対愛が結びついた比類ない美しさを持ち、さらに代表作『神曲』天国篇においては、トマス・アクィナスが説いた存在そのものの持つ神の無償の愛の恩寵を顕現する究極の案内人としてこの淑女を選んでいるという大胆な構想に惹かれた。それが作品を書く上での主たる動機だったと言えるかもしれない。

歴史的背景と若干の消息をもとに、ほとんど想像によるフィクションという試みで、『白描』発行人の芸立出版社長都留敬宣氏が高い評価を与えてくださり、完結の暁には出版したいと申し出られたのを励みに書き進めたが、正直言って生易しいことではなかった。一九八三年、『白描』十四号作品九回に及んでも尚完結に至らず、間もなく都留氏が突然逝去され、出版は実現しなかった。爾後発表するあてもなく推敲を重ね、何度も書き改め、煩瑣な歴史的記述や細部の描写の多くを省き、このほどようやく完結に漕ぎつけたが、読みやすくはなったものの、初期の迫力を欠いていることは否めない。心残りではあるが、未知谷の飯島徹氏が快く出版を引き受けてくださったので、思い切って世に送り出すことにした。編集者の伊藤伸恵さんが今回も面倒な仕事を引き受けて着々と進めてくださるので非常に感謝している。

けれども、あのような巨人を描く力量の不足から「群盲大象を撫ず」のたとえにある盲人の轍を踏んでいるのではないか、もしかして怒った詩人に地獄に落とされるのではないか、とひそかに危惧しつつ、なんとか赦してもらいたいと願っている。

思えば、長い年月の間に多くの友人や知己の協力をいただいた。貴重な書物を捜してくれたり、提供してくれたり、励まし続けてくれた学友筏圭司氏の適切な助言や、塩津一太氏のさりげない助力も大きな支えとなった。いっぽうで残念なことに、折あるごとに励ましたり協力したりしてくれた文学の友たち、作家の高橋たか子、三枝和子、詩人の多田智満子の諸氏はいづれも既にこの世にない。けれども今も、周辺の民主主義文学関係の人々、作家の鶴岡征雄・澤田章子ご夫妻や同人たち、未知谷を最初に紹介してくださった間山周子さんと村上多恵子さんなどが温かく見守ってくださったこと、そして、家族の協力にも感謝である。執筆を始めて間もなく他界した亡き夫・阪本仁作の霊にも捧げたいと思う。

二〇一五年十二月

高沢英子

たかざわ えいこ

1930年伊賀上野に生まれる。

京都大学文学部フランス文学科卒。

日本民主主義文学会会員。ＹＷＣＡ、カルチャーセンターなどで語学教師を勤めながら執筆活動を続ける。元『VIKING』『白描』『鳥』『ぺんしる』同人。

著書にミュンヘン滞在記『アムゼルの啼く街』(1985年、芸立出版)、『京の路地を歩く』(2009年、未知谷)。共著に『韓日会話教本「金氏一家の日本旅行」』(2007年、韓国学士院)。現在『芭蕉伊賀』、『民主文学』、メールマガジン「オルタ」にエッセーなどを寄稿。

審判《しんぱん》の森《もり》
ダンテ『饗宴』執筆への日々

2015年12月11日初版印刷
2015年12月25日初版発行

著者　高沢英子
発行者　飯島徹
発行所　未知谷
東京都千代田区猿楽町2丁目5-9　〒101-0064
Tel. 03-5281-3751 / Fax. 03-5281-3752
［振替］ 00130-4-653627

組版　柏木薫
印刷所　ディグ
製本所　難波製本

Printed in Japan
Publisher Michitani Co.Ltd.,Tokyo
ISBN978-4-89642-487-4　C0093